U0475617

漫娱图书

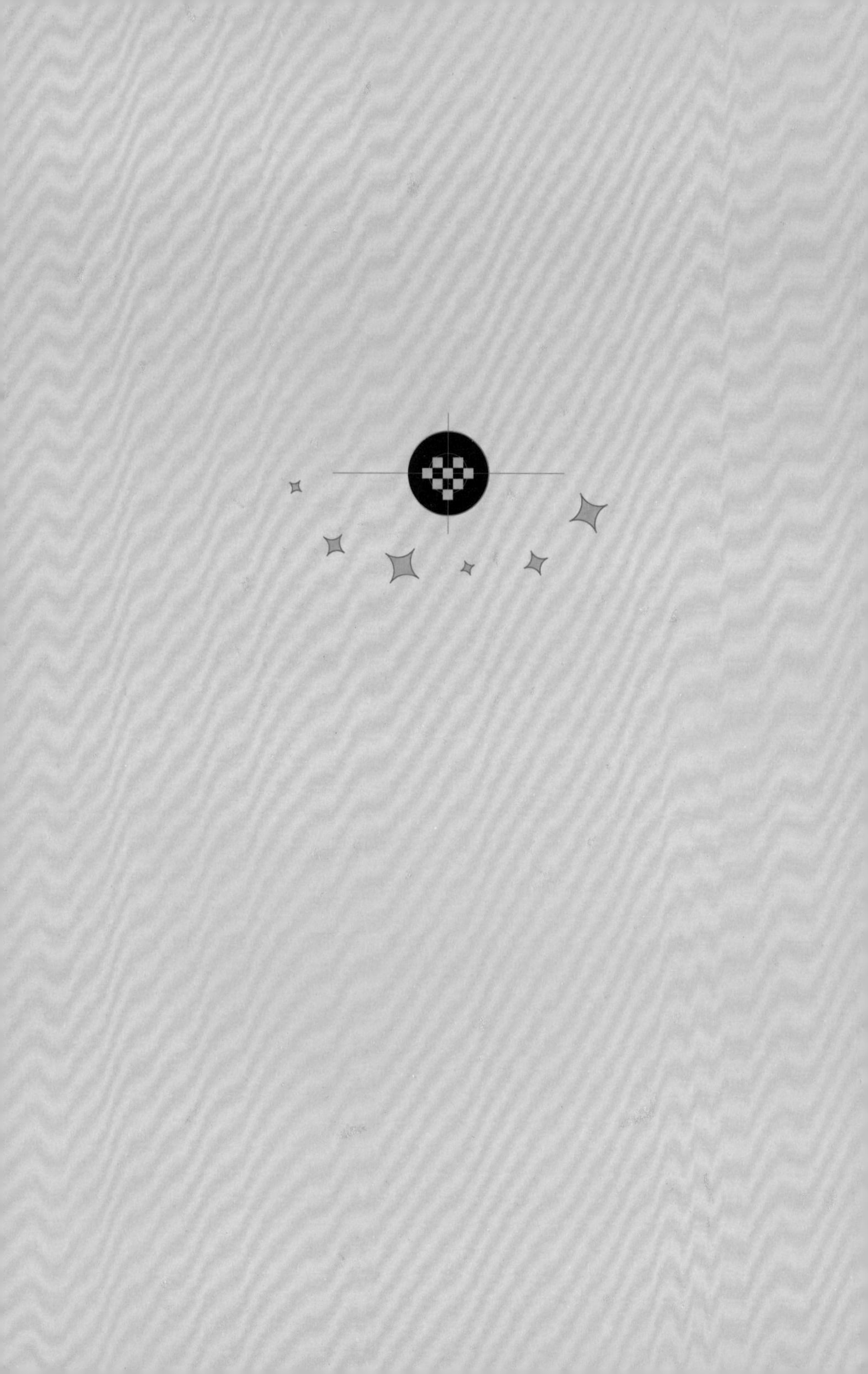

长江出版社 CHANGJIANGPRESS 漫娱图书

KISS OF FIRE KISS

KISS OF FIRE

CONTENTS
目录

FIRE KISS OF FIRE KISS

有时候我们会被黑暗打垮，

有时候我们会遭到背叛，

但我们一定不会放弃这个世界。

THANATOS
KISS OF FIRE

CHAPTER 1

死神与炙热之火

Kiss of fire

死神与炙热之火

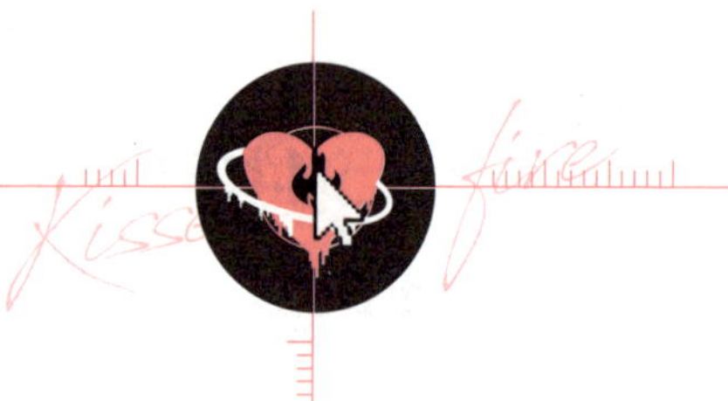

位于 A 国岩石岛上的沙漠监狱埃达克，被认为是世界上戒备最森严的监狱之一。

这座监狱占地面积约十四万平方米，铁丝网围栏高达三米，此外，这里还有激光防护、压力垫以及攻击犬等，从未有人成功越狱过。这里关押着世界上最危险的囚犯，无论哪一个，都能够凭一己之力掀起一场血雨腥风。

A 区第三层，A78 号囚房。这间囚房里关押的囚犯名为卡纳·穆萨维，是制造多起震惊世界的恐怖袭击的犯罪分子。此时，穆萨维刚刚吃完午饭，正平躺在床上，嘴中说着宗教经文，念念有词。

一分钟后，他突然听到牢房的铁栏杆门发出了“咔嚓”一声。

穆萨维一惊，立刻从床上弹跳起来，他发现自己的牢房门居然被打开了。

他瞪大了眼睛，在原地足足愣了几秒。然后，他欣喜若狂地上前推开门，拔腿就朝牢房外狂奔。

一路上，他所经过的每一扇门，都在他即将到达的时候，随着“嘀”的一声自动被打开。穆萨维高兴得简直要发狂，根本不顾身后穷追不舍地朝他开枪射击的狱警，他觉得这是上帝的旨意——今天他一定能够离开这个该死的鬼地方，重获新生！

跑到拐角的时候，他忽然听到了一道极其低沉好听的女声从他头顶的那个袖珍喇叭里传了出来。

“再往前跑一百米，然后左拐，到走廊的尽头再右拐。”

他听得一头雾水，但也只能大胆推断这个从天而降的陌生女人是来救他的，他现在别无选择，只能听从她的指令往前走。

此时，距离牢房三层楼左右的埃达克监狱中央总控室里。

歌琰从监控屏幕上收回视线，关上了播音设备，扫了一眼身后横七竖八躺了一地的狱警。

她的袖珍耳麦里传来了南绍懒洋洋的声音：“这位姐姐，你脸上嫌弃的表情也太明显了点。”

“你什么时候把透视眼的技能也给点亮了？”她笑着抹了下自己的嘴唇，轻巧地从人堆上方跃过，施施然地走出了总控室。

南绍说：“跟你混久了，听你的呼吸声就能知道你是在翻白眼还是在心里咒骂。”

“我还有多少时间？”此时整座监狱几乎所有的警力都去追穆萨维了，这儿反而显得格外清静。歌琰走到窗户旁边，直接往外一翻，整个人几乎是半攀在了墙壁上。

南绍信心满满：“至少半个小时。”

“好。”她说，“足够了。”

同一时刻，Y 国，敦城。

敦城的秋意美不胜收，午后落叶纷飞。一个高大英俊的混血男人手里牵着一个刚放学的小男孩儿走在路上，父子二人谈笑嬉闹，空气中盈满了温暖的味道。

距离这对父子几步远的一家咖啡店里。

金发的言锡托着下巴，看着窗外的那对父子，叹了口气：“唉，真的好羡慕战神啊！曾经游走在血雨腥风里的男人，现在却每天专注地享受着与妻儿团聚的天伦之乐。与自己最爱的人一同看这尘世间的日升日落，世界上还有比这更幸福的事情吗？关键是静姐长得也太好看了吧！”

他感慨万千地说了那么多，对面的男人却始终没有任何回应。言锡终于忍不住敲了敲那人的笔记本电脑背面：“蒲斯沅？”

原本专注在电脑屏幕上的男人此刻终于抬起了头。

那是一张兼具俊美和阳刚的脸庞，他的脸上没有什么多余的表情。那双墨色的眼睛乍一看毫无波澜，实则暗潮汹涌。

蒲斯沅冷淡地扫了他一眼，又低下了头：“你的意思是你没成家？还是安奕长得没静姐好看？我等会儿就发消息告诉她。”

“别呀！”言锡这个妻管严几乎是立马服软，“你是想看我回家之后身首异处吗？我跟你说，我家这位孕妇大人现在脾气可大了，但凡我惹她有一点儿不高兴就得挨揍……死神大人你没有心！”

蒲斯沅懒得理他。

正在这时，来自魅影组织内部的通信铃声响了起来，蒲斯沅看了一眼手机，戴上蓝牙耳机，把电话接了起来。

“塔纳托斯。”蒲斯沅的上级，也就是魅影组织的局长卢克在电话中说，“五分钟前，火吻进入了埃达克监狱，破坏了监狱的安全系统，把重犯卡纳·穆萨维从囚房里放了出来，让他在监狱里撒丫子地和狱警玩捉迷藏。”

蒲斯沅听完一时没说话，轻轻地挑了下眉，他听说过这个名字。

火吻，天元局前间谍，在被天元局派去执行一项特殊任务后，突然就被天元局除名了——原因是天元局认为她在任务中泄露了机密并背叛了组织。而离开天元局后的火吻成了一名自由杀手，在全球各个区域神出鬼没，凭一己之力登上了全球各大情报局和安全机构的通缉大名单。

"现在埃达克监狱的所有警力在全力围剿火吻和穆萨维，天元局也已经派人赶过去了。火吻既然能够悄无声息地进入监狱，肯定已经给自己留好了退路。因为入侵的黑客技术已经超过了他们现有的技术人员，现在无法修复被破坏的安全系统，所以天元局想让你远程协助。"

卢克又补充了一句："当然，你可以选择不出手，这件事毕竟不在魅影组织的管辖范围内，火吻也不是我们的目标。"

也难怪卢克会这么说，魅影组织是一个完全独立于其他国家安全机构而存在的组织，不接受世界上任何一个国家的庇护以及管辖。其有一套独特的运作体系，所有特勤人员都是无国籍人士，相当于"不存在"于这个世界上。

因此，他们和天元局这样的国家性安全组织一向是井水不犯河水，合作次数屈指可数。众所周知，卢克一直看不惯天元局中一些人的作风，所以如果天元局不是实在迫不得已，今天也绝对不可能觍着脸来求他们借人。

由此可以看出，这个火吻，是一个让天元局放下脸面、拼了命也要抓捕的硬茬。

思虑片刻，蒲斯沅语气淡淡地说："让他们把信号接过来吧。"

挂了电话，他的注意力便重新回到了电脑上，言锡在旁边探头探脑地问他："老卢克找你干吗？"

蒲斯沅的手指飞快地在键盘上飞舞着，薄唇轻吐二字："捉鳖。"

埃达克监狱。

穆萨维依照广播中女人的指令来到了她所说的地方，发现那是一个天台。此刻天台上空荡荡的，连个人影都没有，他心急如焚，刚想着难道自己被耍了？就看到一条纤细的胳膊突然从天台栏杆外边伸了进来。

穆萨维被吓了一跳，怀疑自己是不是见鬼了。下一秒，他就看到一个女人从天台外边徒手翻了上来。

那是个皮肤白皙的东方女人，她拥有着一头火红色的长发，面容姣好，身形纤细柔美，是个彻头彻尾的大美人儿，让人一看过去就移不开眼。

歌琰整个人半蹲在天台栏杆边上，冲着穆萨维勾人地笑了笑，大方地跟他打了个招呼："你好。"

穆萨维张了张嘴，看着这个女蜘蛛侠："你是？"

"火吻。"

穆萨维愣了一下："原来你就是那个被天元局除名的特工，你不是个通缉犯吗？"

这年头，连国际通缉犯都敢直接闯大牢了吗？

她一手撑在膝盖上，另一只手托着腮帮，笑吟吟地说："原来我这么有名啊？不过，我建议你先担心一下你自己的处境。"

穆萨维感觉到她的眼神飘向了他的身后，便立刻明白那帮狱警马上就要追上来了。他慌慌张张地朝她的方向跑，边跑边吼："你应该是来救我的吧？是不是有谁付了酬劳让你来救我？你既然能够进来，那肯定也能出去，赶紧带我离开这该死的鬼地方吧！"

等他跑到她跟前，却发现她在原地动都不动，根本就没有要带他离开的意思。

穆萨维蒙了："你……"

歌琰轻轻一笑，下一秒，她忽然轻巧地从身后摸出了一把枪，对准了穆萨维的眉心。

“主不会庇护你的。”歌琰红唇微张，眼底的笑意一分一分冷了下去。

在穆萨维错愕的目光中，一声枪响，伴随着额头正中间的枪眼，他重重地倒在了地上。

与此同时，带着攻击犬的狱警已经破开了被穆萨维锁住的天台大门，冲了进来。歌琰收起了枪，在他们的吼叫声中，灵活地从栏杆边翻了下去。

整个埃达克监狱里回响着震耳欲聋的警报声，她边在走廊里极速奔跑，边在脑子里回想撤退时的路线图。南绍刚才说她至少还有半个小时，刚刚她只用了不到十分钟来解决穆萨维，这些狱警，甚至连攻击犬也完全不是她的对手，安全撤离应该根本不成问题。

跑到进来时的那个杂物间门口，她一转门把手，却发现自动门被锁住了，歌琰注意到自己经过的那道铁闸门和她前面的那道铁闸门都被“嘀”的一声锁住了。

“嘀嘀”，整条走廊上的每一道门都在自动关闭，整个监狱的安全系统正急速恢复。

“南绍？”歌琰蹙了下眉头，对着通信器叫了两声，却发现她和南绍之间的通信似乎硬生生地被切断了，耳麦那头现在一点声音都没有。

她娇媚的脸庞闪过了一丝讶异，却没有露出慌张的表情。她从身后拿出了一个微型爆破器，“咔嚓”一声装在了杂物间的门把手旁。

两秒钟后，门把手上飘散出了意味着破坏成功的烟雾，随着身后攻击犬的吠声和狱警的高喊声，她一脚踹开了门，冲向了通风管道。

从柜子上一路攀爬上去，她灵敏地翻进了狭小的通风管道里。她抬手抹了一把自己的额头，刚想喘口气，就发现整个通风管道突然开始变得很热。

歌琰观察了两秒，发现这并不是自己的错觉——真的有源源不断的热量从四面八方的管道壁里散发出来。

她见势不妙，立刻快速匍匐着往前爬行。她越往前，通风管道里的热流越大，快要将她烤熟了。她身上本来穿着方便行动的长袖紧身衣，可这会儿她感觉自己快要被这衣服勒得窒息了，所以干脆把上衣脱了，只留了件小背心。

突然，身后似乎传来了钻进通风管道的狱警的怒吼声。

歌琰咬了咬牙，以更快的速度往前爬去，快要抵达管道尽头的时候，她觉得自己的手臂和腿已经被烫麻了，额头上的汗大滴大滴地掉落下来，浑身上下都被汗浸湿了。

她热得有些头晕目眩，刚想要伸手去推管道尽头的门板，却发现南绍之前帮她破坏的那道门板竟然死活都推不动了，而且她还听到出口附近也有狱警在接近的声音。

她终于忍不住，狠狠地咒骂了一句。又是耳麦信号被屏蔽，又是通风管道加热，现在后有追兵，前面的出口也被堵死了。

见了鬼了，到底是哪个不长眼的突然修复了这里的安全系统，要把她困死在这个破监狱里？

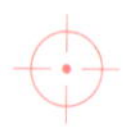

歌琰抬手抹了一把自己的脸，感觉眼前的空气都在扭曲，实在是太热了。她身后不远处的狱警一边骂着这管道热得让人窒息，一边又高喊着让她别再爬了赶紧停下来乖乖投降。

歌琰一听那动静，咬了咬牙，继续奋力往前爬去。开玩笑，她怎么可能在这种地方束手就擒？

刚准备再尝试推动门板，她忽然听到自己耳朵里的通信器传来了“嗞嗞”的电流声。

歌琰目光一凝，立刻道：“南绍？”

“听，听得，到吗……”她等了几秒，被切断的通信器里终于传来了南绍断断续续的声音。

因为信号极其微弱，她只能靠着拼凑他说的话以及他们之间的默契，推测出了一个大概的意思——有个非常厉害的人修复了埃达克的安全系统，但是这个人现在不在这里，是远程操控的。监狱附近的南绍如果使出吃奶的力气，也许能再次黑进安全系统。

一分钟后，南绍会强行猛攻埃达克监狱的安全系统，但是这一次估计只能为她争取到十秒钟的时间。

她要在这十秒钟的时间内，打开通风管道失灵的出口，从等待着她的狱警以及天元局的层层包围中脱身，并从窗户跳下去，坐上南绍的车离开。

时间在这一刻被拉得尤其漫长，歌琰凭借着自己的意志力以最快的速度调整好了状态，她揉了揉被汗液模糊的眼睛，目光死死地盯着出口阀门上的红色指示灯。

仿佛过了一个漫长的世纪后，终于，红色指示灯“嘀”的一声变绿了。她眼睛一眯，一掌就将阀门掀开！

果不其然，出口处有三十几个人在等着她，乌压压的一大片。幸好她进来的时候熟悉过房间里的地形，她从通风管道一跃而下，直接就跳到了房间里最高的那个柜子上。

八秒。七秒。

“停下，再动我们就开枪了！”“火吻！最后警告你一次！”

狱警和天元局的人都拿枪对准她，呵斥她让她不要动。可她却置若罔闻，两个跨步，直接翻到了窗台边的桌子上。

六秒。五秒。

歌琰知道，这么多年来，所有对她的悬赏令一直都是活捉而不是击毙，因为她的身上有这些人想要挖掘的秘密。如果她死了，那些只有她才知道的事情，这些人就永远不可能知道，所以她断定他们不会轻易朝她开枪。

她注意到天元局的组长似乎听到了耳麦那头的总指挥说了什么，组长眯了眯眼，对着身后做了一个手势。

三秒。

长期游走在生死线的边缘，让她对所有即将到来的危险都极其敏锐。此时，有几道枪支锁定的红点光标突然出现，开始在她的身上移动。

天元局的总指挥竟然下达了要击毙她的命令！

两秒。

红色的光点已经汇聚到了她的胸口处。

歌琰闭上眼，以一种不可思议的速度奋力朝窗台跳过去。同时，她转了个身，整个人仰面向后倒去。

一秒。

就在此刻，一声枪响。子弹从她的肩膀斜上方高速擦过，她白皙的左肩瞬间飙出了一缕血丝！歌琰闷哼一声，感觉到了一阵钻心的痛。

在怒吼声和枪声中，她准确地落到了南绍车上提前准备的缓冲充气垫上。在驾驶座上的南绍一听到她掉落下来的声音，立马一脚油门踩了下去。

于是，紧跟着从窗台攀爬下来的那些人，只能眼睁睁地看着他们那辆车撞破了埃达克监狱的唯一的漏洞——后门垃圾场旁边一扇不起眼的小铁门，然后在沙漠上绝尘而去。

后面想要追击的人刚上车发动引擎，就看到沙漠上突然绽开了一个个爆炸引起的旋涡。

歌琰他们在进入监狱之前就已经埋下了一些定时炸弹，此时炸弹直接将整片沙尘掀了起来！

铺天盖地的沙尘之下，所有人都只能弯着腰捂着自己的口鼻咳嗽。等烟尘尽散，那辆黑色的越野车早就已经不知所终。

敦城。

咖啡店里，言锡坐在蒲斯沅的身边，眼睁睁地看着他在键盘上一系列的操作，忍不住道："你可真够狠的啊！这可是个女的，你难道是想看她在通风管道里表演脱衣舞吗？"

蒲斯沅头也不抬，冷声道："你以为我是你？"

言锡连连摇头："蒲斯沅，你是真的不懂得怜香惜玉，你长着这么一张祸国殃民的脸却单身到现在，自己心里就没点数？"

在魅影组织乃至整个特工界里，刚退役的"战神"孟方言和"死神"蒲斯沅被并称为两大传说，这两人在圈里的名声就相当于娱乐圈的顶流。业务能力暂且不谈，单单那两张脸，随便摆到哪里都能把一大片姑娘迷得神魂颠倒。

可如今，人家孟方言早已经成了孩子他爸，而这位死神却还是孤家寡人一个，并且身边连半个雌性生物都没有出现过。

蒲斯沅没吭声，从桌子底下踹了言锡一脚。在言锡抱着腿嗷嗷叫唤的时候，他端起一旁的咖啡喝了几口，再往屏幕上看去的时候，眉头却轻轻地皱了起来，通风管道里的那个热点竟然消失了。

"欸？她人呢？！"回过神来的言锡也惊了。

蒲斯沅的手指在键盘上飞舞，抓取了埃达克监狱各处的画面，却再也没搜索到那个代表着火吻的热点了。

言锡张大嘴巴，说话都结巴了：“她，她是凭空消失了吗？！”

蒲斯沅目光一动，眯了眯眼。他发现，恢复过的安全系统，在刚刚被人强行突破了十秒钟。

这十秒钟的黑客技术突破其实还达不到让他惊讶的程度，如果他人在埃达克监狱附近，他可以彻底修复这个安全系统到无法破解的地步。

真正让他感到惊讶的是，这个火吻竟然可以在短短十秒钟的时间内，从等待着她的“天罗地网必死局”中绝地翻盘，这是一件顶尖特工都很难办到的事。

“逃走了。”过了半晌，他断开了埃达克监狱安全系统的连接，合上了电脑，淡淡地对言锡说。

“逃走了？！”言锡拍了拍自己快要掉下来的下巴，“开什么玩笑？这瓮中捉鳖的‘鳖’还能逃走？”

蒲斯沅的手机响了起来，他按了接听键，听到那边的卢克说：“穆萨维死了，火吻跑了。”

他沉默着，眼底闪过了一丝淡淡的光。

“今天如果不是你，其他人都没有办法阻挡她半步。接下来的烂摊子和我们没有关系了，你和言锡都归队吧。”

挂断电话，蒲斯沅拿起笔记本电脑，示意言锡跟他一起离开：“走吧。”

蒲斯沅几步走出咖啡店，抬头看了一眼天空，此刻的敦城骄阳似火。火吻，他再度默念了一遍这个名字。

天元局打出的这一枪并没有伤到歌琰的要害，但枪伤到底不能算是轻伤。他们带的简易医疗用品着实有限，南绍迫于形势只能马不停蹄地带着她回到藏身的地方。

歌琰咬着牙，用那一只没有受伤的手给自己简单地包扎了伤口。因为包扎得实在是不好，伤口又开始不断地往外渗血。

之前在监狱的通风管道里攀爬的时候，她的手臂和腿部都因为管道的灼热有一些轻微的烫伤。双伤叠加，雪上加霜。

“歌琰。”南绍在前面焦急地叫她，“你还好吗？再坚持一下，咱们快到了。”

“还撑得住吧。”

谁知道，她刚说完这句话，就感觉一阵头晕目眩，下一秒，她只能看到反光镜里南绍的嘴巴在一开一合，眼前也开始变得漆黑一片。

彻底失去意识之前，她在心里忍不住再次咒骂起那个突然空降来协助埃达克监狱的催命鬼。

这么多年来，大大小小的伤她都受过，也不是没有遇到过险象环生的处境。但是被人使绊子弄得如此措手不及又狼狈不堪的，还真是第一次。那个人，到底是谁？

昏昏沉沉之中，歌琰觉得自己的身体仿佛沉入到了一个深不见底的旋涡里。一转眼，她又回到了那个她最不愿意记起的梦境。

以黎市的一家音乐厅为中心，附近的餐馆、体育馆、商店和街道……全都已经变得面目全非。那些原本典雅秀丽的建筑，都因为刚刚发生的恐怖袭击而变得残破不堪，连带着整座城市都被侵蚀得失去生气。

千疮百孔的街道一角，小女孩儿独自蹲在原地。她抱着自己的膝盖，无声地流着泪。近在咫尺的地方，躺着两个她最熟悉的人——他们闭着眼睛，身体已经变得冰冷。他们的脸颊上满是血痕，被流弹击中使得他们近乎面目全非。

“爸爸，妈妈……”她伸出满是烟尘的手，想要去触碰他们，可是小小的手掌才刚抬起，不远处又是一阵枪声和爆炸声，震得她所在的地面都在摇晃。

她被吓得一哆嗦，不自觉地收回了手，脸颊上的泪瞬间淌得更细密了。

“芊芊……”过了一会儿，小女孩努力地想要站起来，她知道自己现在还得去找一个人，她们刚刚在恐怖袭击中被四处尖叫窜逃的人群撞散了。

可是，每当她好不容易要站起的时候，不远处就会传来爆炸声并带起一股热烈的火焰，轻而易举地阻止了她的下一步动作。

空气中弥漫着血气、死气……还有久久无法散去的哀号和悲鸣。

不知道过了多久，她抱着自己的膝盖，视线已经被泪水模糊，几乎看不到任何东西……可是她却感觉到，好像有一只温热的手，轻轻地落到了她的头顶。

她慢慢地抬起了头，那双手也从她的头顶滑落到了她的眼角旁，帮她温柔地擦去了泪水。她模糊的视线里，多出了一抹色彩，只见那人的手掌里躺着一片火红色的花瓣。

她听到手掌的主人，用低沉而温柔的声音说道：“别怕。”

她不自觉地朝那人看去，那是个看上去没比她年长几岁的男孩子，他穿着一身黑色制服，脸上带着和他年纪并不相符的沉稳和肃然，他还拥有着一双深邃又漂亮的眼睛。

旁人很难形容那双眼里有什么，如果非要说的话，好似囊括了整个世界的千疮百孔。一眼望去，便会让人忍不住感到哀伤。

“地狱中开出来的花，是置之死地而后生。”

男孩子看着她，一字一句地对她说：“相信我，你一定可以站起来。”

等歌琰睁开眼睛的时候，果不其然又感觉到脸颊上一片湿润。她刚想用手去擦一下脸，却发现手臂上缠满了白色的绷带。

显然南绍已经把她平安带回了他们落脚的地方，她身下是松软的床铺，被子上还散发着一股清香。

歌琰深深地吸了一口气，掀开被子从床上坐起来。她检查了一遍身体，发现不只是手臂，连肩膀和腿上也都缠满了绷带。这些被包扎好的地方依旧在隐隐作痛，尤其是肩上的枪伤。

歌琰有些烦躁地下了床，从一旁取了外套穿上。她拿起桌子上放着的红色记号笔，走向那张挂在墙上写满的图纸前，在“卡纳·穆萨维”的名字上打了一个鲜红的叉。然后她扔下笔，转身走出了房间。

客厅里，南绍正盘着腿坐在沙发上边吃泡面边看视频，嘴边沾满了他风卷残云吸入泡面而溅起来的油渍。听到她的脚步声，他立刻抬起头说：“你终于醒了？”

她也没个正形，整个人直接往南绍身边一躺，两条长腿往茶几上一搁，问道：“敏敏过来帮我包扎的？”

南绍回答：“除了她还能有谁？要是我的话，指不定拿绷带把你的脸也缠上，直接送你到埃及去。”

歌琰二话不说，抬手重重地拧了一把他的大腿，痛得他差点把手里的泡面丢出去。

“姑奶奶。”南绍眼泪汪汪地说，“您别一睁开眼睛就搞我行不行？”

歌琰目露嫌弃地看着他：“敏敏过来，你就不知道留人家吃个饭？给人家买束花？”

他摆了摆手：“我和敏敏都认识这么多年了，还整这些做什么？

再说了，你可别忘了，咱俩的脑袋都是千金悬赏的。亡命之徒还去饭馆，还买花，你不如自己直接在脑门儿上贴一张‘我想死’走到天元局总部。”

方敏是南绍的发小，现在是一名护士。歌琰到A国这边落脚办事，但凡带伤回来，方敏都会立刻赶过来给她包扎，是个小天使般的女孩子。

歌琰真的被这块榆木气得脑壳疼：“要不是你还有点用处，我早就把你连人带电脑全部扔出去了……说到这个，你知道昨天那个不长眼的讨厌鬼是谁了吗？”

南绍听到这话，放下了泡面，转过头，贼兮兮地冲着她笑：“你说得这么隐晦做什么？你应该说，是哪位人中豪杰，竟然可以把大名鼎鼎的火吻弄得如此狼狈。不仅在埃达克监狱大牢的通风管道里当场表演脱衣秀，还烫得手脚上全是泡……”

这确实是歌琰职业生涯中完成任务质量最低、形象最差的一次。虽然最后她成功地金蝉脱壳，但完成方式极其难看。

她从出埃达克监狱的时候就不爽极了，现在南绍往枪口上撞。她没再说话，抬手就朝他的脑门儿上拍了过去。

南绍捂着脑袋哇哇大叫：“把我拍傻了，以后谁来给你做技术支持？！”

她弯着嘴角冷笑：“旧的不去新的不来。”

南绍委屈巴巴地看着她：“你喜新厌旧，见异思迁……”

“说人话。”

南绍摸了摸脑袋：“我找不到那个人。”

她蹙起了眉：“什么意思？”

“就是昨天等把你安置完之后，我再返回去追踪那个复原安全系统的信号，发现它根本不存在。换言之，就是那个人把自己曾经介入去恢复监狱安全系统的全部痕迹都抹得一干二净，无论是进入还是退出，连一点蛛丝马迹都找不到。

“我知道这很不可思议。”南绍叹了口气，“按常理来说这的确很难办到，很多黑客技术高超的人都没有办法将介入的痕迹全部抹去。据我所知，有可能做到这一点的人，只有一个。”

歌琰沉默了两秒：“是谁？”

“他在好几年前就已经神隐了。”

最后那个词，让歌琰一瞬间就提起了兴趣：“神隐？”

南绍用力地点了点头，眼睛里一瞬间迸发出了光芒，侃侃而谈道：“这个人叫 Ksotanahtk，在我们黑客界里是传说般的存在。没有人知道他的性别、长相、年龄等个人信息，只知道他一手创办了‘凡人无畏’这个黑客基地，让全球所有支持正义、帮助打击邪恶势力的自由黑客都可以有组织地进行交流活动。他也是目前全球公认实力排名第一的黑客，一直到现在都没有人可以超越他。不过听说现在他鲜少在基地里出现，也不知道忙活什么去了。”

歌琰听完后，单手支着额头说：“我不关心你的偶像有多厉害，我只关心一个问题——这个名号像脸滚键盘一样的人为什么要帮着天元局来抓我。”

南绍耸了耸肩：“我也不明白，讲道理，他应该和这些组织都搭不上边的，但是我实在想不出来还有谁那么有能耐了。”

歌琰思索了片刻，冷不丁地问道：“话说回来，你不是收到了黑帽大会的邀请函吗？是哪天来着？”

“两个星期之后。”

“行。”她眸光轻闪，“那这两周就在这儿待着吧，到时候我跟你一块儿去维加城。”

南绍听完，惊讶地抓了抓自己的脑袋，满脑门儿问号：“你确定要跟我一起去吗？这才刚刚在埃达克监狱里闹了这么大一出，你还要在这儿瞎蹦跶，嫌命长？而且你之前不是说你对黑帽大会没兴趣的吗？”

按照他们当初计划好的，去埃达克监狱解决掉穆萨维之后，他们就会立刻离境返回Y国，然后南绍再自己来A国参加黑帽大会。

可因为歌琰这次意外受伤，整个行程都被耽搁了，这两天等她伤好些，他们也应该要回去了。这里到处都是天元局的人，待在这里实在是不太安全。

“我现在改主意了。”歌琰的眼中此刻精光闪烁，“我有兴趣，我要去。”

两周后，A国，维加城。

蒲斯沅在酒店的客房里换上了干净的白衬衣，从包里拿出了一顶普通的黑色礼帽，一张纯白色面具和一封盖着火漆的大红色请柬。

“哥们儿，晚上好。”他戴着的微型耳麦里响起了一道轻佻又充满活力的男声。

“说，我还有三分钟下楼。”蒲斯沅走到落地镜前，动作利落地扣着衬衣的纽扣。

“你就不能对我稍微耐心一点儿吗？”言锡像个深闺里的怨妇，“都已经认识这么久了，你就从来没有对我温柔过一秒钟。”

耳麦那头传来了一声女孩子的轻笑，蒲斯沅扣上了最后那粒纽扣，淡淡地说道：“童佳，你来说。”

“我说！我说还不行吗？”言锡叹了口气，“唉，男人，总是对‘糟糠之妻’没点好态度。我、童佳和徐晟都已经在大礼堂里就位了。”

蒲斯沅从桌子上拿起了那个白色面具：“有行踪可疑的人吗？”

“没法判断。”言锡说，“黑帽大会为了保护参会者的隐私，要求所有参会者戴面具进场。参会者在入口处出示自己的礼帽和请柬即可入场，要在一片看不到脸的人里找血蝎子的人，简直就是大海捞针，他们有太多种方式混进场内了。”

黑帽大会，是每年都会在维加城最奢华的酒店里举办的顶级地下会议。之所以被称为地下会议，是因为参加这个会议的人都有着同样的特殊身份，他们利用键盘和互联网，便能够颠覆世界。

蒲斯沅将面具戴上之后，拿起黑礼帽和请柬，打开了房间门：“所以这就是为什么欧赛斯会选择在黑帽大会开始他的游戏。”

言锡：“一旦血蝎子的人已经在场内了，最坏的情况就是只能等到他们行动的时候，我们才能找到他们。”

面具下，蒲斯沅的眉头皱了皱。

他关上门，走到电梯前，按下了电梯的下行键：“我上来时看到，几乎所有宾客手里拿着的都是黑色请柬。我猜测，我等会儿可能和其他人不在同一个地方入场。”

进了电梯后，耳麦那头传来了童佳温软的声音：“老大，如果你不进大礼堂，就等于我们都不能在你近身的地方了。”

蒲斯沅沉默了两秒：“没事，我会视场内的情况随机……”

谁知道他这句话还没有说完，电梯门突然打开了。他停了话头，抬眼朝电梯外望去，目光微微动了动。

只见电梯外有个身材高挑曼妙的女人，她穿着一袭墨黑色的晚礼服，衬得她裸露在外的肤色更为白皙剔透，她还拥有着一头亮眼的火红色长发。不过，女人戴着一个和他一样的白色面具，因此他看不见她的面容。

通过蒲斯沅衬衣领口处的微型监视器看到眼前景象的言锡在通信器里吹了声口哨。

童佳连忙问：“怎么了？”

言锡："跟小蒲一趟电梯的，是个身材超好的女黑客。"

虽然女人的身材和发色都很出挑，但蒲斯沅看了一眼就算过了。只是，他的视线却在她两条纤细的手臂上多停留了几秒。

常人不仔细看的话，很难发现她的手臂内侧有一些浅浅的、因为烫伤才会留下的细小疤痕。他想到了什么，又往她身上瞟了一眼。他看到她左肩的裙带下，贴着一块小小的纱布。

这时，女人抬脚准备走进电梯，可能是因为她裙摆太长的缘故，她的前脚刚跨进电梯，就被自己绊了一下。

她倒过来的方向正朝着蒲斯沅，他微蹙了下眉，轻轻地伸手扶了一下那个女人。两人靠近的瞬间，蒲斯沅看到她的脖颈后方，有一块火焰状的胎记。

女人软绵绵地借着他的力量站稳后，立刻冲着他点头致谢："啊，真是非常抱歉……谢谢您了。"

她的声音很好听，带着一股沙哑的磁性。

蒲斯沅收回手没再说话，女人也走到一边站定。

电梯门缓缓合上，通信器里再度传来了言锡的声音："早知道我也跟小蒲一起进场了，竟然连坐个电梯都能有美人儿投怀送抱，此等好事怎么能少了我！"

童佳："我要去告诉安奕姐。"

言锡："别别别！"

电梯很快就到了黑帽大会所在的地下一层。

随着"叮"的一声，电梯门应声打开，女人正准备走出电梯，蒲斯沅却忽然低声说了一句："稍等。"

女人停下步子，回过头看向他。

他向前一步，以一个很近的距离垂眸注视着那个女人。

通信器里的言锡和童佳都忍不住倒抽了一口凉气。

在他们眼里，蒲斯沅天生就是那种会给人带来压迫感的人。有时候被他看一眼，都会感到莫名心虚，更别提这样近距离直直地对视了。可是那个红发女人却丝毫没有退让的意思，也同样静静地注视着他。

电梯里的气氛一度凝固。

“下次要偷东西的话。”停顿了几秒，蒲斯沅终于薄唇轻启，“记得把技术再练得更高明一点。”

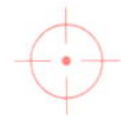

两天前，敦城，魅影组织总部。

走廊尽头的会议室里此刻一共有五个人，坐在最前方的是卢克，蒲斯沅、言锡、童佳和徐晟则分散着坐在长桌的左右侧，所有人的目光都齐刷刷地落在卢克背后的屏幕上。

大屏幕上此刻被分割成了九个画面，分别回放着这一周内在世界各地发生的多起犯罪事件——人肉炸弹、工厂爆炸、飞机坠毁、校园扫射等。

“乍一看，可能会觉得这些事件毫无联系，全都是不同人用不同方式造成的惨案。但是经过调查后可以发现，它们全部都能够串联起来，指向同一个组织。”

下一秒，漆黑的屏幕上出现了一个圆形的标志——圆形的正中央有一只黑色的蝎子，那只蝎子的身体上插着一把血淋淋的刀。

“今天凌晨三点，魅影组织的机密数据库被人入侵了。”卢克面色凝重地从椅子上起身，“撒旦协议被人窃取，放置协议的文件夹里只留下了这个标志以及一段四十五秒的视频，并且无法反追踪信号源。”

撒旦协议，是一份列有全世界各安全机构前特工的名单列表。名单上那些身怀绝技的前特工，都因在役期间犯下不可饶恕的错误后被除名，可以说都是隐藏在世界各地的高危分子。

这份名单在几年前曾被一个叫幽灵的组织头目窃取，差点酿成大祸。还好名单后来被魅影组织退役的王牌特工战神孟方言夺回，这几年一直被妥善保管在设有最强安全保护盾的数据库中，这份协议被窃取的后果是无法估量的。

一向嬉皮笑脸的言锡正了色：“我想知道对方究竟是怎么入侵的？”

魅影组织的机密数据库的安全等级是 SSS+，而且由蒲斯沅本人亲手设置的防护墙。在所有人看来，数据库被入侵这件事简直就是天方夜谭。

卢克这时按下了播放视频的按钮。

“卢克，以及各位魅影组织的特工们，你们好。”

短暂的模糊后，视频上出现了一个三十多岁的男人。他端坐在一张桌子后面，脸上戴着半个面具，屋子里的所有人在看到他露出的那半边脸时皆是浑身一震。

“我想你们应该都对我非常熟悉了，我是欧赛斯，被你们认为已经在一次任务中去世的曾经的同伴。不过放心，这并不是什么鬼故事，我这三年来一直还活在这个世界上，并且活得好好的，做了非常多我之前想做却没能做成的事情——比如，创立血蝎子。

“撒旦协议目前在我的手中，并且，协议上所列举的大部分在世前特工都已经被我召集，成为血蝎子中的一员。他们个个都蓄势待发，对能报复这个将他们遗弃的世界而感到跃跃欲试。”

欧赛斯顿了顿，接着露出了一个微笑：“我很高兴能够以组织者的身份宣布这场死亡游戏的开始，我也万分期待接下来与你们每一个人重逢。

“第一场游戏，将会在两天后的黑帽大会上进行。血蝎子将会在黑帽大会上猎杀一名最优秀的黑客，以此作为这场死亡游戏的开场致敬。”

视频播放至此，整个屏幕顿时陷入了一片黑暗，言锡看完后“啪”的一声重重地将手里的水杯砸在桌子上，怒道：“简直荒谬！三年前我们以为他去世的时候那么悲痛和惋惜！”

“作为魅影组织的前特工，他不仅以死亡来欺骗我们，换取新的身份，还转而和一群反社会的魔鬼投身于恐怖活动，简直可耻。”一向性子柔和的童佳也非常气愤。

卢克关了视频，面容严肃地说：“欧赛斯假死后的这三年，他一定做了万全的准备，这是一场蓄谋已久的行动。他在魅影组织工作过十余年，熟悉我们的工作方式、思维模式和系统，所以才能以他没有被废除的身份信息从内部登录我们的数据库，盗走撒旦协议。被曾经肝胆相照的同伴反咬一口，我们从最开始就已经处在非常被动的位置了。

“你们都知道，欧赛斯在役期间不仅在外勤任务上表现得十分出彩，他还精通易容和枪法，并且是一位技术高手，这样高智商的反社会型人物选择站在我们的对立面，对于我们而言是非常棘手的。”

自始至终没有说过话的蒲斯沅抬了抬眼，将一张大红色的烫金请柬扔在了长桌上。

“这张请柬和一顶黑色礼帽、一个白色面具以及一封信一起被放在了我父母和我哥的坟墓前。”他淡淡地，“写信的人说他知道我的身份，如果我不想身份被曝光，那就去参加两天后在维加城举办的黑帽大会。信件和请柬上都没有指纹，墓园也没有监控，不知道是谁放的。”

言锡拿起了那张请柬打开，当他看到了被邀请人的称谓后，目光一震：“这……”

蒲斯沅敛了下眼眸：“收件人是 Ksotanahtk。”

童佳皱起了眉：“老大，你确定要去吗？”

这份来自匿名寄件人的请柬，完全就是一场鸿门宴的邀请函。除此之外，血蝎子的人也会出现在黑帽大会上，蒲斯沅将会腹背受敌。

蒲斯沅抬了抬眼眸：“我去的话，血蝎子的猎杀对象就会是我。”

曝光身份对他来说其实不算威胁，但是黑帽大会上聚集了世界上最活跃、最优秀的黑客们。这些黑客中的很多人一直都在默默地帮助魅影组织一起维护世界和平，是他们的盟友，所以他不可能眼睁睁地看着这些黑客中的任何一个被血蝎子猎杀。

所有人都沉默了下来，血蝎子的阴影仿佛笼罩着敦城的上空。

他们都清楚，目前似乎只有蒲斯沅本人亲自现身黑帽大会，才有抗衡血蝎子的可能。

良久，卢克一字一句地对他说：“塔纳托斯，针对欧赛斯和血蝎子的围剿和追捕，已经正式在魅影被立案成 R+ 级任务，而你是本次行动的总负责人。

“除了你的小队成员以外，组织中所有人手都会随时接受你的调派，你拥有除了我之外的最高指挥权。”

蒲斯沅收起请柬，淡然地点了下头。

而此刻的电梯里。

红发女人在听完蒲斯沅的那句话后，过了两秒，才说：“先生，您在说什么？我怎么有点儿听不懂。”

蒲斯沅面无表情地看着她："请柬。"

女人还是一副没有听懂的样子，步伐优雅地走出了电梯，施施然地回过头看他："请柬怎么了？"

他走出电梯，冲她抬了一下下巴："你手里的那张请柬是我的。"

红发女人低头看了一下自己手里的请柬，才恍然大悟道："啊，抱歉，大概是我刚才绊倒的时候拿错了。"

蒲斯沅轻轻地挑了一下眉头。刚刚她在电梯里不小心绊倒的时候，他扶了一下她的手臂才让她站稳。因此她根本就没有摔在地上，手里的东西也没有掉落在地上过。况且，他的请柬一直都是在他的裤子口袋里，请问她是以何种契机"拿错"的？

没等他说话，女人便自顾自地把请柬递回给他。她将他裤子口袋里的那张请柬抽了出来拿在手里，笑吟吟地冲他摇了摇头："真是太不好意思了，怪就怪这两张请柬长得实在是太像了。"

蒲斯沅都快被她可以冲击奥斯卡的演技给气笑了。

女人淡定从容地说："又给您添麻烦了，那我先走了，回见。"

他站在原地，没有再多说什么，只是静静地注视着那个红发女人步履飞快地消失在了等候在礼堂外的人群中，目光别有深意。

在通信器那头憋了许久的言锡这时终于忍不住了："你是怎么发现你的请柬被调包的……不，这已经不重要了，你为什么不扣住那个女人啊？她明摆着就是要偷你的请柬啊！"

"不好意思拿错请柬"这种话，鬼才会相信吧？那女人分明就是没安好心，想要在光天化日之下调包他的请柬。

童佳也跟着说："要我帮你去查一下那个女人的身份吗？"

"不用。"过了一会儿，蒲斯沅才收回落在人群中的目光，"不着急。"

言锡他们听明白了他的意思，知道他肯定是对那个女人有了自己的盘算。

接着，蒲斯沅在礼堂外慢慢地走了一圈，他细致地观察了一遍人群和礼堂的结构，然后往一旁拐角处的男洗手间走去。

言锡那个话痨又开始了："难得我还幻想着女性绝缘体小蒲可以在维加城来一场精彩的艳遇。比如，阴差阳错和一个大美人儿撞上，然后天雷勾地火，结束他二十多年的黄金单身狗时光……结果呢？大美人儿竟然是来偷他东西的！小蒲，就你这运气，估计地球毁灭的那一天你都还是单身。"

童佳在通信器里笑出了声，连一向少言寡语的徐晟也跟着笑了一声。

蒲斯沅走到男洗手间门口，才冷声开口道："我刚把你以前喝醉了抱着后勤组女同事唱情歌的视频发给了安奕。"

"蒲斯沅你是不是人啊？！"

蒲斯沅听着言锡的吱哇乱叫，眸子里闪过了一丝笑意，伸手推开了男洗手间的门。

——To Be Continued

CHAPTER 2

枪手与盗贼

Kiss of fire

枪手与盗贼

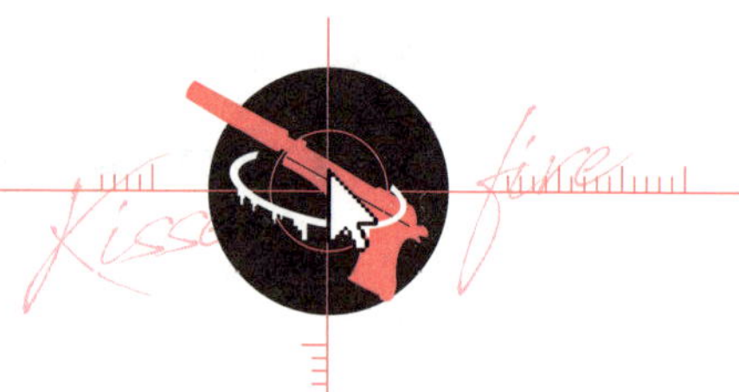

推门的时候，有一瞬间，他感觉门背后似乎有阻力，可是他稍一用力，门还是轻而易举地被他推开了。

下一秒，他的脚步便停住了。只见刚刚才和他分别的红发女人正站在一间隔间的门口，她的手里捏着一张大红色烫金的请柬。女人转过头看到他的时候，身体也是肉眼可见地一僵。

洗手间的空气变得和半个小时前电梯里的一样稀薄。

大概静立了五秒，蒲斯沅往后退了一步，打开门，扫了一眼洗手间的门牌。没错，确实是男洗手间，然后他又走了回来。

通信器里传来了言锡虚弱的声音："小蒲，是我错了，你和这女人是真的有缘。"

歌琰觉得自己最近绝对命犯太岁。

先不提在埃达克监狱里的那一遭，她养伤养了整整两周才恢复一点儿元气。不止她的枪伤，连手臂和腿上的烫伤都还没有完全康复。

在来黑帽大会之前，她和南绍其实都不知道被邀请的黑客拿到的请柬是不一样的。来到了这里之后，他们才发现，原来绝大部分黑客拿到的都是黑色请柬，只有极少数的人拿到了红色烫金请柬。

用鼻子想都知道，拿红色烫金请柬的人肯定会受到主办方特殊的招待，或许连参会流程都会有所不同。

南绍是其中一个拿到红色烫金请柬的人，为了全程和他同进同出，歌琰必须也要拿到一份红色烫金请柬。

于是，当她好不容易在电梯里碰到一个拿红色请柬的男人后，便打算把请柬调包，结果一秒钟不到就被识破了，而且那个男人还让她把技术再练得更高明一点。

她自认为她偷天换日的技术已经到了出神入化的地步，常人根本不可能发现。况且，哪个男人碰到美人投怀送抱还有心思去注意别的？

可今天，她摸爬滚打了这么多年，第一次被人质疑业务水平，歌琰当场就气疯了。

不过，那男人一看就不是普通人。她在电梯里故意倒向他的那一瞬间，就能够感觉到他浑身肌肉一瞬间的紧绷、防御和爆发力。那种高速反应能力根本不可能出现在一个普通人的身上。

不过也不知道为什么，那个男人即便识破了她的调包术，也没有要对她采取什么行动的意思。

从电梯离开后，她迅速地找到了在角落里等着她的南绍，没好气地说："我在怀疑我最近要不要去烧个高香。"

南绍听她说完刚刚在电梯里发生的事情，瞠目结舌道："这男的是天元局的人吧？不对，那他为啥不抓你啊？"

"我怎么知道？"她的目光依旧在四周的人群中转悠，"估计是因为我长得美吧？"

南绍很无语："大姐，你戴着面具呢，当他是透视眼吗？"

歌琰收回了目光，拽了一下他的袖口："我看到一个拿烫金请柬的人了，他现在在往男洗手间的方向走。"

所有人此刻都在忙着入场，她和南绍直接抄近路，比那个拿烫金请柬的黑客先一步进到了男洗手间，确保洗手间里没有人后，直接将那个走进来的黑客敲晕了。

他们将清扫车挡在了门背后，确保没有人会进来，再拖着那个黑客进了最里面的隔间。南绍把那人绑在了马桶上，把烫金请柬搜刮出来，递给了歌琰。歌琰接过请柬，打开看了一眼请柬上的称谓。

“红发夜叉。”她看到那行字之后，眯了眯眼，“这个称谓是在逗我吗？”

南绍仰天大笑，他笑得前仰后合，差点把马桶盖都给掀了。

“这不是一个为你量身定做的称谓吗？”南绍扶着墙，笑得眼泪都快出来了。

歌琰翻了个白眼，当她快要把信上那个称谓盯出一个洞时，就看到被清扫车挡住的洗手间门轻而易举地被人从外面推开了。

怎么又是他？！见了鬼了，她怎么上哪儿都能碰到这个男的？

只见那个电梯男站在门口和她对视了五秒，退出去看了一眼洗手间的门牌，又走了回来。就算隔着面具，她都能感觉到对方此刻脸上的表情，应该和她一样微妙。

南绍在隔间里听到了外面的动静，从里面走了出来。他一看到歌琰僵立着的反应，立刻猜到这个男人应该就是她刚在电梯里碰到的那个硬茬。

“这位兄弟，你没有走错。”南绍笑嘻嘻地从后面把歌琰往前一推，“这里确实是男厕所，但是女厕所要排队，我姐姐内急忍不了，所以她就跟我一块儿来男厕所了。”

歌琰无语，这是她听过最烂的谎。谁说谁是猪，谁信谁也是猪。

蒲斯沅的目光在他们身上转悠了一圈，再落到歌琰手里拿着的那张烫金请柬上，最后从最里面的隔间底部里隐约可见的男人的双脚上绕了回来。

可是他却像什么都没有看到一样，径直走到了洗手台边洗手。

等南绍推着歌琰离开了男洗手间，蒲斯沅才压低嗓子对着通信器道："别笑了，十分钟之后，让人来男洗手间最后那个隔间捞人。"

言锡好不容易才停下了爆笑："你就任由那位内急要闯男厕所的红发美女这么狸猫换太子？还有，她旁边那个是她的搭档吧？那小子看着也有点东西，要不要兜底一起查个干净？"

蒲斯沅关上水龙头，甩了一下手掌上的水珠，从一旁抽了一张纸巾擦干了双手，语气还是不慌不忙的："不用。"

等出了男洗手间，歌琰皮笑肉不笑地拍了拍手道："长见识了，原来脑残都是凑双数的。"

南绍说的谎那么烂，那个男人竟然还信了。而且，他都看到她手里拿着一张烫金请柬了，依照他的智商，用鼻子想都猜得到她刚才在男洗手间里干了什么好事吧？

南绍倒是没觉得有什么不妥："可能这哥们儿虽然人很利索，但反射弧可以绕地球一圈长呢？人家又没想逮你，你是上赶着想被他逮住吗？"

歌琰捶了他一拳，转身刚想往会场的签到处走，就被南绍抬手拦下了。

歌琰："怎么？"

南绍轻轻地指了指男洗手间，突然贼兮兮地说："我在想，咱们要不要和里面那位兄弟结个伴。"

她不可思议地看了他一眼："你脑子坏了？"

南绍摇了摇头："你不懂。既然这人挺厉害，而且也是拿烫金请柬的，和他搞好关系，等会儿入了场后作为同一群体也能互相有个照应，知己知彼方能百战百胜嘛。"

歌琰不太能理解南绍这清奇的脑回路："你是想把他放在身边，

让他抓我们的时候更方便一些是吗？”

南绍摆了摆手道：“咱们搞技术的，第六感都比较准。我对这个兄弟第一感觉挺好的，虽然他目前还没有和我说过一句话。”

歌琰已经放弃和他争论了：“南绍，看来一直以来是我误会你了。原来你不是不珍惜敏敏，是你过于关注别的男人。”

歌琰虽然潜意识里觉得里面那个男人异常危险，但也不知道为什么，她确实想近距离观察一下他，她总觉得他来到这里也并不只是单纯来参加黑帽大会的。况且，她确信要是等会儿真的动起手来，她应该也能全身而退。

于是，等蒲斯沅从洗手间出来，就看到门口直挺挺地站着两个“门神”。

南绍热情地冲他摇了摇手里的请柬：“兄弟，既然咱们都是烫金族，不如结伴而行吧？不知道你有没有听说过一句话，叫作网络一线牵，相逢都是缘。”

歌琰恨不得把南绍的头塞到马桶里。烫金族？我还杀马特葬爱家族呢！

谁知，蒲斯沅看着他们沉默了几秒，竟然冷冷地说道：“行。”

通信器那边的言锡他们都已经惊得连话都说不出来了。

这件事的槽点着实太多，他们都不知道应该从哪儿开始吐槽好——蒲斯沅不但容忍了这对活宝在自己面前各种胡闹，现在竟然还接受了这个烫金族的中二设定。

开什么玩笑，魅影组织威名赫赫的“死神”，竟然愿意顶着“烫金族”的名头和人结伴同行？

童佳实在忍不住了：“老大，你到底怎么了？”

言锡捂着胸口说：“佳佳，别问，千万别问，就当疯的是我们。”

蒲斯沅听着通信器里言锡他们七嘴八舌的讨论，很轻地挑了一下眉，跟着南绍他们往礼堂外的签到处走去。

“我先自我介绍一下，”在礼堂外排队时，南绍大大方方地对蒲斯沉说，“巴斯光年。”

南绍自我感觉好到飞起，作为目前全球排名第三的黑客，巴斯光年这个名号，在“凡人无畏”黑客基地乃至整个黑客界都是响当当的，但凡是个活跃点的黑客一定都知道他。

通信器里的言锡说：“这中二小子是不是小时候迪士尼动画片看多了？他怎么不叫唐老鸭呢？”

蒲斯沉在面具下微微地勾了下嘴角。

南绍见他听完自己的名头竟然还是沉默，心里有点失落于这兄弟没有给出预期的捧场反应，但还是转而说：“那你呢？”

蒲斯沉薄唇轻启：“修普诺斯。”

他的声音冷冰冰的，但因为声线比较低沉，又显得有点儿性感。

自从被迫和他结伴开始就不太想开口说话的歌琰听到这个名字，下意识地转头看了他一眼。蒲斯沉感觉到了她的注视，也冲着她的方向抬了下眼眸。

隔着面具，她只能看到他波澜不惊又漆黑深邃的目光。她看完这一眼，很快就又别过了脸。

南绍挠了挠头，说：“感觉很高级的样子。”

虽然我从来都没听说过，他在心里腹诽。

无论是他，还是歌琰顶替的那个“红发夜叉”，都是现在世界排名前十的黑客。所以他估计拿烫金请柬的应该都是全球实力顶尖的黑客，为什么这个他从没听说过名号的人有资格拿烫金请柬呢？不过这个念头也就在南绍的脑子里闪了几秒，很快就被他忽略了。

鉴于蒲斯沉本来就是那种话很少的人，歌琰又故意装聋作哑。

所以在入场之前，只有并不介意他们沉默的南绍一个人在滔滔不绝。

起先，南绍一直在东拉西扯一堆有的没的，比如维加城的美女和他很投缘，他这两天在赌场战无不胜，等等。到了后来，他忽然就转了话匣子，开始讨论起一个人来。

南绍拍拍蒲斯沅的肩膀，说道："兄弟，你知道 Ksotanahtk 吗？"

蒲斯沅听罢，沉默了两秒，微微点了下头。

听到这个名字，对南绍的瞎扯兴致缺缺的歌琰也竖起了耳朵。

超越常人的直觉告诉她，虽然南绍此前一直声称可能性微乎其微，但她总觉得这个名号像脸滚键盘的人，极有可能是导致她在埃达克监狱经历人生第一次翻车的罪魁祸首。

"他是我今生唯一的偶像！"南绍看到这位沉默寡言、似乎两耳不闻窗外事的兄弟居然知道 Ksotanahtk，一下子就变得很激动，"如果今天他来现场，我一定会冲上去给他一个大大的拥抱！

"我还希望他能在我的背上、手上和大腿上都签个名，那我应该一年……不，两年之内都不会洗澡了。"说到这里，南绍竟然罕见地有点儿不好意思，"如果他不介意的话。"

而蒲斯沅的脸在面具下已经冻住了，他非常介意。

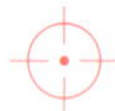

歌琰也感到很窒息。她想听的是关于 Ksotanahtk 这个人的事，而不是南绍有多么地痴迷他的男神。

她在面具下咬了咬牙，直接用八厘米的高跟鞋鞋跟朝南绍的脚上踩了过去。南绍被这一脚踩得差点半条命都没了，他白着一张脸，转过头去眼泪汪汪地瞪着歌琰。

瞪了一会儿，南绍又没骨气地转了回来，虚弱地对蒲斯沅说道：“你知道吗？就是因为 K，我才会进入这一行。就是因为他，黑客这个词在无数人的心目中才不再是贬义。”

眼见蒲斯沅并没有阻止他说话的意思，他想介绍男神的欲望顿时变得更加强烈了：“我不知道你有没有见识过当年他活跃在黑客界时的盛景，我就简单给你举个例子吧。有一次，他带着‘凡人无畏’的二十个精英，在一个小时之内直接把一个中东组织使用的电脑全部干翻了，当时全网沸腾。干翻就是字面上的意思，几百台电脑全部被‘黑’报废了。

“无论是他，还是他带领着的‘凡人无畏’的成员，都干过太多震撼人心的事情了。他一直在用自己的方式维护正义，我觉得他就像是黑客界的哥谭英雄。这么多年来，我一直都以他为目标，想要成为一个像他这样的人。

“只是很可惜，在我正式加入‘凡人无畏’之后，一共就跟着他参加过两次集体行动，然后他就销声匿迹了。基地里几个和他关系稍微近一些的元老级人物也都跟着隐退了。之后‘凡人无畏’的所有行动都靠成员自发进行，虽然还算井然有序，可是没有他的‘凡人无畏’，终归还是失去了灵魂。”

蒲斯沅从来没有听过有人如此直白地当面抒发对他的崇拜，虽然他一开始听得有点不自在。可听到这儿，他又觉得面前这个年轻的男孩子，是真的对这一行充满了热血。这让他一瞬间想起了很多，甚至想起了最开始的自己。

蒲斯沅沉默着，倒是通信器那头的言锡先忍不住了，长叹了一口气道：“童佳，你说要是这小子知道 K 本人现在就站在他的面前，会不会直接眼一闭就晕过去了？”

童佳笑出了声：“我觉得会。不过，我听他说的这些都有点儿感动了，他是真心崇拜老大的。”

徐晟也说话了：“确实。他说得我也想看看当年老大还在‘凡人无畏’时的盛景了。”

言锡的语气里透着明显的骄傲：“可惜啊，现在他们的 K 已经变成了魅影组织的死神。从此以后普通人再也看不到黑客界永恒传说活跃的身影了。”

而南绍说到这里，深深地叹了一口气，看上去像是一只被人遗弃的小狗：“你说，他到底去哪儿了呢？”

歌琰听完这段毫无关键信息的纯情感抒发，终于没好气地接了一句：“还能去哪儿，估计泡妞去了吧。”

此话一出，蒲斯沅和南绍都转头看向了她。

她被这两人看得愣了一下：“干吗？”

南绍摸了摸自己的下巴：“虽然我总觉得 K 不是个凡人，但是你非要这么说的话，他也不是没可能是去结婚生孩子了……”

蒲斯沅听着言锡在通信器里爆发出的毫不掩饰的讥笑声，额头青筋一跳，看向歌琰的眼神顿时变得更加复杂了。

歌琰自然也感觉到了他的注视，心里满是疑惑——她说的是 K，他在那儿不爽个什么劲儿啊？

很快，轮到他们三个签到入场了，南绍还在嘴里小声念叨：“不知道 K 今天会不会来，前几次的黑帽大会，他都没有出现过……”

入场时，他们三个分别对礼堂门口负责签到的工作人员出示了自己的请柬。

当工作人员打开蒲斯沅的请柬后，突然猛地抬起头，用不可置信的眼光看着他：“先生，你……”

蒲斯沅没有说话，伸手将对方手里的请柬收了回来。

南绍忙着和工作人员交谈，没有注意，可是歌琰却一直在关注着他。也因此，她将工作人员惊讶的眼神尽收眼底。

南绍显然没有听说过他的名号，为什么黑帽大会的工作人员在看到他的名号后会表现得如此惊讶？

歌琰挪动了一下脚步，试图去瞟他请柬上的字，可他早就已经将请柬收到了衣服口袋里。

那个负责帮蒲斯沅签到的工作人员颤抖着手在电脑上记录了他的名字后，转头就和身边的同事交头接耳，接着那个同事也对着蒲斯沅露出了惊讶、甚至可以说是激动的眼神。然后，一个人直接快步走向了走廊尽头，而另外一个，朝他们三个恭敬地做了个“请”的手势：“三位请跟我来，你们将在礼堂的 VIP 包厢入座，需要乘坐特设的电梯前往。”

南绍又是兴奋又是惊讶地说：“哇，今年竟然还搞特殊啊？”

他们三人便跟着工作人员一起走进签到处后的一扇小门，然后拐了好几个弯，才来到了一部隐蔽的电梯前。

进了电梯后，工作人员按了一层，视线却还是一直控制不住地往蒲斯沅身上瞟。歌琰的目光也悄悄地跟了过去，只可惜这位被注视的人压根儿没有任何反应。

等电梯停稳后，工作人员将他们径直领进了一间全透明的大房间。这间包厢装饰得无比华丽，屋子里的所有陈设都是金色和红色调的。此时，包厢里的十二张绯红大沙发上已经落座了九个人，只有最后三张沙发还空着。

歌琰朝前方的落地玻璃外看去，看到了大礼堂内正前方的巨型屏幕，以及底下一片或站着或坐着，戴着面具的参会黑客们。

南绍兴奋地走在最前面，于是落座时，歌琰被迫坐在了蒲斯沅和南绍中间。整理了一下裙摆，准备弯腰坐下时，她不经意地一瞥，恰好看到蒲斯沅放在沙发扶手上纤长白皙的手指。

她看到这只手时，有一瞬间的愣怔。而后她轻微地摇了下头，坐了下来。

等他们三个都坐定了之后，工作人员将房间门关上，大礼堂内的灯光也瞬间熄灭了。

底下的黑客们发出了一阵压低的惊呼声，紧接着，前方的巨型屏幕忽然亮了起来，偌大的屏幕正中央出现了一顶巨大的黑色礼帽。

“亲爱的女士们、先生们，”同一时刻，一个身着黑色西装，戴着黑色礼帽和白色面具的男人从帘幕后优雅地踱步而出，“欢迎来到今年的黑帽大会！”

全场顿时响起了雷鸣般的掌声和欢呼声，包厢内的黑客们也都鼓起掌来。

“今年的黑帽大会依然会遵循往年的流程，首先将回顾这一年中的十个最佳行动案例，并将在大会结束后，由主办方给行动的组织者颁发勋章与支票奖励。”

主持人的话音落下，大屏幕上的黑色礼帽就变成了十行文字。这些文字从“一”罗列到“十”，每一行都清晰地注解了这些黑客行动的规模、具体情况以及其组织者。

南绍的名号“巴斯光年”赫然位于第二行。

“看不出来，你小子还有点东西啊？”歌琰低笑了一声。

南绍“哼”了一声：“岂止是还可以？要不是我还有一半的时间在忙着给你擦屁股，最起码还得在上面多占三行。”

歌琰再次目不斜视地往他的皮鞋上踩了过去。

南绍痛得眼泪都快出来了：“大姐，我的鞋子都快被你踩穿了！”

歌琰没半点儿心疼他，目光落在大荧幕上：“怎么那么多组织者都是‘凡人无畏’的？”

“那可不？”南绍的语气里是掩饰不住的得意，“每一年的十佳行动颁奖典礼上，最起码有八次行动都是咱们‘凡人无畏’策划组织的，咱们拿奖拿得手都软了。”

“凡人无畏！凡人无畏！”包厢里传来了接连不断的高呼。

南绍拍了拍歌琰的沙发扶手，低声对她说：“虽然大家还没有做自我介绍，但相信我，这包厢里的人，最起码有三分之二都来自‘凡人无畏’。”

礼堂内的黑客们也都发出了热烈的讨论声和欢呼声。随后，主持人突然做了一个手势，示意大家保持安静：“我们今年增加了一个特殊的环节。”

话音落下，礼堂内的灯光立刻全部打向了歌琰他们所在的玻璃包厢，所有人都好奇地仰起了头。

“今年，我们大会特设了这个 VIP 包厢。包厢中的这十二名宾客都是目前全球排名最靠前的黑客。”主持人抬手指向了顶层，并转了语调，声音有些颤抖，“最让我意想不到的是，这十二名黑客之中，有一位此前从未莅临过黑帽大会，但他的名号却无人不晓。”

此话一出，下面的黑客们都疯了。

从来没有莅临过黑帽大会，但是排名却在全球前列，这个人难道是……

歌琰一听这话，脸色也变了，她身边的南绍一边颤抖着手掐住了自己的人中，一边激动地环顾包厢里的其他黑客。

“他是全球排名第一的黑客，也是‘凡人无畏’的创立者。他虽然有很长一段时间都没有活跃于我们的领域里，不知遁于世界上的哪个角落。但是，他依然是没有任何人可以替代的永恒传说。今天，他第一次来到了我们的现场！”

主持人刚刚说完这些，下面的黑客们发出了震耳欲聋的尖叫声，整个大礼堂的屋顶都要被掀翻了。

包厢里的黑客也在兴奋地交头接耳，由于其他人来得早，都已经做过自我介绍，因此，几乎所有人都把目光聚焦在了最后进来的歌琰、南绍和蒲斯沅的身上。

毫不夸张地说，歌琰感觉自己坐着的沙发都在摇晃。而她左手边的南绍，虽然她看不到他的脸，但在如此嘈杂的背景音里，她还是听到了他发出的兴奋的呜咽声。

就在这时，她的脑子里忽然闪过一个很大胆的念头。

在如此吵闹的环境里，蒲斯沅还一直静静地坐在沙发上，连眼皮都没抬一下。通信器里的言锡倒是比他还要紧张："我感觉自己在小蒲的全球巡回演唱会上。"

趁着人声沸腾，蒲斯沅又低又快地说了两个字："注意。"

等会儿他起身的时候，血蝎子的人大概率也会有所行动。而且，他估计，血蝎子的人八成已经混在了这间透明的包厢里。

主持人捏着话筒，高声道："他就是——Ksotanahtk！"

蒲斯沅的手轻轻地捏了一下沙发的扶手，正准备从沙发上起身。他浑身都处于高度警惕状态，左手已经悄无声息地放在了他西裤后的枪支上。

然而，下一秒，他就看到他的左手边"唰"地站起来了一个人。

只见歌琰轻轻地拨弄了一下她肩头火红色的长发，在所有人的注视中，优雅地走到了包厢最前方的话筒前。

她冲着整个礼堂的人轻轻地摆了摆手，笑道："大家好，我是Ksotanahtk。"

蒲斯沅：……

南绍：……

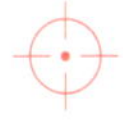

全场的人都石化了。这么多年来，所有人都不清楚 K 的长相和身份，甚至并不知道他究竟是男是女。

但是出于行业规律思考，大部分黑客是男性。而且通过 K 做过的那些惊天动地的大事判断，他的手段和行事风格都像是男性。

歌琰自然也听到了全场的哗然声，但她依旧淡定地站在话筒前俯视着下方。

她起身的那一刻，就是蒲斯沅这一整晚面部表情最多的时刻。他活到现在，还真从来没见过有人敢当着他的面穿他的“衣服”。但他还是立刻就收回了要起身的动作，同时转头看向了包厢内的其他宾客。

这些人似乎也都惊掉了大牙，僵坐在沙发上，没有一个意图做出他预期的危险举动。难道血蝎子的人不在这个包厢里？

通信器那边的言锡已经蒙了：“小蒲，她是 K，那你是个什么东西？”

一向话少的徐晟接了一句：“红发夜叉。”

言锡：“她穿你马甲到底想干吗？难道她是血蝎子的人？”

蒲斯沅已经完全了然歌琰究竟在打什么算盘了，不过他还真的没想到，她为了达到目的，竟然敢当着整个黑客界的面假扮他，这女人可真是胆大包天。

他收回注视其他人的视线，看向表现得淡定自若的歌琰。奇怪的是，他一点儿都没有被她假扮的不悦。相反，他竟然还觉得这场景莫名的有点儿好笑。

于是，他在面具底下低低地笑了一声。

言锡傻眼了：“小蒲，你是在笑吗？”

“没。”

言锡：“我听到了，你刚刚真的笑了。”

童佳：“我也听到了。”

和蒲斯沅隔着一个座位的南绍此时已经彻底傻眼了，下面的主持人也傻了。幸亏台下有一名工作人员上了台，在主持人的耳边耳语了几句，主持人才勉强回过神来。

“这位女士。”主持人这会儿说话还有点儿磕巴，“刚才在门口负责签到的工作人员说，他亲眼看见递给他印着K名字请柬的来宾是一位男性。”

全场再度陷入一片哗然——这女人竟然敢假冒K？

下一秒，所有人就听到歌琰对着话筒说：“是他眼拙了，那么大的人了，连男的女的都分不清吗？”

通信器里的言锡抓狂地问蒲斯沅：“小蒲，你就任由她这么胡闹？”

蒲斯沅没吱声，他单手支着下巴，静静地看着歌琰。

无论是包厢里的人，还是楼下的人，全都在激烈地讨论着这件事。然而整整十分钟过去了，也没有人站出来说她是冒名顶替的，这也就意味着，至少今天晚上，K只能是她了。

主持人也清楚这一点，于是他拖着调子说：“K女士，很荣幸今天您能来黑帽大会！今晚的特别环节，其实就是想邀请您作为组织者带领包厢中的其他顶尖黑客，一起在黑帽大会的现场进行一次黑客行动，我想这也是在场所有人的心愿，不知您是否愿意？”

此话一出，刚刚还因为“K竟然是个女人”而震惊的现场顿时沸腾了！

有生之年，能够亲眼看到K带领全球顶尖的十一名黑客进行黑客行动的现场直播，大家连做梦都不敢想这种事。

全场所有人都开始高声齐呼“Ksotanahtk”，这个黑客界无人不知的名号仿佛可以穿透大礼堂的屋顶以及整栋酒店，直入云霄。

在主持人说出这句话之前一直都镇定自若的歌琰，在这整齐又响亮的呼喊声中终于感受到了一丝慌乱。

完了。要她动动嘴皮子，她或许还有自信能够把这一帮人全都糊弄过去。可是在现场直接进行黑客行动？这是要她死吗？她这个技术白痴是不是直接把玻璃敲碎了跳下去来得更快一些？

在这一刻，歌琰终于开始后悔假扮这个该死的脸滚键盘的黑客了。

更匪夷所思的是，这个被她冒充的人竟然没有出来指正她，还允许她就这么继续假扮下去。想到这里，她下意识地微侧过头，用余光扫了一眼蒲斯沅所在的方向。他竟然毫无动作，仿佛这件事与他毫不相干。

难道是她猜错了？他不是 K？歌琰蹙了蹙眉。

过了半晌，她强装淡定地对着话筒说了声“好”，坐到了沙发上。

随后，包厢门就被打开了，几个工作人员捧着十二台笔记本电脑鱼贯而入，将这些电脑分发给了包厢内的黑客。

南绍在拿到电脑的时候，终于回过了神。他颤抖着转向身边的歌琰，努力控制着自己的音量：“你竟然敢假扮我的男神，你是不是疯了？”

歌琰没好气地冲着他低语：“等会儿你负责冲锋陷阵。”

她对这一行了解得不深，想着反正等会儿还有其他人一起参与行动，大家又不知道谁干得多，谁干得少。只要南绍和其他人多干点儿，她在后面划划水应该就能蒙混过关了。

可谁知道，下一秒，她就听到下面的主持人兴奋地说：“现在，我们会将 K 的电脑直接投影在我们的大屏幕上。今夜，我们将近距离欣赏我们的永恒传说在行动时的英姿。”

大礼堂内欢呼雀跃，如同一场真正的狂欢，而歌琰面如死灰。

没过一会儿，歌琰就看到自己的电脑屏幕被投放在了前方的大荧幕上。她此刻的脸色和电脑屏幕里倒映的白色面具一样惨白。

人一旦倒霉起来，真的是没个头。

无论她遇到多么险象环生的局面，哪怕是要在几百个人的围剿里逃脱，她都毫无畏惧。但偏偏技术这一块儿从来都是她的短板，她甚至连装装样子都做不到。

先不说这包厢里的人没可能随便糊弄过去，就算是下面的普通黑客，也都看得出技术大神和菜鸟之间的差别。

南绍当然知道她已经彻底玩崩了，这时要帮她擦屁股的紧张感已经暂时盖过了她假扮男神的天崩地裂感。他抹了一把额头上的汗，压着嗓子说：“我现在直接连过来，虽然我和 K 之间存在着一定的差距，但至少比你自己操作要死得慢一些。”

歌琰生无可恋地说：“行。”

整个包厢里的黑客都已经蓄势待发，其中一个男人还吹了声口哨，远远地冲歌琰摆了摆手：“K，看你了。你一声令下，咱们就直接跟着你冲。”

歌琰极其敷衍地点了点头。

整个大礼堂内此刻鸦雀无声，所有人都在屏息等待着这次行动的开始。可五分钟过去了，她这边却还是毫无动静，包厢里的黑客开始频频转头盯着她瞧。

歌琰见状不妙，咬了咬牙，悄悄踢了一下她左手边的南绍。

南绍脸上的汗已经淌到了脖子上，他的腿都在抖：“我怎么样也连不过来，可能他们在你的电脑上设置了什么吧……”

歌琰揉了揉太阳穴，估量了一下包厢大门的方位，脑中思考着如果她现在选择拔腿就跑，能不能把这事揭过了。

一晃十分钟过去了，楼下的宾客们开始骚动起来。主持人估计也被催急了，试探性地问："K 女士，您这边方便开始了吗？"

包厢里有个黑客心直口快地大声说道："你不会是个赝品吧？"

其他人也开始跟着帮腔："就是啊！ K 怎么可能会那么磨蹭？这对他来说，不是信手拈来吗？"

歌琰咬了咬牙，将双手轻轻地放在了键盘上。她的余光看到南绍此刻已经直接瘫在了沙发上，估计是真的束手无策了。

现在的局面，只能期待奇迹降临。

歌琰一动不动地看着自己的电脑屏幕，深吸了口气，破罐子破摔地随便按下一个键，忽然她看到屏幕就变了。

同一时刻，大屏幕上原本空白的电脑桌面被一个黑色的框框取代了。所有人的视线都被吸引了过去，大礼堂内传出了此起彼伏的惊呼声。

歌琰的手虚虚地落在键盘上，她假装弹钢琴一般地飞舞着自己的手指，却根本不敢真正去触碰键盘。

可是，她却看到自己的电脑屏幕上有一个接一个的黑色框框跳出来，上面是飞速滚动着的绿色和白色代码。

那代码像是有生命的藤蔓，不要命地在她的屏幕上生长，她这一辈子都没见过这样的滚动速度。

包厢里的其他黑客盯了一会儿大屏幕，都打消了刚刚的质疑，从各自的电脑前"蜂拥而上"。

南绍难以置信地看看她的电脑屏幕，再看看她落在键盘上的手，仿佛见了鬼了，甚至完全忘记了自己也应该加入这次行动。

大约几十秒后，大屏幕上显示出了一个新的画面，饶是歌琰这样的外行人，都一眼就看懂了——这是一个比特币账户。在那一瞬间，这个账户的余额从几百万变成了零。整个大礼堂的人都开始尖叫。

主持人颤着嗓子说："就在刚刚，K 将一个比特币账户的资金清零了。这个账户，如果我没有看错的话，是上周刚刚制造过恐怖袭击的组织所拥有的……"

主持人的这句话还没有说完，屏幕上又接连跳出了几个新的画面，该组织所拥有的多个账户的资金在五秒内再次被清零。

包厢里的其他黑客被点燃了斗志，他们一边在键盘上飞舞着双手，一边高喊道："干！"

顷刻间，该组织的所有比特币账户被潮水般的侵入覆灭。

歌琰直愣愣地看着电脑屏幕上跳出此起彼伏的界面，其速度之快，让人眼花缭乱。

南绍原本也想加入这次行动，可实在抵不过亲眼见证这种极限操作的魅力。他近乎贪婪地盯着歌琰的电脑屏幕，几乎快要把眼珠子都戳上去了。

大约十五分钟后，所有比特币账户已经被全部清零，包厢内的黑客们也开始发出欢呼声。

歌琰感觉走完了这一遭，自己的天灵盖都被打开了。她机械地抬起手摸了摸自己的后颈，摸到了一片冷汗。

到了这一刻，她才有余力动别的心思。她微微侧过了脸，去看右手边的人。她看到蒲斯沅纤长的手指在键盘上最后轻轻地敲击了一下，然后慢慢离开。

大屏幕上白光一闪，出现了一个全新的界面。

那是被袭击地区的维和组织的账户，账户上的余额以肉眼可见的速度开始急速攀升……最终停止。账户上在几秒内增加的无比可观的数目，正好等同于犯罪组织账户上消失的比特币兑现金总金额。

大礼堂内的所有黑客已经完全疯了，他们都开始欢呼起来。他们神情癫狂，嘴中一刻不停地高喊着“Ksotanahtk”。

这是只属于他们的狂欢，这是只有他们才能够切身体会、理解，也为之动容、激动万分的场面，这也是只有黑客之王才能缔造的神话。

那么多年过去，他们的传说终于回来了。一如既往，所向披靡。

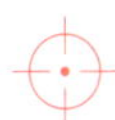

在全场陷入狂欢的时候，看完了蒲斯沅一整场行动的言锡激动得一时之间都忘记说话了。

作为多年来和蒲斯沅形影不离的搭档，他其实见识过无数次蒲斯沅用出神入化的电脑技术攻克他们遇到的难题，但是今天，他依然被蒲斯沅主导的这场黑客行动震撼了。

史上最强黑客，再无第二人。

缓了好一会儿，言锡的声音才从通信器里传了出来：“蒲斯沅，你要把我掰歪了！”

蒲斯沅就当没听到他瞎扯，他轻点了两下键盘，然后便抬手合上了手里的笔记本电脑。

童佳意犹未尽地说：“如果可以的话，我想一直观赏老大的炫技……不过，血蝎子怎么一点儿动静都没有啊？难道欧赛斯那个游戏预告是骗人的吗？”

歌琰才从蒲斯沅那儿收回了视线，她思考了几秒，刚想喘口气，就看到包厢里的其他黑客都一股脑儿地起身朝她围了过来。

能够亲眼见到K本人，并和她一起行动，这对在场的所有黑客来说，不仅仅是做梦般的经历，更是永生难忘的荣誉。所以，如此天降良机，试问有谁不想近距离和传说中的本人交流切磋一下？

而“传说”现在感到一阵头晕。

歌琰觉得故事剧情的发展和她原本的预想大相径庭——她的初衷只是为了把那该死的家伙引出来，再让他当着所有人的面被自己狠揍一顿，而不是被这些狂热的黑客们围在中间，接受他们的膜拜。这些人但凡问她一句技术问题，她一秒就凉了。

眼看着那些人靠近，歌琰眼中精光一闪，直接把电脑往旁边还晕乎乎的南绍腿上一拍，“噌”的一下从沙发上起身，两步走到了蒲斯沅的面前。

蒲斯沅看到她走近，依旧维持着之前的坐姿。他只是微微抬起头，眸色平静地看向她。

歌琰意味不明地笑了一下，然后，她轻轻地弯下腰，将脸颊靠到了他的耳侧。她的背脊弯曲，身体自然而然地勾勒出了一个极美的线条。

而在这个角度下，蒲斯沅胸口的微型摄像头几乎是正对着她晚礼服的V形领口，她白皙的皮肤和领口处若隐若现的雪白也几乎一览无遗。

同一时间，言锡倒抽了一口凉气：“我关视频了，我是一个有家室的人，非礼勿视啊！”

蒲斯沅眸色微动，因为靠得极近的缘故，他感觉到鼻息之间传来了她身上淡淡的清香，而那个火焰状的胎记也再次清晰地出现在了他的视线里。在此之前，他从未和任何人，尤其是女性，以这样的距离靠近过。

首先，他并不习惯与人亲近；再者，他的职业习惯也不会容许他和别人这样接近，上一个试图和他挨这么近的人，已经进棺材了。

在他皱着眉刚想要退开前，他听到她低语道：“自己给自己当枪手的感觉怎么样，K？”

歌琰从看到签到处的工作人员对他态度不同时，就已经开始对他起疑心了，之后到了包厢里，他坐的是最靠外的位置，其他人都没有留意到他的举动，只有她注意到了他在她差点要翻车的时候在自己电脑上不动声色的动作。

蒲斯沅轻轻地挑了下眉，也并没有想要否认的意思。

歌琰见他还是一副淡定自若的模样，刚想再说一句什么，就看到他的瞳孔陡然收紧。

她眼神一凛，头也没回，右脚直接猛地向后一踹！

这一脚刚踹完，歌琰便反手紧紧握住了偷袭者手里的枪。她抵着那人的胸膛用力地一撞，将那人狠狠地撞在了包厢的玻璃上，包厢的玻璃立刻发出了碎裂的声音。

到了这时她才看清楚，这个想要偷袭她的人是原本就在这间包厢里的黑客！

偷袭者被她这么一撞也撞出了怒火，不管不顾地狠狠地用肩膀去撞她，在她退后的那一刻，冲着她的方向就要扣动扳机。

眼看着他就要扣下扳机，歌琰劈手握住他的枪支猛地掰向了屋顶的方向。“砰”，枪声一响，包厢中顿时开始大乱。

其他不明所以的黑客在慌乱之中开始推搡乱窜，蒲斯沅两三步走到包厢门口拉开了大门，这些人才连滚带爬地往外跑。而门外原本驻守着的工作人员也被这场景吓傻了，只知道跟着黑客们一起往电梯的方向狂奔。

整间包厢里只剩下歌琰、偷袭者、蒲斯沅以及瘫在沙发上的南绍。

偷袭者这一枪被截和之后，就和歌琰缠斗在了一起。

蒲斯沅从身后拔出了枪，刚想对着那个偷袭者射击，包厢里忽然就涌进来了十几个戴着面具的人。他们每一个人的手臂上，都文着一个相同的文身——血蝎子。

蒲斯沅目光一动，直接转而将枪口对准了这些人。

言锡一路疾跑，一边在通信器里对他说："小蒲，我们现在正在往你那儿赶！"

血蝎子的人也拔出枪，对准了蒲斯沅。

蒲斯沅目不斜视地伸出长腿，狠踹了一下南绍坐着的沙发，冷冷地扔了三个字："去墙角。"

可怜的南绍这一整个晚上受到的刺激着实太大，这会儿终于被这一脚踹回了魂，他赶紧把手里的电脑一扔，整个人都从沙发上滚下来往墙角的柜子那儿躲。

包厢里霎时都是枪声。

歌琰没料到参加个黑客集会都能遇到这阵仗，她今天为了省事没带枪，只有腿上随身绑着的一把小刀。于是她三下五除二脱下了脚上的高跟鞋，往那个偷袭者的头上一个狠砸，趁着那人愣神的工夫，从裙子底下把小刀拔了出来。

原本包厢中的惊变就已经够瘆人的了，底下的大礼堂中竟然也开始传来惊呼和尖叫声。

蒲斯沅一边借着掩体对着血蝎子的人射击，一边分神从落地玻璃往下看。只见大礼堂里一瞬间出现了不少手里拿着枪的人，原来在此之前血蝎子的人一直都在人群中伪装成普通的黑客。

欧赛斯的目的根本不仅仅是想猎杀一名全世界最优秀的黑客，他是要杀光黑帽大会上的所有人！

见此情景，他对着通信器厉声道："你们别来我这儿，直接带人回大礼堂，争取以最快的速度把宾客们疏散出去，能救多少救多少！"

"是！"

偷袭者虽然手上有枪，但身手不敌歌琰。十分钟之后，歌琰一记重拳将那人狠狠地掼到了玻璃上，本就几近碎裂的玻璃无法再承受第二次重压，彻底爆裂开来。

偷袭者一声惨叫，随着碎裂开来的玻璃满头是血地从高空坠落，“嘭”的一声直接砸在了大礼堂的地板上。

歌琰动起手来又狠又绝，蒲斯沅在枪战之中侧头扫了她一眼，就看到她像个没事人一样利落地捡起了偷袭者的枪，轻巧地穿上了自己的高跟鞋，朝他这边大步走了过来。

刚刚涌进包厢内的血蝎子的成员已经被蒲斯沅清扫了三分之二，歌琰举起枪，“呯呯”两下，直接干倒了两个。

她吹了一下枪口，侧头看他：“打了这么久还剩几个，你的速度真有点儿慢。”

蒲斯沅无语，他生平第一次听到别人说他速度慢，而且他的清扫速度有所耽搁，纯粹是因为他要掩护躲在墙角边哇哇乱叫的南绍。那些人看到南绍手无缚鸡之力的样子都想往墙角那儿扑，所以他不仅要顾着自己这边，还得兼顾南绍。

他看了她一眼，冷淡地扔下了一句：“留个活口。”

歌琰一枪干掉一个，走到墙角，提起了缩在地上的南绍把他往门外一扔，冲蒲斯沅挑了挑眉：“我为什么要听你的？”

蒲斯沅没有了后顾之忧，三两下就把剩余的人都清扫干净，只留下了被他一拳打晕的独苗。

见他不说话，歌琰走到了他的面前，一字一句地说：“见过我的人，我从来都不留活口。”

蒲斯沅眯了下眼，他不动声色地伸出手关闭了微型监视器和通信器。

两秒后，歌琰直接一掌朝他掀了过来！蒲斯沅敏捷地侧身躲过，又用左臂挡住了她右脚的偷袭。

门外的南绍看到敌人都被制服了，刚想欢呼雀跃，可眼睛一眨就看到这屋子里的两位大佬竟然打起来了！这俩人刚才不是万分和谐地在一致对外吗？怎么突然就起内讧了？

歌琰和蒲斯沅过了没几招，就发现他的格斗术绝非一般。她在天元局里待了那么多年，身边也算是高手如云，可是能和他处在同一水准的大概屈指可数。

眼看着一时之间难以分出高下，歌琰在一拳再次落空之后，不太爽地朝后退了一步，皱着眉头对蒲斯沅抬了抬下巴："你别忘了，我可是替你挡了血蝎子的人一枪，你非但不感谢我，现在还要还手是怎么回事？"

偷袭者的目标显然是 Ksotanahtk，而且对方还很谨慎，最开始在她冒名顶替他的时候都没动手，等到她"完成"了黑客行动、彻底确认了她的"能力"之后才动的手。

这女人自己先动的手，还要怪他不乖乖挨打。

蒲斯沅差点又要被她气笑了，还没来得及说话，就听到她扔了一堆新问题过来："你一个全球排名第一的黑客，怎么转行当起特工来了？天元局的？还有，为什么血蝎子的人要杀你？"

他压根儿就没打算回答她的这些问题，估计大礼堂里的局面已经被言锡他们控制住了，宾客们也都被疏散了，便打算带着那个被他打晕的人下楼和言锡他们会合。

谁知他刚走了两步，就听到一声疾风劈耳而过。蒲斯沅反应极快，在听到风声的那一刻已经转了脸。但即便如此，他脸上的白色面具还是被削掉了一半。

半边破碎的白色面具"啪"的一下就掉落在了地上。

歌琰笑吟吟地晃了晃手里的小刀，朝他看了过去，却立马愣住了。即便只露出一半，但这确实是一张让人看过一次，就不可能忘记的英俊脸庞。

但令她感到诧异的，却并不仅仅是他的英俊，而是他的眉眼。

歌琰一看到他的眉眼，心脏就不由自主地一跳，她一瞬间感觉自己的喉头有些哽住了。不知为何，一种似曾相识的感觉从她的心底油然而生。这种本能产生的感觉让她感到很困惑。

蒲斯沅看着她，眸色微动。他趁着她发愣的时候，利落地将手中的枪支转了个方向，抬手就用枪柄轻扫过了她的下颌。

歌琰因为陷入莫名涌上来的情绪，一时之间毫无防备，脸上的面具瞬间落地。她张了张嘴，火红色长发映衬下白皙的精致脸庞便直接暴露在了空气之中。

下一秒，她便听到他低沉的嗓音在耳边响起："我会是你的例外，火吻。"

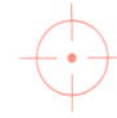

此刻整个包厢里寂静无声，歌琰一动不动地和戴着半个面具的蒲斯沅对峙着。

她不知道他究竟是怎么发现自己真实身份的，她确信今晚从头到尾都没有一丁点儿暴露过与"火吻"有关的任何信息，她甚至还穿了他的"衣服"来伪装自己。

蒲斯沅索性抬手摘下了自己脸上剩下的半个面具，扬手扔在沙发上。他收起了手里的枪支，迈开长腿准备离开。

歌琰看着他露出的那张完整的俊脸，心里那种似曾相识的异样感愈来愈重。

她咬着唇，眼看着他快要离开这间包厢，出声叫住了他："你等等。”

蒲斯沅顿了步子，回过头。

歌琰把玩着手里的枪支，目光锐利地直视着他：“你是怎么发现的？”

他没有正面回应这句话，只是略垂了眸子，视线从她的手臂内侧一扫而过：“你在通风管道里应该玩得很开心。”

他说话的语调一贯很冷，而这句话里却带上了一丝几不可见的温度。这点温度的名字，叫作嘲弄。

歌琰一听这话，当场就要吐血了。她的第六感果然完全没错——那个远程操作把她整得狼狈不堪的人，就是神隐了多年的黑客之王Ksotanahtk，也就是她面前的这个男人。

埃达克监狱里的经历已经成为她职业生涯里不可磨灭的污点，而这个罪魁祸首竟然还敢在她的面前堂而皇之地提起这件事！他是不是想死？要不是现在情况复杂，她今天一定要揍到他连妈都不认识。

但是，他这么一个超凡的黑客，为什么当年会选择从黑客界消失，转而去做特工？

而且看他的样子，似乎也并没有为天元局效力，那他究竟是哪一方的势力？他这次突然来到黑帽大会，又是抱着什么样的目的？为什么血蝎子的人想要杀他？

最关键的问题是——为什么他上一次要帮着天元局抓她，但是这一次和她正面碰上，都认出她了，他却完全没有想要抓她的意思？

蒲斯沅刚刚特意截断通信器和她对话，想着现在言锡应该等急了，刚要将通信器重新打开，就听到歌琰冷不丁地来了一句：“你为什么不抓我？”

各大情报局挤破头都想要抓住的通缉犯就近在咫尺，门口还有个买一送一的南绍，他竟然完全不为所动。

蒲斯沅停下了要打开通信器的手，冷冰冰地扔了一句："你再在这儿待上个五分钟，天元局马上就会上来请你去喝咖啡了，用不着我出手。"

她磨了磨后槽牙："你就不怕我等会儿贴张大字报，向全世界黑客宣传他们的'永恒传说'长什么样？"

"请便。"他一手打开通信器，转身拽过那个活着的俘虏，就头也不回地出了包厢。

歌琰咬牙切齿地目送着他高挑的背影消失在电梯口，在心里把他来回殴打了五十遍都不止。她臭着脸弯下腰，捡起了地上的白色面具重新戴上，走到门口，把还躺在地上的南绍一把扯了起来，拉着他直接往电梯旁无人问津的逃生通道走："走了。"

南绍刚刚在门口被迫旁听完了这一段信息量极大的对话，还没来得及消化完，就被她扯着机械地往楼下跑。

跑过了两个弯，他才后知后觉地问她："你刚刚说，那个大帅哥是全球排名第一的黑客？"

歌琰冷哼了一声。

南绍突然就活了过来，他一下蹦了三尺高，一手掐住了自己的人中，连音量都拔高了十倍："真的假的？那个大帅哥是我的男神K？！"

从逃生通道直接进了车库上了车，歌琰一边系安全带发动车子，一边没好气地说："怎么？忘记问他要签名了很遗憾？"

"我死了！"南绍悔得肠子都青了，声音里都带上了一丝明显的哭腔，"我曾经在心里幻想过一万次要他在我的背上给我签名的！我一晚上都和自己的男神待在一块儿，竟然没认出他来！你知道吗？刚刚我男神还在包厢里保护我了，我好爱他！"

歌琰一听到南绍说着崇拜蒲斯沅的话就烦，抬手对着他的脑袋就是一巴掌：“你再提他，我就让你见不到明天的太阳。”

南绍揉了揉自己的后脑勺，顿时更委屈了：“你干吗心情那么糟糕啊？我男神不仅容忍了你假扮他，还亲自当枪手帮你擦屁股呢！”

歌琰刚打着方向盘风驰电掣地出了车库，就看到天元局的车停在路边，她瞬间把油门踩得更重了：“你怎么不说我还差点替他吃枪子呢？”

南绍不依不饶地为男神据理力争：“我男神不都放你走了吗？这么一个大好良机，他都不抓你！”

歌琰臭着脸回道：“他抓得着我吗？”

“怎么抓不着？”南绍一边先护住自己的脑袋，一边小声嘀咕，“你都打不过他……”

就歌琰和蒲斯沅交手的那几下，他看得很清楚，蒲斯沅明显都没使出全力，真要这么一直打下去，估计此前战无不胜的歌琰还真不是蒲斯沅的对手。

他男神不仅什么都样样精通，最重要的是竟然还长得那么帅，简直就是世界上最完美的男人！

歌琰这回倒是没再对南绍动粗，她心里全是关于蒲斯沅那一堆没解开的疑团，她现在迫切地需要安顿下来，然后把关于这个人的事彻底捋个清楚。

另一边，蒲斯沅带着血蝎子的俘虏回到大礼堂，看到了站在大礼堂门口的言锡、童佳以及一堆天元局的人。

言锡整张脸都臭着，一见到他出现，就像见到了救星似的，立刻大步朝他走了过来：“你可算是来了，刚刚在通信器里一直叫你，你都没回应。”

蒲斯沅面不改色，淡声道：“对付血蝎子的人的时候，不小心关上了。”

言锡不疑有他，立刻和他说起了别的：“天元局的人不知道从哪儿得来的消息，来得比鸟还快。我们刚使出吃奶的力气把宾客们都安全送了出去，他们就冲进来把血蝎子的人往地上摁，搞得好像都是他们控场似的，我就想问问这事到底和他们有什么关系？”

蒲斯沅知道言锡愤怒的点，边往前走，边抬手拍了下他的肩膀算作安抚：“不是他们的地盘他们都老爱插一脚，更别提这儿名正言顺是他们的地界了。”

言锡没好气地低声骂了一句：“真是爱管闲事。”

走到门口，蒲斯沅才发现天元局这一队为首的竟然是他们行动组的组长杰西。杰西可谓现在天元局仅次于局长的红人，不知道为什么今天竟然亲自来了。

杰西的年纪约莫四十岁不到，整个人看上去很温和。可一旦和他接触深了，就会察觉温和底下全是深不见底的暗礁。

蒲斯沅对这个手段强硬的男人向来没有好感，他点了下头算是打过招呼，就径直往礼堂里走。

哪料杰西却抬手挡了他一下：“塔纳托斯，稍等。”

蒲斯沅将手里的俘虏交给一旁的言锡，没什么表情地看着杰西。

杰西并不介意他的冷漠，笑了笑：“你们今天辛苦了，剩下来的事可以都交给我们。”

蒲斯沅薄唇轻启：“为什么？”

杰西：“我知道抓捕血蝎子是你们魅影组织的任务，但是要知道血蝎子现在已经对全球造成了不可磨灭的侵害。今天这件事既然是在 A 国的国土上发生，我们就有权对血蝎子进行调查。”

蒲斯沅神色淡淡：“你错了。”

杰西脸色一变。

“既然你知道抓捕血蝎子属于魅影组织的任务，那么你们唯一要做的就只有在自己的国土上配合好魅影组织，你们只需要做魅影组织提出让你们负责的部分，而无权代替魅影组织进行调查。现在这里已经没什么需要你们帮忙的了，我收队回去之后会将具体情况发送你们一份作为通知。”说完这段话，蒲斯沅直接大步进了大礼堂。

言锡眼见杰西被呛得一句话都说不上来，恨不得放个礼炮给蒲斯沅。他觉得有了底气，皮笑肉不笑地冲着杰西道：“杰西组长，你也听到塔纳托斯的话了，现在就请把你的人都撤走吧。”

杰西整张脸上的温和瞬间荡然无存，他的脸色变幻了好一会儿，才不甘心地抬手对着身后做了一个手势，随后一脸冰霜地拂袖而去。

蒲斯沅进了大礼堂后，扫了一眼被绑在桌凳上的血蝎子的人，除去被当场击毙的暴徒之外，再算上被他打晕的那个，目前还剩五个活俘虏。

童佳手里拿着记录本，一路朝他小跑过来：“老大。”

他没回头：“宾客们的情况怎么样？”

“送去医院抢救无效的宾客总共有四十二名，存在不同程度受伤的宾客有七百多名。”童佳说，“死亡人数对比宾客的基数不能说是极其惨重，只能说幸亏我们及时控制住了血蝎子的人……”

蒲斯沅的目光落在礼堂地毯上大片大片的血迹上，一时没有再开口。过了好一会儿，他才说：“只要死去一个人，这次行动就是代价惨重的。”

童佳愣了一下，继而噤了声。

蒲斯沅：“审问过这些人了吗？”

童佳立刻点了点头："他们什么都不知道，感觉也不像是骗人的，只能说这些打手都不是血蝎子的核心成员。"

蒲斯沅应了一声表示明白了情况，他环顾了四周，问童佳："之前那个从包厢里跌落下来的偷袭者，查到他的身份了吗？"

"查到了。"童佳说，"这个人应该是这次血蝎子派来的人里最厉害的一个，他是之前因为受贿被天元局除名的特工，名字叫帕姆。"

蒲斯沅眸光一闪："这个人在撒旦协议里。"

童佳他们都知道蒲斯沅有着过目不忘的惊人记忆力，这么多年来，他们一直都无条件地信任着他说的每一句话，听从他的每一个决定。几年前，蒲斯沅曾经和孟方言一起看过一遍撒旦协议，既然他说帕姆的名字在里面，那就一定没错。

所以一听这话，童佳立刻说道："如此看来，欧赛斯没说假话，他确实是用撒旦协议召集了这些被除名的特工们，而这些前特工们也是真的愿意为他效力。"

把天元局轰走后的言锡这时走到他们身边插嘴道："欧赛斯怎么就没说假话了？他的预告里说只猎杀一名黑客，可是实际上的情况如你所见。"

蒲斯沅转过头，目光落在了大礼堂外。他看到还有一些宾客没有离开，依然滞留在酒店里，他们都在陪伴着那些受了伤一时难以离开的黑客们。

他知道在今天之前，这些人里很多彼此都素未谋面，所有的交集都仅限于互联网，他们因为黑帽大会第一次聚集到一起，真正地见到彼此。

但无论他们相识的时间是长还是短，这些人对着同一行业的同伴，却都怀有令人动容的尊重和友好。

而今天，有四十二个这样的人离开了人世。

他刚想去门外，就听到言锡说："对了小蒲，那个假扮你的女黑客还有她的小搭档呢？他们人去哪儿了？徐晟刚找技术部去调查他们了，应该很快就会出结果。"

蒲斯沅想到了那个有着一头火红色长发的女人。

白色面具被他掀起的那一刻，她姣好的面容和明亮的眼睛仿佛是那间昏暗的包厢里唯一的光源，就像那片火红色的花瓣一样，就那样驻留在了时间的长河里，璀璨发亮，永不腐朽。

"不知道。"过了片刻，他淡声说，"没留意。"

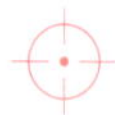

言锡有些意外："你们不是一直都待在一间包厢里吗？你竟然没看到她去了哪儿？"

蒲斯沅面不改色地回道："我后来在专心解决血蝎子的人，没留意。"

言锡回想了一下之前在通信器里听到的对话，隐约记得好像那个女人说了一句"见过我的人，我从来都不留活口"，他刚想再问蒲斯沅一句，去找技术部调查歌琰的徐晟就出现了。

徐晟手里拿着一张纸，径直走到了蒲斯沅的面前："老大。"

徐晟将手里的纸递给蒲斯沅："刚刚让技术部的同事查了一下那个冒充你的女黑客和她搭档的身份，你知道他们查出什么来了吗？"

言锡和童佳也都万分好奇这对活宝的真实身份，将脑袋凑到了蒲斯沅的手旁，蒲斯沅低头扫了一眼手里的纸。

“那个名号叫巴斯光年的男孩确实是目前世界排名第三的黑客。但同时，他也是各大情报局悬赏的通缉犯火吻的搭档，真名叫南绍。此前，天元局在抓捕火吻时就已经发现了南绍在协助她，所以南绍现在也上了通缉名单。”

言锡立刻就反应过来了：“那也就是说……”

徐晟点了点头：“没错，那个假冒你的女黑客，百分之九十九的可能是火吻。”

童佳恍然大悟：“难怪她当时要调包老大的请柬，后来还要在男厕所对红发夜叉下手，她就是想和南绍一起混进包厢！”

言锡探头探脑地朝门口张望了一下，长吁了一口气：“幸好杰西那帮人已经走了，要是他们知道今天火吻也来了，估计要把这酒店翻个底朝天。”

童佳说：“可是火吻今天来这儿到底有什么目的？她又不是黑客，难道只是来陪南绍参加的？还是说她也是血蝎子的人？”

言锡一拍大腿：“对啊，火吻是被天元局除名的特工啊！小蒲，她是不是在撒旦协议里？你有印象吗？”

蒲斯沅的眸光轻闪了两秒，微点了下头。

“这下糟糕了。”童佳蹙起眉头，“而且火吻都已经猜到你是K了，如果她现在是血蝎子的人，那她岂不是会立刻把这条消息透露给欧赛斯，到时候……”

“她不会。”蒲斯沅将手里的纸递回给了徐晟，“至少她目前还没有投靠欧赛斯。”

言锡三人都愣住了：“你怎么知道？”

蒲斯沅冲着玻璃包厢正下方的那摊血迹轻抬了抬下巴：“她干的。”

言锡盯着那摊血迹看了半天，再抬头看了眼上面那个碎开的大洞，喃喃道：“这女人下手可太狠了……”

按照正常逻辑，如果火吻是血蝎子的人，她就不可能眼也不眨地干掉同伴；相反，她应该帮着自己的同伴一起击杀蒲斯沅才对。

当言锡和童佳还在纠结火吻究竟是不是血蝎子的人时，徐晟听完黑帽大会的一名工作人员的耳语，转头对蒲斯沅说："老大，黑帽大会的主办方说现在想见你。"

蒲斯沅没有犹豫，抬脚就跟着工作人员往楼上走去。

酒店的二楼是一条工字型长廊，工作人员领着蒲斯沅走到走廊尽头左手边的房间门口，敲了敲门。

门内传来了一声略显苍老的声音："请进。"

工作人员恭恭敬敬地给蒲斯沅开了门，等到他走进屋里以后，再小心翼翼地从外面把门给关上了。

这是一间会客室，一个年纪看上去有六十多岁、满头白发的男人站在窗边。见到他进来，白发男人朝他转过脸来，然后对着他微微一笑："你好，K。"

蒲斯沅听到称呼后，眸色轻微闪了闪。

"请坐。"白发男人低咳了几声，示意他来沙发这边。

蒲斯沅坐下后，平静地转向白发男人，开口道："我父母坟墓上的请柬和信，是你写的吧。"

白发男人并没有要隐瞒自己所作所为的意思，冲他竖了竖大拇指："请放心，只有我一个人知道你既是K，又是魅影组织的死神。"

白发男人不疾不徐地继续说："这是一个我不愿意和其他任何人分享的秘密，也是一个我愿意独自带入尘土的秘密。"

白发男人顿了顿，然后一字一句地告诉他："我是马特。"

蒲斯沅微微一震。他静静地看着面前这个温和的白发男人，似乎是在衡量这句话的真实性。

马特是目前世界排名第四位的黑客，也是他当初创立“凡人无畏”时最早一批加入的人，是他当时的左膀右臂。

“你改变了我的人生轨迹，是除了我的妻子之外，对我来说最为重要的人，即便在今天之前你从未见过我。”马特的状况似乎不太好，说话时一直不断地咳嗽，语速也放得很慢，“我的前半生是一个碌碌无为的码农，偶尔会去参与一些自由黑客的行动来消磨时光。但是自从你成立了‘凡人无畏’之后，我就找到了人生的新方向。那几年，我在你的带领之下，和组织中的其他同伴一起阻止了许多恐怖行动，帮助了这个世界上的很多人，此前我从来没有一刻觉得我自己活得这么有价值过。

“后来，你突然消失了，我和组织里的其他几个元老们一起找了你很久，试图联系上你，但是我们都失败了。一年之后他们都放弃了，也逐渐退隐了，但是我没有。我拼命地去挖掘你留下的蛛丝马迹，去搜集可能与你有关的信息，我妻子都说我疯魔了，之后的一段时间我虽没有一开始那么疯狂，但我从未停止过寻找你。

“而现在，当我的生命只剩下最后半年的时间，我很庆幸，我终于找到你了。”马特说到这里，苍白的脸上带上了满足的微笑，“不是你藏得不够好，可能老天看在我是将死之人的分儿上，想让我在临终前了结我这一辈子唯一的心愿。

“希望你可以不要计较我以这种类似恐吓的方式请你来到这里。我只是想当面谢谢你，谢谢你让我这一生过得这么精彩。”

蒲斯沅看着面前这个苍老的男人，他咳嗽时，好几次都咳出了血，但是他的眉宇之间却有着年龄和疾病也无法掩盖的坚毅。

他望着马特，好像看到了那个当年在互联网上陪着他四处征战的人。他们曾经隔着互联网，拥有着令人羡慕的默契和共鸣。

这让他记起了他还在“凡人无畏”时的岁月，也让他想起了他还是 Ksotanahtk 时的模样。

过了很久，蒲斯沅终于开口道："马特，谢谢。"

马特笑了："你谢我什么？谢我帮你回忆起了你曾经的辉煌吗？黑客之王？"

听到这话，蒲斯沅的眉眼也很轻地弯了一下。

"K，你现在依然辉煌。"马特的目光里带着真心的敬佩，"甚至比曾经的你更辉煌。最开始在得知你进入魅影组织之后，我还有些疑惑，可是我现在理解了，你只是换了一种更直接的方式来延续你想要保护这个世界的初衷。

"你从未改变过。"

之后，蒲斯沅和马特又聊了一会儿，他简单地告知了马特这次血蝎子闯入黑帽大会的企图，并说他会带领魅影组织的成员协助黑帽大会的主办方一起料理后续事宜，也希望马特能和其他的元老级黑客们一起，尽力号召所有黑客从现在开始小心防范血蝎子的侵蚀。

在离开前，他从沙发上起身，郑重地给了马特一个拥抱。虽然他不愿意这么想，但是这一别之后，他们很可能就是阴阳两隔了。

马特的眼眶有些泛红："我不仅见到并拥抱了你，还在临走前再亲眼看了一次由你领导的黑客行动，我此生无憾了。"

蒲斯沅走到门口，刚要打开门的时候，他忽而顿了一下，转过头看向始终在身后默默注视着他的马特，低声问："你是怎么知道的？"

马特听了他含蓄的问话，立刻就明白了，他笑了一下，温柔地告诉蒲斯沅："是你的名字。"

回到了安全屋后，晕头转向的南绍还沉浸在与男神的签名失之交臂的遗憾里，一个人捧着泡面在客厅里神游天外。

歌琰去浴室处理了之前打斗时留下的伤口，出来后又顺走了南绍手里的泡面，在他回过神之前，把自己关进了卧室里。

将泡面往桌上一放，她在床上坐下，视线从墙壁上那张写满了名字，挂满了图片，画满了圈圈叉叉的纸张向下扫去，落到了床头柜上的那个相框上。

相框里的照片已经有些泛黄了，但依然能够看清相片上的人的面容。相片上有四个人，是一对夫妻和两个年龄相仿的小女孩。

一个小女孩年纪稍长一些，留着长发，脸庞好看又精致；另外一个小女孩则留着短发，鼻梁两边有一些细碎的小雀斑，笑起来有两颗小虎牙。

她们的共同特点是都拥有着一头火红色的头发。一家四口在相片上都笑出了一口白牙，他们的身后是草坪和日光。

歌琰看了一会儿，将相框拿起来，轻轻地贴在了自己的鼻尖上。她好像闻到了青草的味道，还有相片里小女孩手里冰激凌的香甜味。

不知过了多久，她将相框放了回去，摸了摸有些发酸的眼睛，转头去看手机上新跳出来的一条讯息，那条讯息来自一个一串乱码的未知发件人。

我可以帮你找到你费尽力气也找不到的那个人的下落，你考虑好来帮我了吗？

这句话的最后，有一个落款“欧赛斯”。

歌琰看了一会儿，拇指落在回复对话框的键盘上，却始终没有按下去。她的眸色在灯光的照射下略显浅淡，让人看不清她此刻最真实的心情。

半晌，她轻滑大拇指，将那条讯息删除，然后把手机扔回到了桌子上，闭上眼睛。她现在只要一闭上眼，脑中就会开始回放在 VIP 包厢里的画面，她没有办法控制自己不去想起那个男人的脸。

他的五官是她见过最立体最好看的，近乎完美；他的瞳色比常人要更深一些，神情很寡淡；他说话的声音很低沉，却又很好听；他的手白皙纤长，是她见过最好看的那种骨相……

歌琰微微蹙着眉，在思考的过程中，她的手始终无意识地抚摸着自己颈后的火焰状胎记。

修普诺斯，她一直记得他在谎报自己名号时说的这个英文单词的语调。

歌琰一动不动地靠在床头，仿佛睡着了似的。

不知道过了多久，她睁开眼睛，翻起身，在床头柜旁的书架上翻找一本书。很快，她就找到了这本讲述古希腊神话故事的书，她快速地翻着书页，一目十行地扫视书里的内容。

过了一会儿，歌琰停下了翻书的动作，目光定定地落在其中的一页上，她找到了她想要确认的信息。

修普诺斯，是古希腊神话中的睡神，而他也是死神塔纳托斯的孪生兄弟。双生为一，互为庇护。

所以，他就是塔纳托斯。

当门外的南绍还沉浸在男神的签名和泡面双双“夭折”的悲痛中时，他看到原本把自己关进房间的歌琰又像一道龙卷风一样刮了出来，而且她的手里还带着他的泡面。

歌琰将泡面往茶几上一搁，在他的身边坐下：“帮我干完活，这碗泡面就归你。”

南绍乖巧地开了电脑。

歌琰摆弄了一下指甲："在各大情报局的机密数据库里搜塔纳托斯。"

很快，南绍盯着屏幕上截取的信息，转过头来看她："虽然寥寥无几，但还是挖到了几条。"

歌琰："念。"

南绍扫了一眼这几行信息，面露惊异："这个叫塔纳托斯的人，是魅影组织现役最强的特工。各大情报局近几年但凡遇到无法解决的棘手问题，都会请求他出面协助。据说这个人不仅特勤能力强，电脑技术也是相当高超。"

歌琰眯了眯眼："果然。"

难怪她会觉得奇怪，蒲斯沅拥有这样超凡的身手，却并不隶属于官方情报局，原来他是魅影组织的人。

魅影组织的确出了不少令其他情报局都羡慕不已的杰出特工，她还在天元局的时候，就已经听说过魅影组织的战神孟方言有多么强悍了。

原来，他是战神的后继者。

南绍看着屏幕上的信息，还在感叹："这人好强……你果然什么？"

歌琰揉了揉太阳穴，目光幽幽地看着他。

南绍被她看得汗毛都竖起来了："姑奶奶，要杀要剐你倒是给个痛快。"

"这个塔纳托斯。"半晌，歌琰点了点他的电脑屏幕，"就是你的男神 Ksotanahtk，他们是同一个人。"

南绍愣了一下，连说话的声音都颤抖了："这，这怎么可能呢？！"

歌琰冲他抬了下下巴："把 Ksotanahtk 里一头一尾的两个 K 摘了，从 t 开始，把这个名字从结尾到首字母反过来打一遍。"

南绍颤抖着手打完字，看到屏幕上出现的“塔纳托斯”的英文，被这个名字里的玄机惊得连下巴都快掉下来了。

“这位黑客之王隐退之后，确实因为某种不得而知的原因加入了魅影组织。或者说，他是因为要成为魅影组织的特工，才从黑客界隐退的。”歌琰定定地看着屏幕上那个名字，“这也就解释了为什么他的外勤和技术能力都很强，以及为什么他之前从不参加黑帽大会，但是这一次却参加了——可能是因为血蝎子的人提前对魅影组织预告了，会在这一次的黑帽大会上猎杀黑客，他是来执行任务的。”

南绍还是不太敢相信：“这……会不会只是个巧合？”

歌琰摇了摇头。

“那既然他都认出你是火吻了，为什么不抓你？就算你不在魅影组织的名单上，他把你当作礼物顺水推舟地送给天元局，让天元局因此欠他个人情也不亏啊！而且上一次他明明还帮着天元局在埃达克监狱里抓你来着……”

歌琰挑了挑眉：“因为我长得好看？其实我也不明白。”

她并没有错过，他在揭穿她身份之前，悄悄关闭了和组员之间的通信设备。也就是说，他并不想让他的组员知道他见到了火吻。他想让他们之间的对话，仅止于他们彼此。

为什么？他为什么这一次放过了她，甚至还为她和南绍的撤退打了掩护？

歌琰又想了一会儿，对南绍说：“让你直接追踪他的信号有点难，会被他发现的，你能试着黑进他组员的设备里吗？”

南绍点了下头：“我试试看。”

过了片刻，南绍说：“好了，我黑进他其中一个组员的手机了。只要他的手机连着互联网，我们就可以监听他们的谈话，也可以进行实时定位。”

“行。”歌琰说，“我们不回敦城了。从现在开始，你时刻盯着，看看他们下一次行动地点在哪里，我们去那里守株待兔。”

南绍简直不敢相信自己的耳朵：“到底谁是兔？我男神好心放过了你第一次，难道还能再放过你第二次不成？”

歌琰从沙发上站起身，居高临下地看着他：“你还想不想再见男神一次，让他给你在背上签个名了？”

南绍张了张嘴，脑中激烈地挣扎了五秒，最终还是在男神签名的诱惑下，选择陪她送死：“想！”

歌琰像看傻子一样看着他：“那就给我盯着他们。”

等蒲斯沅结束了黑帽大会的收尾工作，已经是第三天的凌晨时分了。

血蝎子的俘虏被童佳和徐晟送回了组织里进行审问，伤者和家属都已经陆续离开了，酒店被破坏的大礼堂也在紧锣密鼓的修复当中。

蒲斯沅和言锡一起把最后一批黑客送上前往机场的大巴后，在路口站了一会儿。

清晨的薄雾中，言锡摸了摸空荡荡的裤子口袋，叹了口气：“欸，以前郁闷的时候还能摸根烟出来抽一下，后来因为安奕怀孕，我把烟给戒了，搞得现在郁闷的时候都不知道干吗了。”

蒲斯沅看了他一眼：“我告诉你能干什么。”

言锡一听就来劲了，赶紧把脑袋往他的面前凑：“兄弟，快分享一下。”

蒲斯沅眼也没抬，利落地伸出长腿，直接往言锡的脚后跟一踹，言锡当场就摔了个狗吃屎。言锡趴在地上，整个人一脸蒙，蒲斯沅低笑了一声，在言锡反应过来要破口大骂之前，转身就走。

等他回到车上之后没过多久，言锡也上来了。

他一边气呼呼地瞪着蒲斯沅，一边把手机递给他：“小蒲，你帮我看看，我从刚才开始就觉得手机时不时有点卡，但又找不到问题出在哪儿，翻了半天也没找到什么别的异常，开机关机也没用。”

蒲斯沅接过言锡的手机，简单地轻点了两下，他的动作就顿住了。

因为他低着头的缘故，言锡没有看到在那一瞬间他眼底滑过的一丝几不可见的光。

“小病毒罢了。”过了一会儿，他将手机扔还给言锡，冷淡地说。

——To Be Continued

CHAPTER 3

地狱壁画

Kiss of fire

地狱壁画

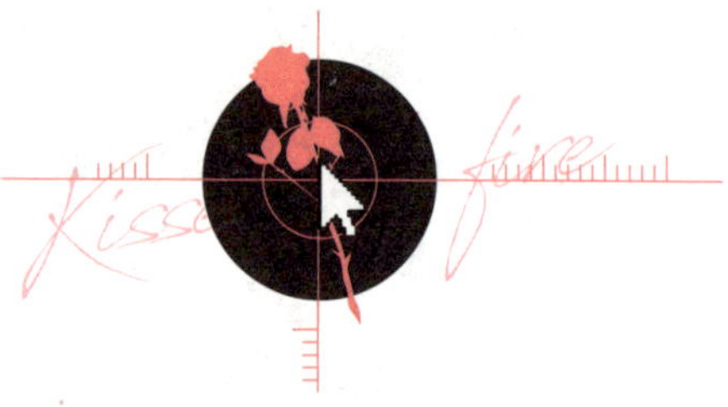

回到魅影组织位于 A 国的分部，蒲斯沅和言锡一起去了一趟卢克的办公室，向卢克汇报这次行动的结果。

卢克背着手站在窗边，目光沉沉地说："欧赛斯绝对不会善罢甘休，他的下一个预告应该马上就要来了。"

"我们不应该被动地等待他的预告。"蒲斯沅淡淡地说道，"而是应该主动出击打他一个措手不及。"

卢克明白了："塔纳托斯，你是不是有什么发现？"

"最近这半年来，在 A 国境内，有一定数量的年纪在十几岁到二十岁的年轻女性失踪。失踪的地点虽然不同，但主要集中在罗州。

"我私下调查过，发现她们每个人在失踪前都使用了同一个手机软件。这个软件是私人研发的交友软件，主要针对的使用群体就是这个年纪的女性。"蒲斯沅直接将他收集到的资料投影在墙壁上。

"我在那个软件上注册了账号，并将资料设定为十八岁女性。很快就有不下十个男人前来搭讪，发送暗示性的图片，并邀约线下见面。

"我查了这些人的 IP 地址，其中将近一半在罗州。并且，其中有好几个男人手臂上都有血蝎子的文身。

"我有合理的理由推测，这些女性的失踪与血蝎子有关。这可能是欧赛斯经营的一个庞大的地下交易拐卖人口链，如果我们把这条线堵住了，或许可以在一定程度上给欧赛斯一个不小的打击。”

一旁的言锡已经快要把拳头捏碎了，因为卢克还在，言锡只能管理了一下自己的表情，低低地骂了一句“畜生”。

卢克的神情也很不好看：“目前最重要的就是先救出那些失踪的女性，时间拖得越长，她们也就越危险，你打算怎么样接近这个地下组织？”

蒲斯沅沉默了两秒，扔下了两个字：“潜伏。”

言锡一下子回过了神：“派像童佳那样的女特工扮演妙龄少女，和那些男人见面，最后被他们带回根据地吗？”

蒲斯沅：“不用童佳或者其他女特工，我自己去。”

卢克和言锡都蒙了：“啊？”

他收起手机，转身就往外走：“让童佳和后勤在今晚之前准备好假发、化妆品和裙子，我现在去和那些人约时间。”

言锡的眼珠子都快要掉出来了，他看着蒲斯沅离开办公室的高挑背影，转过头和卢克面面相觑：“卢克，难道他要男扮女装？！”

卢克擦了擦额头上淌下来的汗，堂堂魅影组织的老大，此刻身上的衬衣都快湿透了：“我觉得他应该就是这个意思……”

同一时刻，歌琰摘下了监听用的耳机，往茶几上一扔，大步进了卧室，甩上门。

南绍不明所以地盯着她卧室紧闭的大门，过了十五分钟左右，就看到她的卧室门又打开了。

只见歌琰换上了一条嫩黄色的连衣裙，并把自己的头发梳成了一个高高的马尾，用一个甜美可爱的粉红色发圈扎了起来，整个人看上去格外青春靓丽。

她步履轻快地走到了南绍面前，笑吟吟地说：“你好，我是旁边这位小姐姐的表姐，我叫安妮，今年十八岁，很高兴见到你。”

“旁边这位小姐姐是？”

歌琰一脸讶异：“你男神啊，他不是要男扮女装吗？”

南绍疯了。

魅影组织位于A国的总部，距离罗州大约有四个小时的车程。

而此刻，行驶在高速公路上的车里罕见的寂静无声。后座的童佳和徐晟都眼观鼻，鼻观心地在研究手里的资料，而驾驶座上的言锡则一边开车，一边时不时地偷瞄副驾上的人。

蒲斯沅被他瞄得烦了，冷冰冰地说：“会开车吗？不会换人。”

言锡抖了一下：“会。”

过了五分钟，言锡又继续不怕死地瞄他。

蒲斯沅：“你再瞟一眼，就给我从这里滚下车走过去。”

言锡崩溃了：“我这不是这辈子都没见过这么好看的女人吗！爱美之心，人皆有之啊！”

童佳和徐晟听到这话，实在憋不住了，放声大笑起来。也难怪这三个人会是这样的反应，毕竟现在坐在副驾上的蒲斯沅，已经完全不是“蒲斯沅”了——他此刻戴着一个棕色长卷发套，身上穿着一条可以遮盖住喉结的墨绿色高领连衣裙，脸上还化着淡淡的妆。

最令人不可思议的是，即便平日里阳刚硬朗如蒲斯沅，可当这些女性化的装饰都集中到了他的身上时，竟然没有产生半点违和感。如果忽略他异常高挑的身材和说话时偏低的声线，这简直就是一个完美女神。

童佳连声音都笑颤了："老大，你这个样子，是个男人都会春心萌动，不信你问徐晟。"

徐晟沉默了两秒，点了下头："确实漂亮。"

言锡在前座差点笑断气："徐晟，从今天开始，小蒲就是你的女神了，以后请你以他为模板去找女朋友吧。"

蒲斯沅冰着一张脸，完全不想搭理这些人。

他用伪造的账号，和一位他选中的男"网友"约在了城郊的一家咖啡厅。为了避免打草惊蛇，他让言锡在五个街区之外就把他放了下来。

下车前，言锡一脸凝重地拍了拍他的肩膀："你自己一个人深入敌营要注意安全哦，小蒲妹妹。"

蒲斯沅没说话，直接将言锡放在他肩膀上的那只手反手一折。

言锡揉着手腕，哭唧唧地回头找童佳和徐晟求安慰："小蒲下手实在是太狠了……"

"你活该。"

蒲斯沅沿着街区朝咖啡店走去，一路上收获了无数惊艳的目光。他的身材已经相当引人注目了，可他的长相更抓人眼球。

很快，他就来到那家咖啡店的马路对面。咖啡店大红色的招牌在阳光下闪闪发亮，他眯了眯眼，目光已经开始从咖啡店的落地窗往里搜寻自己的"约会"对象。

对面的红绿灯开始交替闪烁，他似乎像才想起了什么似的，往他左手边看过去。

只见歌琰就站在他身旁，她今天扎着蓬松的马尾辫，穿着一条嫩黄色的连衣裙，见他看到了自己，便咧开嘴冲他摆了摆手："塔纳托斯。”

蒲斯沅还没来得及说话，通信器里的言锡三人组就已经先炸了。

童佳：“这是不是黑帽大会上那个一路碰瓷小蒲的女黑客？！”

徐晟：“那也就是说……这是火吻本人？”

言锡连声音都在颤抖：“你们知道她的人头值多少钱吗？不对，她为什么知道小蒲是谁？她为什么也来这儿了？要不要我们现在过来抓她？！”

蒲斯沅一早就发现言锡的手机被南绍黑了，也知道歌琰在监听他们的动向，所以毫不意外她的出现。经历过马特发现自己名字里的玄机后，他并不讶异歌琰竟然短短两天就发现了自己的双重身份。

他轻描淡写地对着通信器说了一声“不用”，扫了她一眼，表情冷淡地说：“来得倒挺快。”

“守株待兔哪能没点诚意？”歌琰笑眯眯地打量着他，“不过，我还真没想到，你原来是个隐藏的女装大佬啊！为了任务连小裙子都愿意穿，你也太敬业了吧！”

蒲斯沅冷冰冰地转过头，抬脚就往前走。歌琰不慌不忙地跟着他，就在他快要进入到咖啡店时，她忽然抬手轻拍了下他的肩膀。蒲斯沅侧过脸，就看到这女人竟然自说自话地一把勾住了他的手臂。

三人组在摄像器里看到这一幕，下巴都快托不住了。

蒲斯沅在店门口停了脚步，面无表情地看着她和那条她挽着自己的纤细胳膊。

歌琰似乎半点儿都不害怕他带着寒气的注视，还一副特别理所当然的表情：“这是为了证明咱俩是一伙的，等会儿走到座位的时候我就松开，多一秒都不占你的便宜。”

他一动不动地看了她几秒，最终没有推开，就任由她这么笑吟吟地挽着自己往店里走。

言锡：“是我的错觉吗？为什么我觉得小蒲对这女人的容忍度异常高？他平时对再漂亮的姑娘不都是不正眼瞧一下的吗？”

童佳：“这好像不是你的错觉。”

歌琰得了便宜还卖乖，边走边靠在蒲斯沅的耳边低声说：“你这妆化得也太烂了，还有你这连衣裙配板鞋的搭配我也是服了，既然要男扮女装，你就专业点儿，穿双高跟鞋行不行？”

她的身上有一股淡淡的清香，像是沐浴乳的香味。那股香气因为她的靠近，自然而然地飘在蒲斯沅的鼻息之间，可他的心底并没有产生丝毫的反感。

这让蒲斯沅觉得自己确实很反常，这已经是第二次她和他靠得这么近了，而他却并没有去阻止这件事的发生。

蒲斯沅的目标是一个手臂内侧有血蝎子文身，皮肤黝黑，长得高高壮壮的男人，名叫丹尼尔。

咖啡店不算特别大，他很快就在靠里边的位置找到了他的目标。

等他们走到丹尼尔的桌边时，丹尼尔明显被这个和网上说的不一样的阵容给弄蒙了：“你们俩……谁是莉迪亚？”

蒲斯沅松开了被歌琰挽着的手臂，弯腰一坐，惜字如金：“我。”

丹尼尔看着歌琰：“那，请问你是……”

歌琰笑靥如花地在蒲斯沅身边坐了下来：“我叫安妮，是莉迪亚的表姐，今年十八岁。听说她来见你，我就也想跟她来一起认识认识新朋友，很高兴见到你。”

蒲斯沅无语，说好的不占他便宜呢？他什么时候突然多了个表姐？歌琰感受到了他嗖嗖往外冒的冷气，脸上的笑容顿时更灿烂了。

丹尼尔万万没想到他钓个鱼，还能遇到买一送一的好事。虽然这两个姑娘感觉都有点儿奇怪——一个特别高挑，另一个又特别热情，但就长相来说，长得真的都非常不错。

尤其这两个姑娘都是东方面孔，他相信客户一定会对她们非常满意，甚至愿意挤破头出高价来买她们。

丹尼尔心中窃喜，很快就放松了戒备，试图和他们聊天套近乎。蒲斯沅全程沉默，最多只说了几个字，全靠歌琰一个人撑起了场面。

丹尼尔和歌琰聊了一会儿，转向蒲斯沅："莉迪亚，你怎么在现实中和网络上完全不一样？话那么少？你在网上的时候还挺活泼的呀！"

蒲斯沅明显没打算接这句话，但他身边的歌琰已经直接把话头给接了过去："莉迪亚就是那种在现实里不爱说话，喜欢在网络上活跃的人，俗称闷骚。"

蒲斯沅的嘴角不由自主地抽动了一下。

所幸丹尼尔并没有怀疑蒲斯沅，等一杯咖啡下肚，丹尼尔看了看这俩姐妹，刚想把话题往离开咖啡店上引，就听到歌琰笑眯眯地来了一句："咱们要不换个地方坐坐？我在这儿都待闷了。"

丹尼尔差点笑出声，立刻顺着杆子往上爬："行啊！我刚想这么说，咱们去附近那个公园逛逛吧。"

歌琰："好，你开车了吗？"

丹尼尔点点头："就在商场的地下停车库。"

三人很快离开了咖啡店，往商场的电梯走去。丹尼尔一个人走在前头，歌琰和蒲斯沅跟在后面。

丹尼尔从来没这么容易就得手过，他还没来得及哄骗，姑娘们竟然主动提出要和他走，他觉得自己今晚做梦都可以笑醒了。

歌琰看着丹尼尔难掩激动的背影，压低声音对蒲斯沅说："我好害怕。"

他两只眼睛都没看到她在害怕，反而看到了她眼睛里不断往外冒的兴奋和跃跃欲试。

事实上，他顶着浑身的别扭来男扮女装，选择一个人潜伏进这个犯罪团伙，是因为即便童佳和局里其他女特工身手了得，他也会担心在潜伏的过程中会有突发情况。这么多年来，他总会选择独自一人去做最危险的事。

其实当他发现南绍黑进言锡手机的那一刻，就已经猜到歌琰今天会来，虽然他不知道她硬要来找他的理由是什么。但他还是顺水推舟让她和自己一起潜伏了，之后可能还会把自己的后背展露给她——可现在这女人甚至都算不上他的同伴。

他为什么会不排斥和她搭档共同面对风险？为什么会对她有这种来由不明的信任感？

到了地下停车库，里面除了他们，竟然一个人都没有。

丹尼尔走到了一辆漆黑的面包车旁边，拉开了后座的门，笑着冲她们招了招手：“这边。”

蒲斯沅没有丝毫犹豫，率先上了车。

他观察到这辆车是经过改装的，前座和后座之间隔着专门设计过的双面挡板，后座的人根本看不到前座的动态，可是前座却可以清楚地看到后座的情况。

几乎是他刚坐上去，丹尼尔就猛地朝他靠了过来。丹尼尔抬起手，熟练地往他的颈后重重一劈。

这点雕虫小技，对于身经百战的蒲斯沅来说就跟挠痒痒似的，对方甚至连穴位都没有找准。但是为了配合此次潜伏的主题，他还是闭上眼睛倒在了座位上，假装自己已经被丹尼尔劈晕了。

歌琰看着蒲斯沅倒在后座，即便蒲斯沅已经尽他所能地去配合丹尼尔的演出，但她还是从他合着眼的俊脸上看到那丝掩盖不了的不耐烦，看得她差点笑出声来。

丹尼尔看到蒲斯沅被放倒，一脸凶相地朝她转过了脸。歌琰像变脸似的，在他转过脸的那一刻，一秒变出了害怕的表情。

似乎是担心丹尼尔怀疑，她不仅配合地尖叫了一声，还装模作样地说道："你对莉迪亚做了什么！莉迪亚，你快醒醒！"

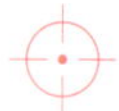

顺理成章地，歌琰也被"放倒"在了车后座上。

这两位威名享誉全球的特工和前特工，就这么一左一右地趴在面包车的后座上，任由丹尼尔给他们绑上了牢固的粗绳子。

等做完这一切，丹尼尔满意地拍了拍手掌，嘴里哼着小曲关上车后座的门，上了前面的驾驶座。

起先歌琰并没有开口说话。一直到丹尼尔发动了车，因为心情过于愉悦开始大声播放车内音响，歌琰这才悄悄地睁开了眼睛。

因为不确定丹尼尔会不会回头查看他们的情况，她思考了两秒，把自己原本朝着前座的身体迅速转了个方向。她没料到自己一转过来，就正对上了蒲斯沅的脸——贴脸杀。

如此近的距离，她避无可避，甚至可以看清他根根浓密的眼睫。可能是呼吸很均匀的缘故，他的眼睫几乎没有抖动，仿佛真的睡着了一样。

他是一个很安静的人，歌琰从第一眼见到他的时候，就有这种感觉。可这种安静，更像是一种非常态的沉静——是在经历了所有常人难以想象的痛苦或者见识过这尘世间的生老病死和灰飞烟灭后，沉淀下来的对这个世界冷静的审视。

他永远像是一个旁观者，摒弃了天生具备的某些情感。而这张让人根本没法挑出刺来的脸，却又能激发起人类最本能的渴望和情愫，这着实太矛盾了。

即使歌琰已经刻意放慢了呼吸，蒲斯沅还是感觉到她正在注视着自己。于是，他也慢慢地睁开了眼。

他的眼睛真的很漂亮，像是会发光的黑色珠玉。四目相对的那一刻，歌琰觉得自己的心脏竟然跳慢了半拍。

为了缓解这种微妙的尴尬，她主动地找了个话题轻声说："你信不信我三秒钟之内就能把这破绳子给解开。"

他看着她，过了几秒，才没什么表情地扔了一句："现在不需要展示你的能力。"

"论演技，你还是得多跟我学学。就刚刚，你闭着眼睛我都能感觉到你没被打晕。还好这个丹尼尔是个傻子，要是碰到个聪明点儿的，你保准糊弄不过去。"

蒲斯沅本来没想接她的茬，但转念一想，竟冷冰冰地开口道："你觉得自己是演技派，是指你刚刚像叫魂一样叫莉迪亚？就你刚刚浮夸的音量，死人应该都能被你给叫活了。"

见她被呛得不出声了，他才对着通信器低低地叫了声言锡的名字。

言锡他们这一路已经受到了莫大的刺激，陷入了很长一段时间的沉默和沉思。这会儿听到蒲斯沅在呼唤他们，才稍许回过了神："我们在。"

蒲斯沅："定位都没问题吗？"

"没问题，我们一路跟着你们，支援也从不同的路线跟上了。"

蒲斯沅说："等会儿听我的信号，我没开口，你们就先不要进来。他们的根据地绝对不止这一处，我们不能打草惊蛇，要争取一锅端。"

歌琰把他部署战略的模样都看了进去，忍不住挑了挑眉："你一个前身是黑客的人，哪里来的自信凭你一个人可以在支援进来之前，对付一窝血蝎子的打手，把受害的女性都解救出来，还想顺手一锅端了他们所有的根据地？”

蒲斯沅冷冷地瞥了她一眼。

“你求求我啊，说不定我愿意帮你。”歌琰笑眯眯地说，“虽然我的出场费很贵，你们魅影组织应该付不起。”

言锡听了这话，忍不住在通信器里大骂：“我一定要和她打一架，太气人了！竟然敢看不起魅影组织的王牌，还看不起我们的经费！”

蒲斯沅冷静地对着通信器说：“你打不过她的。”

言锡的整颗心都碎了。

歌琰笑得更灿烂了：“本姑奶奶今天心情挺好的，那要不然这样，等会儿进去之后，我愿意免费帮你完成你们的任务，只要事成之后你答应我一个条件。

“是你。”她看着他，特意重申了一遍，“我要你以私人的名义帮我。”

前座的音乐声忽然变小了，车速也开始渐渐放缓，估计是快要到达丹尼尔所在的根据地了，蒲斯沅和歌琰双双合上了眼睛。

就在歌琰以为蒲斯沅不会搭理她的时候，她忽然听到了他淡冷的声音。

“等事成再说。”

面包车很快就停稳下来，丹尼尔关闭了发动机，下了车。

门口似乎有人在等，丹尼尔在车外招呼了一个叫作威尔的男人，拉开后座的门，示意威尔和自己一起把歌琰和蒲斯沅扛走。

丹尼尔先一步，把歌琰扛了起来，威尔则扛起了靠里的蒲斯沅。

威尔把蒲斯沅扛到自己的肩膀上后，立刻抱怨了一句：“你从哪儿弄来这么高的女人啊？这得有一米八五吧？怎么有点儿像金刚芭比啊？”说完，他还顺势捏了捏蒲斯沅的手臂，“手臂上的肌肉也很发达，难道平时经常健身吗？”

蒲斯沅在威尔触碰到自己的时候，身上本能地就迸发出了杀意，但最后他还是理智地克制住了一瞬间的紧绷，选择继续当个“昏迷的女人”。

威尔还不知道自己死到临头，紧跟着来了一句：“胸不大，屁股倒是很翘。”

被丹尼尔扛在肩膀上的歌琰差点破功，他们俩都头朝下像麻袋一样被扛在肩膀上，丹尼尔和威尔看不到他们俩的正脸。她实在没忍住，睁开眼去看旁边的蒲斯沅。

某人现在的脸，简直比烧焦的锅底还要黑。有生之年能亲眼看到这座冰山被迫吃瘪，可实在是太解气了！

丹尼尔和威尔把他们俩带下车后，大步往前方的一栋屋子走去。

歌琰在他们走进屋子之前，睁开眼扫了一圈四周的环境——这是一栋看上去平平无奇的单户小别墅，小别墅的四周都是层层叠叠的灌木和树丛，几乎没有其他人出没的痕迹。

难怪他们会选择这样一个根据地，这里确实有得天独厚的避世环境。这栋别墅乍一眼看上去并不大，所以她推测里面应该会有很深的地下室来专门进行他们的肮脏交易。

进了屋子，人声就逐渐多了起来。歌琰闭上眼睛，竖起耳朵去听他们说的话，并根据丹尼尔他们行走的路线来判别整栋别墅的布局和方位。

果然，不出她所料，大约走到别墅大厅右边角落的位置时，丹尼尔便弯下腰拉开了一个暗门，开始沿着暗门下的木梯往地下更深处走去。

这条地下阶梯，却比她想象的更长。歌琰仔细地数着每一个丹尼尔拐过的弯，最后……总共数到了令人心惊的“六”。

也就是说，这个不为人知的地下罪恶产业根据地，有整整六层，这该是怎样难以想象的庞大和“五脏俱全”。而这里，也不过是众多根据地之一。

到达底层后，丹尼尔将歌琰和蒲斯沅从肩膀上放下来，解开了绑在他们手上的绳子，他们俩也趁此机会相继睁开了眼表示自己“恢复清醒了”。然而，此刻歌琰已经没有心情再去表演惊恐乱叫了，她看着这个所谓的基地，脸色完全沉了下来。

丹尼尔用钥匙打开了一间用锁链锁住的房间门，粗暴地将他们两个人推了进去。

这是一间昏暗又潮湿的房间，砖头都脏兮兮地裸露在外面，地面上还有大片的水渍。整间房间里，只有墙壁上挂着的两盏壁灯作为唯一的光源。

在这间房的墙角处，正瑟缩着十来个衣衫不整的女人。

威尔看着歌琰和蒲斯沅冷静的模样，诧异地拍了拍丹尼尔：“你是从哪儿弄来这两个奇葩的，哭也不哭，叫也不叫？”

丹尼尔笑了一声，从兜里掏出手机，对着蒲斯沅和歌琰连按了两下快门，再反手将门关上：“不知道，可能以为自己上这儿来旅游了吧？”

两个男人大笑着相携而去。

歌琰转过头看向一言不发观察着四周的蒲斯沅，低声问：“你在这儿还能收得到信号吗？”

“通信器的信号在负三层的时候消失了。”

也就是说，他们已经完全失去了与外界的联络。接下来，只有他们两个人在这个叫天天不应、叫地地不灵的鬼地方面对可能发生的一切。

歌琰叹了口气："你们的设备能不能更新一下？说起来是一个那么牛的组织，通信器竟然撑不过地下六层。"

蒲斯沅扫了她一眼，冷冰冰地说："要不请你来更新？"

她连连摆手："我可以把你的迷弟……就是南绍免费借给你用。"

说到南绍，她这才想起来，当时在她下车跟着蒲斯沅前往咖啡店之前，她特意叮嘱过南绍，让他全程跟着言锡他们的车见机行事。

这个缺根筋的小子，会不会在完全没有她音讯的情况下，做出什么傻事来。

蒲斯沅像开了天眼一样，冷不丁地来了一句："他和言锡他们在一起。"

歌琰听傻了："啊？"

他观察完了四周，耐心耗尽："你的小搭档，被言锡他们发现了，现在在我们的车里。"

歌琰一听，像是遇到自己因为加班没法去接的傻儿子正好被幼儿园老师送回家一样，乐得眉开眼笑："就让他待着吧，还能给言锡他们讲讲段子逗乐。"

见蒲斯沅不想再搭理她，歌琰又紧跟着追了一句："但我们现在也联系不上他们，该怎么办？"

蒲斯沅："先从这间房间出去。"

"你们……"一道微弱的女声忽然横插进了他们之间的对话中。

歌琰这才想起来最重要的事，赶紧转身朝这些蜷缩在一起的女性走了过去。

走到她们面前时，她找到了刚刚出声说话的女生，蹲下了身子，平视着她，柔声问："你好，我叫歌琰。请问你叫什么名字？"

那个女生看着她澄澈的眼睛，过了几秒，才鼓足勇气说："我……

我叫伊娃。”

“伊娃。”她笑了笑，伸出手，轻轻地拍了拍伊娃的头发，“别怕，我是来救你们的。

“还有后面那个……我也不知道叫什么名字的‘不高兴姐姐’。”她说着，朝身后的蒲斯沅指了指。

伊娃她们显然已经被吓坏了。

听完歌琰的话后，她们来回打量歌琰和蒲斯沅好一会儿，胆子稍微大一些的伊娃才小声地再次问道：“救我们？”

“是的。”为了照顾她们的情绪，让她们更好地理解这整件事，歌琰特意把话说得很详细，“我和不高兴姐姐，是主动接近这些坏人，故意让他们把我们带到这里的。我们的最终目的是把你们都救出去，然后把这些坏人们都给抓起来。”

说话的时候，她的视线一直都落在这些姑娘身上。她真的难以想象，如果她和蒲斯沅今天没有来到这里，这些无辜女性将会面临怎样残酷的暴行。

大约是觉得歌琰长得好又很亲和，另外一个女生也肯开口说话了，她指了指歌琰身后的蒲斯沅，哑着嗓子说：“不高兴姐姐长得好高大，她的身材好像男性。”

歌琰回过头看了一眼蒲斯沅那张冻人的脸，“扑哧”笑出了声：“对，不高兴姐姐天生就比别的女生高大，他很勇敢，会保护你们的。”

蒲斯沅原本静默不语地站在她的身后听着她说话，在听到这里的时候，他的目光微微动了动。

歌琰对这些受害者说话的语气里，透着一股特别自然的感情，就好像，她生来习惯以一种姐姐的姿态，去引导比自己年纪小的人，并主动保护他们。而这种特质，一般只会出现在有亲妹妹或者亲弟弟的人身上。

歌琰又和她们聊了一会儿，逐渐让她们信任自己后，才不疾不徐地说："为了尽快把你们从这儿救出去，你们可以尽可能多地告诉我们，你们在这个地方待了多久，发生了哪些事情，那些坏人们都做了些什么。"

她们彼此对视了一会儿，最终还是选出了伊娃作为代表来发言。

伊娃说："我们其实是在不同的时间进来的，我和海伦是昨天刚来的，雪梨她们几个是三天前来的，佐伊她们是一周前来的。"

蒲斯沅也不动声色地在歌琰的身边半蹲了下来，他静静地注视着伊娃，低声开口道："那些坏人刚把你们带来这里的时候，是不是给你们每个人都拍过照片？"

歌琰看了他一眼，为了照顾受害者的心情，他特意避免使用了"蒙"和"骗"这种词，反而用了"带"。

伊娃点了点头。

蒲斯沅继续说道："和你们一起来到这里的还有其他人，但她们中的一些很快又被带出去了。"

伊娃："是的。"

歌琰和他凑近了一点，用只有他们两个人才能听到的声音对他耳语道："她们遇到危险的时间地点都是随机的。参考刚刚丹尼尔离开之前给我们俩照相的行为，他们应该会先把她们的照片发送给客户。一旦客户挑中了想要的人，他们就会把那个被选中的人带出去进行后续的事。"

他微微颔首。

歌琰转过头，又问伊娃："那些离开了这个房间的妹妹或者姐姐，后来有再回来过的吗？"

伊娃摇了摇头，一旦离开这个房间，也就意味着结局凶多吉少。

没等歌琰再问别的，蒲斯沅忽然低声开口道："歌琰。"

这是他第一次叫她的名字，歌琰怔了一下。等她抬起眼，他已经起身走到了离伊娃她们稍稍有些距离的地方。

歌琰走到了他的身边："有主意了？"

昏暗的灯光中，他望着她，沉声开口道："有个问题，我不太方便问，可能需要你来代劳。"

"什么？"

"你问一下她们，是否有固定如厕和洗澡的时间段。"

歌琰明白了他的意思，这些受害者的行动显然是完全受限制的，除非那些人主动来将她们带走，不然她们就会一直被关在这个房间里，哪里也不能去，什么都不能做。

可是，人都有最基本的生理需求，这个房间虽然潮湿阴暗，但地上并没有排泄物，她们的身上也没有散发出太大的异味。

由此推断，她们应该是有机会进行如厕、洗澡的。毕竟，从那些人的角度出发，客户不会喜欢脏兮兮的"商品"。因此，这将是他们逃离这间牢房唯一的突破口。

"我去问。"歌琰刚想往回走，又顿了下步子，转过头看他。

他站在原地，似乎是在等待她的后文。

"你现在知道了我的真名。"她抬了抬眼，"这位死神先生，你准备什么时候告诉我，你的真名？"

蒲斯沅一动不动地看着她，有一瞬间，他差点要被她给逗笑了——这个女人的脑回路真的很清奇，她每一次说的话，做的事，都会有点儿让他招架不住，他从来没有遇到过这样的人。

所幸房间昏暗，她没有办法看清他此时脸上与平常冰封般的不同的神情。

过了半晌，他低声开了口：“等你能走出这栋房子再说。”

她听罢，笑着摆了摆手：“那我建议你提前做好心理建设，应该很快。”

果然如蒲斯沅所料，每天晚上八点整，房间外的看守者都会将伊娃她们带出来，押送她们去这一层最靠里的大浴室。

她们只有二十分钟的时间，在这二十分钟里，她们要洗澡和如厕，多一分钟都不能在那里逗留。

伊娃说完之后，似乎还有些难以启齿，旁边来得最早的佐伊补充道：“还有，我们洗澡和上厕所的时候，都会有人在里面看着我们。”

“在里面？”歌琰蹙了蹙眉，“在浴室和厕所里？”

佐伊点了点头，声音里已经忍不住带上了一丝哭腔：“那些看守者，虽然不会碰我们，但他们会以监视的名义待在浴室里光明正大地看我们，还，还用手机拍我们……”

歌琰垂在身边的手几不可见地紧握了一下。

站在她身后的蒲斯沅敏锐地捕捉到了她刚刚的反应，他对佐伊她们说：“谢谢你们告诉我们这些。”

他说这句话的时候，带上了一丝几乎可以称作是柔和的情感，这使得歌琰很快从刚刚那一瞬间涌上来的负面情绪里脱离出来。

歌琰深呼吸了一口气，露出了平日里亲和的笑容，对伊娃她们说：“接下来的事情就都交给我们吧。记住，等会儿无论发生什么，都不要出声，不要害怕，只要按照我们说的去做。相信我，我们今天一定会把你们救出去，让你们重新回到家人的身边。”

她们互相看了看，性子很内向的雪梨开口说道：“歌琰姐姐，你和不高兴姐姐……等会儿会遇到危险吗？”

毕竟，对她们来说，那些人都像是地狱里最恐怖的恶魔。

“会。”歌琰打了个响指，笑道，“但是我们都很厉害。至于有多厉害……”

说着，她转头冲身后的蒲斯沅抬了下下巴：“那位不高兴姐姐，虽然看着很凶，但应该是这世界上数一数二厉害的人。”

雪梨忍不住笑了：“那歌琰姐姐呢？”

她做了个大力水手的动作：“歌琰姐姐当然是世界第一了。”

大家都被逗得笑了起来，这是她们被那些恶魔骗到这个地狱之后，露出的第一个笑容。

歌琰说完这些话，下意识地朝身后望去，她好像看到蒲斯沅在这片清脆的笑声中，微微地勾了下嘴角。

根据伊娃她们之前的观察，这一层的看守者加起来总共也才六七个人。因为关押她们的房间的锁链都很牢固，所以这一层根本就没留多少人。

伊娃说，她看到他们每个人的身上都携带着枪支。歌琰在心里推断，其他人手应该都在上面的楼层里办“更重要的事情”。

隔着门，歌琰都能听到外面这些男人在高声谈论说笑，整个氛围非常散漫。

她想，这些人应该做梦都想不到，这些他们以为凭一己之力根本翻不了天的女性里，会混进她和蒲斯沅。

在临近八点时，伊娃朝歌琰走过来，靠在她的耳边软声说：“歌琰姐姐，等会儿你和不高兴姐姐，是不是还会去救其他人？”

她点了点头：“怎么了？”

伊娃说：“我是和我的朋友乔伊一起被抓进来的，但是她和我被分在了不同的牢房里。歌琰姐姐，你可不可以早点把乔伊救出来？她有哮喘，我好担心她。”

歌琰心里微微一痛，她不忍心告诉伊娃，如果乔伊不够幸运的话，很有可能已经被带去了别的楼层。

她还是点头答应了下来：“我答应你，如果等会儿看到她，我一定最先把她给救出去。”

伊娃立刻就露出了笑容：“谢谢歌琰姐姐。乔伊的头发颜色和你很像，是火红色的，她的左眼下面有颗痣，脸上有一点点小雀斑，她是我最好的朋友。”

听到红发和雀斑的时候，歌琰的瞳孔几不可见地颤了颤。那张总是带着甜甜的笑容的脸，立刻出现在了她的脑海之中。

“姐姐。”她仿佛听到了那声总是萦绕在她耳边的呼唤。

伊娃是个很细心的姑娘，这个时候留意到了她一瞬间情绪的变化，问道：“歌琰姐姐，你怎么啦？”

歌琰将刚刚心里那些海啸般涌上来的酸涩和思念都强压了回去，她弯了弯唇，哑声说：“好，我记住了。”

八点整，牢房外准时响起了开锁的声音。

歌琰冲伊娃她们使了个眼色，示意她们等会儿走到自己和蒲斯沅的前面。

牢房门打开之后，走进来了一个留着板刷头、一脸横肉的壮汉，他粗暴地扯了一下在最前面的伊娃，呵斥道：“赶紧往前走，别磨蹭。”

歌琰和蒲斯沅故意落在最后，等他们走出牢房，歌琰发现，跟着他们的人除了壮汉之外，还有一个黄发男人。而本层的其余四个男人，则围在正中间的方桌边打牌。

“没有监视器。”蒲斯沅已经将整个负六层的格局飞速扫过一遍。

大浴室位于左前方，歌琰跟着前面的女孩子们往前走了几步，就听到身后的壮汉说：“这两个，今天刚来的？”

黄发男人“嗯”了一声。

壮汉的声音一瞬间变得很猥琐：“啧，身材怎么都那么好，左边这个虽然稍微高壮了点儿，但屁股是真的翘。”

歌琰听得差点笑出声，她侧头看了一眼身边的蒲斯沅，他的脸几乎快要和这黑夜融为一体了。

等他们两个最后踏进大浴室，身后的壮汉一把抓住了蒲斯沅的肩膀，将他整个人扯着转了个身。

歌琰一惊，回过头去就看到壮汉脸上的横肉都激动地抖了抖。

他指着蒲斯沅说：“你，给我脱衣服，现在就脱！”

虽然感觉有点儿不太人道，但是歌琰现在心里憋笑快憋出内伤来了。

如果现场有其他人在，就可以亲眼看见，堂堂黑客界的永恒传说兼特工界的最强死神，平日里那张拽得二五八万似的脸，此时此刻仿佛像唱戏的那样精彩纷呈。

歌琰觉得，自己在埃达克监狱的通风管道里被他耍得团团转的事，今天可以勉强揭过一半了。

可能是一路憋到现在快要憋坏了，歌琰竟然真的笑了一声。

笑声刚起，蒲斯沅就一眼扫了过来。如果眼神可以杀人，那她现在应该已经身首异处了。

壮汉凶狠地指着她大声喝道：“你笑什么笑！你和她一起脱！”

歌琰似笑非笑地说：“我脱是没问题，我就怕他脱了出问题。”

壮汉顿时更来劲了：“我倒要看看能出什么问题，你们俩都给我脱！”

其他人都已经被吓坏了，在后面抱作一团看着他们。

一片寂静中，歌琰不慌不忙地开始拉裙子的拉链，她对壮汉抬了抬下巴："能不能让你的同伴关个门？我有点儿不好意思。"

壮汉笑骂："你都要脱了，还关什么门？"

歌琰抱着手臂，慢悠悠地说："他不关，我剩下的就脱不了。他一关门，我立刻就脱，根本就不带犹豫的。"

壮汉吃不准她在玩什么套路，但想来也不会造成太大的影响，于是他朝黄发男人使了个眼色，黄发男人便将门给合上了。

蒲斯沅不动声色地往前走了一步，目光始终落在黄发男人身上。

"够爽快。"歌琰弯唇一笑，在门合上后的那一刻，大步朝壮汉走去，"来，我靠近点儿，能够方便你看清楚……"

壮汉刚觉得天上掉馅饼了，可下一秒，他就笑不出来了。他看到歌琰信步走到他的面前，直接从裙摆下掏出了一把匕首。

壮汉脸色大变，想要去拔枪，然而转瞬之间，他的动作就已经滞住了。

他瞪大了眼睛，连声音也发不出来，只能眼睁睁地看着自己的脖颈和匕首来了个亲密接触。

就在惊变发生的那一刻，蒲斯沅闪到了黄发男人面前。黄发男人看情况不妙，想开门叫支援，就被他一个过肩摔狠狠地掼到了地上。

他控制了一个极其精准的力度，本来这一下下去应该很响，但是黄发男人被掼到地面时，却没有发出会引起外面人怀疑的动静。

接着，蒲斯沅用膝盖顶住了黄发男人的喉咙，让他根本发不出声音，随后他从鞋子里抽出了一把折叠刀，直接朝黄发男人划去。

伊娃她们已经吓哭了，但是依然很听话地没有发出任何声音。

十秒钟之内，这两个贪色的男人已经一命呜呼。

其实还在牢房里的时候，歌琰和蒲斯沅只是大致有了个要在大浴室里动手的行动方向。所以，刚刚在这里发生的一切，他们之间精妙的配合，全部都是没有沟通过的。

即便她也感到惊讶，可是他们俩可能还真有点儿玄乎的默契在。

歌琰抹去血迹，将刀收回，冲着蒲斯沅骄傲地一抬下巴："我看了下时间，我三秒，你五秒，你速度比我慢。"

蒲斯沅一手拖着一个人往浴室边角走，连眼神都没给她回一个。

歌琰对着他的背影做了个鬼脸，走到伊娃她们的面前，半蹲下来安抚她们："姑娘们，你们刚刚做得很好，谢谢你们。"

伊娃抹了抹眼角的眼泪，小声地问她："歌琰姐姐，接下来我们还需要做什么吗？"

"等会儿我们会出去，把所有曾经伤害过你们的人都带到这里来，让他们得到应有的惩罚。你们要做的，就是在我们出去之后，以最快的速度把地上的血迹都清洗干净，背对着门的方向靠墙站，不要回头看。"

歌琰把这段话说得很慢，确保了她们全部都能听懂之后，才又问了一遍："听明白了吗？"

她们都无声地点了点头，歌琰笑着对她们竖起了一个大拇指，然后走向站在门边的蒲斯沅。

歌琰打开门，和蒲斯沅一起大步朝中间区域的方桌走去。

剩下的看守者打牌正在兴头上，完全没有料到那边已经变天了。直到歌琰和蒲斯沅走到他们面前时，四个看守者才发现他们的存在。

那个白天把蒲斯沅背下来的威尔也在其中，他起身皱着眉头质问他们："谁让你们俩自己走出来的？路易斯他们人呢？"

歌琰露出了楚楚可怜的表情："刚刚路易斯他们突然在浴室里晕倒了，我们才来找你们求救的。"

一听这话他们都惊了，四个男人把手里的牌一扔，抬步就往大浴室的方向走："怎么可能？他们俩怎么会突然晕倒呢？！"

歌琰回头看了一眼已经被清空的中心区，又看了一眼离上一层有一定距离的楼梯，不动声色地笑了，这可真是完美的调虎离山之计。

她把头转回来的时候，视线不经意地一瞥，看到蒲斯沅的目光正落在她的身上。

歌琰看了一眼走在前面的四个看守者，压低声音逗他说："是不是觉得我有点儿太聪明了？你别崇拜我，我不只是个传说，我还是个神话。"

蒲斯沅面无表情地收回了视线，过了两秒，才堪堪扔下了几个字："奥斯卡应该给你颁奖。"

歌琰悄悄地朝他咧了咧嘴，用口型说："你过奖了。"

很快，四个看守者走进了大浴室，当他们看到所有人都背对着墙站着，就立刻意识到事情不对劲了，他们再往里走了两步，便发现了靠在墙角的一动不动的两个同伙。

"你们……"威尔四人脸色大变，神情惊恐地要去摸枪和开通信器，歌琰已经将大浴室的门再度合上，从腿上拔出了匕首。

四个看守者就像刚刚的路易斯他们一样，顷刻间就已经被歌琰和蒲斯沅制服，蒲斯沅留了威尔最后一口气。

那边歌琰也处理完了，还顺走了牢房门的钥匙。她走过来，直接一脚踩在了威尔的胸膛上，威尔立刻咳出了一大口鲜血。

"从现在开始，我问你答。如果你试图反抗或者号叫，抑或者是做出任何出格的举动，我一定一秒就送你上路。"歌琰把玩着手里还滴着血的匕首，漫不经心地对威尔说。

威尔眼泪鼻涕和血全糊成了一团，只敢呜咽着拼命点头。

"这一层一共有几个房间？"

威尔颤颤巍巍地举起手，弯曲手指，比了个"四"。也就是说，这一层总共有四间这样的牢房，假设每间牢房都与他们所在的这间一样，关着十个受害者，那么这一层至少还有四十个受害者依然幸存。

歌琰看了一眼蒲斯沅，又问威尔：“上面一层是干什么的？”

威尔含着满嘴的血水，来来回回说了好几遍，她才听明白。

上面一层叫作展示区，这三个字一出现，她心中就有了非常不好的预感。但她还是暂时忍住了心里的情绪，让威尔先说出其他楼层的信息。

威尔说，负四层是实况区，负三层是交易区和总控室，负二层和负一层是网络骗局区，上面楼层的人手都比这一层多，都配有武器。

将这些信息都默默地记在了心里之后，她转过头平静地问蒲斯沅：“你还有什么想要了解的吗？”

他轻摇了一下头。

她点了点头，然后又问他：“你能帮我找一样东西，让我塞住他的嘴吗？”

蒲斯沅静静地看了她几秒，起身从旁边的看守者的尸体上扒下来一件衣服，揉成团，递到了她的手里。

“谢谢。”歌琰对他笑了笑。

蒲斯沅已经完全明白了她接下来想要做什么，这些看守者的眼睛和手都是罪恶的工具，给这些受害者留下了此生难忘的噩梦。

没等她再出声，蒲斯沅就已经直接转过身，走到了浴室的墙壁边。歌琰有一瞬的讶异，用目光悄悄地跟随他。

只见他轻轻地伸出手，礼貌地拍了拍伊娃的肩膀，示意所有人跟他走：“走吧，我们先离开这里。”

伊娃她们闻言，全都乖巧地点了点头。

快要走出浴室的时候，伊娃从中间落到了最后。她停下脚步，轻轻地扯了扯蒲斯沅的裙角，咬着嘴唇唤他：“不高兴姐姐。”

蒲斯沅垂着眸子，也停了下来，低低地“嗯”了一声。

伊娃看着蹲在威尔身边的歌琰，小声问他："歌琰姐姐不走吗？"

歌琰虽然视线落在威尔身上，但其实她的注意力一直都集中在蒲斯沅那边。

伊娃说话的声音很小，可在寂静的浴室里依然能够清晰地传进她的耳里。下一秒，她听到蒲斯沅低沉好听的声音响了起来。

"歌琰姐姐马上就来。"他说着，语速放得很慢，更带上了一丝罕见的温柔，"她要惩罚这些人，因为这些人都伤害过你们。"

伊娃听了，好奇心立刻被提了起来："怎么惩罚呀？"

歌琰听到蒲斯沅低低地笑了一声，那声笑里掩藏着的温柔，像是能够融化冰川的暖阳，让她的心也不由自主地跟着软了软。

她忍不住转过头，看到他抬起了左手轻轻地将伊娃的脸颊侧了回去，再用手掌虚虚地捂住了伊娃的眼睛。

"你不能看。"蒲斯沅说，"那是歌琰姐姐的秘密。"

等歌琰从蒲斯沅的那句话里回过神来的时候，他早已经带着伊娃离开了大浴室。

她看着那扇被他轻轻合上的门，轻晃了下自己的脑袋，一瞬间觉得自己好像有些古怪。

自从她和他一起进入到这个局里后，她意外地有点儿在意他的一举一动。以她这几天对他的了解，他是那种话极少又不爱输出的人，更是个情绪不轻易外露的人。所以，他不经意流露出来的一些话语和情感表达，她就会忍不住地去在意。

在今天之前，这一直都是她最忌讳的事。

她还在天元局的时候，和自己的组员以及上司交好，真心相付，后来却落得了难以想象的惨痛下场。离开天元局后，她独来独往惯了，除了后来因为机缘巧合结识的南绍和方敏以外，她从来都不会真正地去在意什么人。

她之前的人生和在这一行经历的一切都告诉她——她不应该对靠近自己的人抱有“在意”的情绪。因为一旦在意，痛苦便会接踵而至。

可是，自从他们在埃达克监狱第一次交锋之后，这个男人好像在冥冥之中就和她牵扯到了一块儿。

即便她怀着别的目的，可她觉得自己好像确实越来越想去挖掘关于这个男人的一切了。她想更了解他，想靠近他，想看到他更多不为人知的一面，也想看看他那铜墙铁壁的护盾下究竟藏着些什么。

而最重要的是，那种在最开始见到他时就出现的，似曾相识的感觉，随着和他的相处，根本没有半分减退，甚至还有递增的趋势。她想知道这究竟是为什么。

歌琰处理完一切，又洗干净了双手和匕首，才离开浴室。

整个负六层此时出奇的安静。走到楼层的正中央，她看到蒲斯沅正一个人背着手静静地站在方桌旁，似乎是在等着她。刚刚在浴室里他对伊娃说话时的温柔仿佛是昙花一现，此刻他又变回了那座牢不可破的冰山。

她发现，他已经摘下了假发套，用水清洗过了自己脸上的妆容。他的脸庞已经恢复了以往英气硬朗的模样。

只是，他的身上还穿着那条墨绿色的连衣裙，如此一来，这个装扮瞬间显得更违和了。

而他的鬓角边，此刻还有一颗没有擦干净的水珠，那颗俏皮的水珠正顺着他漂亮的下颧骨，蜿蜒往下。

歌琰走到他的面前，忍不住弯了下嘴角。她竟然伸出手，轻轻地用食指从他的侧脸边直接拈过了那粒水珠。

她的手刚刚才用冷水冲洗过，还带着丝冷意，和他温热的脸颊相触，颇有些说不清道不明的暧昧意味。

蒲斯沅的眸光微微一闪，他一动不动地看着她，最终也没有说什么。

歌琰将那颗水珠在指尖轻轻捻了捻，而后低声问道："伊娃她们人呢？"

他朝左边的那间牢房一抬下巴："我已经把房间里被关押着的受害者全部都放了出来，并把她们都暂时先集中在了伊娃她们那间。"

"一共有多少人？"

"二十九人。"

歌琰蹙了蹙眉："才二十九个人？"

他点了下头，再看了一眼她身后的楼梯，歌琰明白了他的意思。

如果安全地留在这一层的受害者总共只有二十九人，那么被带到上面楼层的女性可能就不少。

"走。"她从身后拿出了两把从看守者们身上顺走的枪扔给他，"在他们发现这一层的问题之前，我们必须先解决他们。"

这个组织的领导者或许觉得，这些手无缚鸡之力的女性根本没法儿闹出什么动静来，于是在最初设计整个架构的时候，对最底层的管理安排最为松懈。

这恰好给了他们钻漏洞的机会，而且还能在解决上面楼层的所有人之前，先把伊娃她们暂时安置在这个相对安全的地方。

沿着楼梯慢慢向负五层前进的时候，歌琰想到了什么，她转过头问蒲斯沅："你刚刚在其他几间牢房里，有看到过伊娃的朋友乔伊吗？红头发，脸上有雀斑和痣。"

"没有。"

歌琰并不知道他拥有着过目不忘的记忆力，但凡看一眼，无论是人的皮相还是繁复的数据都可以牢记于心。于是，她还怀抱着一丝侥幸的心理，想着可能是他刚刚观察得不够仔细，或许乔伊现在已经在下面的牢房里和伊娃团聚了。

他们只花了约莫一分钟的时间向上，在快要进入负五层的时候，歌琰靠在楼梯的拐角旁仔细听了听，压着嗓子道："好像没人在，好安静。"

蒲斯沅落在她后面一格台阶，闻言淡声回："有，但最多一两个。"

歌琰想着一两个对她来说不过是小菜一碟，刚想直接翻上去正面硬刚，忽然被蒲斯沅轻轻地拽了一下衣袖。

她回过头时，他已松开了手。他也没打算解释什么，径直从她的身后直接绕到了她的身边，并准备继续往上走。

她注视着他几秒，似笑非笑地说："怎么，刚刚被我领先了两秒不服，要先上去出风头？"

他脚步不停，已经踏上了负五层的地面："先别上来。"

于是她百无聊赖地靠在楼梯边把玩着手里的枪，等了五分钟左右，她发现上面还是一点儿动静都没有，终于有点儿忍不住了。她在原地犹豫了一会儿，决定翻身而上。

整个负五层的格局和负六层完全不一样，负五层的格局设计颇有一些艺术馆的味道，一条长廊连接着楼层的首尾。

入口处是一扇黑色的大铁门，整条长廊像一条黑色巨蟒那样蜿蜒盘踞着，铁门口则有两个看守者。此时，这两个看守者都已经静静地躺倒在了地面上。

歌琰走到他们的身边，发现他们身上的铁门钥匙已经被取走了。于是她没有犹豫，直接进入了黑色大门。

令她感到很意外的是，面前的这条长廊此刻漆黑一片，几乎伸手不见五指，而且整条走廊都极其安静且寒冷。毫不夸张地说，这里简直像一个空置的冰窖一样。

歌琰咬着牙、不断地揉搓着自己的手臂，不免感到了一丝疑惑——五分钟之前蒲斯沅就上来了，而且已经解决了门口的看守者，显然他应该早已利用这段时间拿下了这一层，那为什么走廊里还会不留灯呢？而且，这里为什么会那么冷？

歌琰在这反常得连一根针掉落在地上都听得见的寂静之中，又联想到之前威尔所说的“展示区”，心里不好的预感越来越强烈。

她站在大门边，没有继续往前走。她伸出了一只手，试图在门边的墙壁上找到走廊灯的开关。

很快，她就摸到了一个类似于走廊灯的按钮。

在她快要按下按钮的那一刻，有一只手附着在了她的手背上，阻止了她的动作。

那只手的温度，不像那人的外表那样冰冷。他的手掌比她要大上一些，几乎完全盖住了她的整只手，让她没有办法再继续按开关。

尤其是他修长的手指，此时正堪堪覆在她的指尖上。在这极其寒冷的走廊里，带着让她根本无法忽视的热。

歌琰的心不由自主地轻轻一跳。虽然最开始的那一瞬间她浑身都是戒备，但转念一想，在这个地方，能够这么悄无声息地接近她，且并没有想要伤害她的意思的人，应该也就只有他了。

她从蒲斯沅的掌心下抽回了手，低声问道：“为什么不让我开灯？”

黑暗中，她看不到面前的一切，只能听到耳边他均匀平稳的呼吸声。

然而，她等了很久，他都没有回答她的这个问题。歌琰和他僵持了一会儿，突然以极快的速度抬起手朝墙壁上的开关按了下去。

然后，她看到了令她此生难忘的一幕。

长廊顶上的灯，从大门的方向开始，一盏接着一盏地亮起。冷白色的光源，从走廊的最前端，一直延伸到了走廊曲折的末端。

就在她面前的这条长廊的两边，原本应该是空白无物的墙壁上，此时像壁画那样，被完完全全地填满了。

歌琰看着面前的场景，眼眶变得通红。

她有一瞬间，觉得自己是不是因为在这个地方看到了太多的罪恶，从而走火入魔出现了幻觉。在这个和平美好的地球上，怎么可能会存在着这样的地方？

在她眼前的这一幕，是确确实实的人间炼狱。

歌琰握紧了垂在身体边颤抖的双手，她刚想要上前一步看看清楚，眼前的一切就被挡住了。

她身旁的蒲斯沅伸出了一只手，轻轻地盖在了她的双眼上，就像刚刚他遮住伊娃的眼睛一样。轻柔而坚定，带着与生俱来的善意。

歌琰被他这么蒙着眼睛，一时之间竟没有别的动作。

她忽然意识到，这就是为什么，刚刚他要先上来。因为他通过“展示区”这三个字，已经猜到了在这一层可能遇见的场景。这也是为什么他解决了门口的看守者，关闭了走廊里的灯源，迟迟没有叫她上来。

他不想让她看到这个场景，就像不想让伊娃看到她手刃敌人时的血腥。他对着她们，不言不语地展现着他内心的尊重和保护。

在今天之前，她早已看过无数被光明掩盖着的、触目惊心的黑暗，她以为已经没有什么能够再轻易地撼动她的灵魂了。直到今天，她来到了这里，见到了这个罪犯口中的“展示区”。

过了好一会儿，歌琰开了口，只是她的嗓音已然有些喑哑:“你是把我当成伊娃了吗？”

蒲斯沅没有说话。

她将眼眶里的那股酸胀感逼退回去，将他的手轻轻拂开了。

歌琰停顿了一下：“我总会看到的，我也能够承受……但是，谢谢。”

于是，长廊里骇人的景象再次进入了她的眼帘。这条长廊两边的墙上，几乎每隔两米，就有一个人被挂在上面。

难怪他们会觉得这条长廊这么冷，那些女性在死后被当作战利品一样，毫无人性地展示着。

歌琰站在墙边，静立了好一会儿。蒲斯沅看到，在她转回身之前，她轻轻抬起手摸了摸眼角。

“先走吧。”歌琰的脸上没有什么表情，“等一切都结束，我会再回来把她们都放下来的。负六层的浴室里有浴巾，在增援进来之前，我会用浴巾先将她们全部盖上。”

蒲斯沅看了她几秒，微微点了点头。

刚刚从负六层上来的时候，歌琰还有些疑惑，为什么这一层只有两个看守者。直到这一刻，她才恍然大悟。

整条长廊里，只有她和蒲斯沅两个人的脚步声，她想要快一些离开这里，却发现这条长廊比她想象的要更长。在这个密闭的空间里，每走一步，都是煎熬。

终于，他们快要走出这条长廊了。前方尽头的门已经近在咫尺，歌琰加快了步子，想要上前推门，却发现她身边的蒲斯沅似乎因为看到了什么，步子几不可见地顿了一下。

她敏锐地捕捉到了这个停顿，也跟着停下脚步，顺着他的视线朝左手边的墙上看去，她的目光猛地颤了颤。

这面墙上的女性拥有着和她颜色相近的发色，左眼下面有颗痣，脸上有一点点小雀斑。很容易就能让人联想到，她笑起来的时候，有多么可爱。

虽然歌琰在此之前从未见过这个人，但她能够确认，这就是乔伊，伊娃的好朋友。

歌琰再也没有办法继续看下去，这张脸，不仅会让她想到伊娃，更会让她不可自拔地想起另一个人。

而那个人，是她日日夜夜都在找寻的星星，是支撑她在颠沛流离中活在这个世界上的光源。

哪怕再看一眼，她都担心自己会失去理智，不顾一切彻底毁了这个炼狱。

她并没有发现，蒲斯沅始终在她的身后静静地注视着她。

良久，歌琰深呼吸了一口气。她转过头，握住了大门的把手。下一秒，她听到沉默了许久的蒲斯沅在她的耳后低声开了口。

“伊娃永远不会知道，乔伊是这样去世的。”他看着她的背影，“我会告诉她，乔伊去了一个满是鲜花的地方，那里没有痛苦和罪恶。”

总有一天，她们会再次在阳光下相逢。那个时候，只有笑，没有泪。

歌琰的手紧紧地扣着门把手。半晌，她哑声回了一个“好”。

离开负五层的长廊，往负四层走的时候，歌琰听到楼上的人声渐渐开始多了起来。

所谓的“实况区”，应该就是应“客户”要求进行现场拍摄并通过网络传播的地方。这些“客户”不需要亲临现场，也不需要冒着被抓的风险。

歌琰从最开始进到这儿的时候，心里就憋着一股子无法发泄的火。因此，她完全没有和蒲斯沅商量，一上负四层，就直接拔出了枪。

她从楼梯口开始，一路推进。每一个企图对她开枪的人，在按下扳机之前，就已经瞪大双眼倒在了地上。

而蒲斯沅就这么落在她身后隔着几米的距离，悄声无息地帮她处理漏网之鱼。

唯一的好消息可能是——这里每一层的分工布局都截然不同，每层之间的隔音效果相当好。即便歌琰在负四层闹出了很大的动静，上面负三层的人也似乎毫无察觉。

歌琰在十分钟之内就结束了她的所有行动。

当整个负四层都被清理完后，她手上拿着的枪已经没有弹药，她面无表情地将枪扔在了地上，准备开门进里面的封闭房间。

然而，她的手才刚放到房间的门把手上，她的肩膀上忽然落下了几块布状的东西。

歌琰回头一看，发现是蒲斯沅从中央的桌面上抽走的桌布，他想让她等会儿用桌布包裹住那些被胁迫拍摄视频的女性。

歌琰看着离她有两步远的蒲斯沅，冲他微微一点头，开门进了房间。

房间里的情景不堪入目，一个瘦弱的女生身边有两个男人正在对她施加暴行。

歌琰咬了咬牙，在那两个男人还惊诧地愣在原地的时候，把肩上的一块桌布轻轻一甩，盖住了她，抬手解决了那两个男人。

女生蜷缩在那块桌布之下，她已经略微浑浊的眼睛，正看着歌琰。那双眼睛深处，什么东西都没有了，空荡荡的一片。

歌琰看得心又是一颤，她将手里的匕首收到身后，几步来到了她的面前。

歌琰用桌布牢牢地裹紧了她，将她从桌子上抱了起来。她很瘦又很轻，抱在手里，仿佛没有重量似的。

歌琰踢开了房间的门，走到了负四层中央的椅子旁。

那个女生从被她抱起来的那一刻，就如同一个没有灵魂的布娃娃，沉默地瑟缩在她的怀里，她将她轻轻地放到了椅子上。

歌琰抬手抹了抹她的额发，轻声开口道："你在这里经历的一切都是噩梦，而现在，你醒过来了，谁都不能再伤害到你。亲爱的，结束了，你马上就可以回家了。"

她最开始说话的时候，女生还是毫无反应。当歌琰说到最后那三个字，她的身体几不可见地轻轻一颤。过了几秒，她偏了偏头，泪如雨下。

——To Be Continued

CHAPTER 4

雪松味的秘密

Kiss of fire

雪松味的秘密

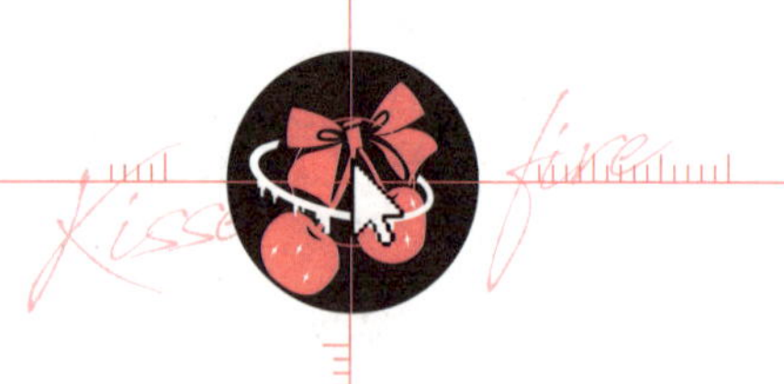

歌琰逐一击破负四层那些封闭房间的时候，蒲斯沅则转头顺着通往负三层的楼梯慢慢向上。

他走到楼梯中间时，沉寂了很长一段时间的通信器忽然开始发出嗞啦作响的电波声。

他又往上走了两级台阶，低低对着通信器问了一声：“能听得到吗？”

“老大！”通信器里传来了童佳激动的声音，“听得到，就是你的声音有点儿小。”

言锡紧随其后：“我等你等得好苦，我有好几次都差点忍不住要带人冲进来了！现在里面到底什么情况啊？！”

蒲斯沅听到他们的声音，脸上的神色也有所缓和：“这里地下一共有六层，之前我们被带到了最底层没有讯号，讯号节点在负三层。”

“行，你和那位能把我打赢的火吻小姐都没事吧？”

“没事，但是这里情况的恶劣程度会超乎你们的想象。”

此话一出，言锡他们顿时都呼吸一滞。

他们和蒲斯沅合作了那么多年，遇到过数不清的场面，其中不乏一些令他们至今都印象深刻的噩梦般的情景，他们鲜少听到他这样来形容的。

言锡急忙说："那我们现在就带人进来？"

蒲斯沅沉默了两秒："先等等。"

"还等？"言锡不是很能认同，"哪怕你和火吻再厉害，也就只有两个人。你俩已经干了整整三层了，现在是准备两个人继续往上干翻一整个基地吗？"

"老大。"徐晟开口说道，"天元局的人来了。"

听到这话，蒲斯沅眸色一闪。

这已经是第二次了，前几天在黑帽大会的时候，天元局也是第一时间就赶到会场，当时血蝎子闹出了很大的动静，他们察觉后闻讯赶来也不能说是毫无理由。

但今天，他们在一个偏僻的郊区，根本都不存在什么目击者。那么天元局又是怎么得知他们在这里执行任务的？难道他们的人里，有天元局的"耳朵"？

言锡变得很暴躁："这帮人怎么跟狗皮膏药似的，我们走到哪儿他们就贴到哪儿？"

童佳柔声提示道："老大，火吻是天元局最想抓捕的通缉犯。如果不想让她被抓，你最好建议她现在就离开这里。这栋别墅的后门有条小道，现在天黑，她走得快一些，天元局应该发现不了。"

蒲斯沅："我先上去控制住他们的总控室，把他们其他几处巢穴都找出来发给你们，你们立刻派人过去。你们拦住天元局，能拦多久拦多久。"

言锡："好，我们尽力拖到你人出来为止。"

歌琰把负四层所有的封闭房间都清理完毕之后，一共解救出八名女性。她们有的正裹着桌布在小声地哭泣，还有的自始至终都一言不发地抱着自己的膝盖。

歌琰沉默地看了她们一会儿，余光瞥见了正从楼梯上走下来的蒲斯沅。

于是她朝他的方向走过去，站在楼梯底层，冲着上面的方向一抬下巴："怎么样？负三层里那些该死的家伙有乖乖交代出其他根据地吗？"

他轻点了下头。

她眼睛一眯："他们一共有几个这样的基地？"

蒲斯沅："九个，这里是最大的一个。"

歌琰一听到"九"这个数字，垂在身边的手就不由自主地紧了紧。也就是说，此时此刻，还有数不清的年轻女性，正被囚禁在其他八个炼狱里。

蒲斯沅垂着眸，因此能够将她所有的小动作都一览无遗。他听到她说："上面一层的人，你都清完了吗？"

蒲斯沅："没有。"

他将根据地的具体地址拷问出来后，只是将负责人都打晕绑了起来。这些人的嘴里还能挖出更多关于血蝎子和欧赛斯的线索，他想留给言锡他们审问。

歌琰拿出匕首，抬脚就要往楼上走，却发现蒲斯沅纹丝不动地站在她上面的台阶上，并没有要侧身让她上去的意思。

他本来就高大，此刻身体投射下来的阴影，几乎将她整个人都笼罩了进去，一瞬间极具压迫感。

歌琰虽然一点儿都不怕他，但还是停了步子，仰头望着他，似笑非笑地说："我只是想上去视察一下你的行动成果。"

蒲斯沅看了一眼那些受害者，又转过头看向她："大开杀戒并不能改变她们的遭遇。"

歌琰的眼睛里也没了笑："但至少可以替她们出一口气。"

"她们需要的不是出气。"他一字一句地说，"而是从现在开始重新开启未来的勇气。"

歌琰原本还想说些什么，甚至想试着强硬地突破他的阻拦。但听到这句话后，她停下了手里的动作。

蒲斯沅看着她，又说道："天元局的人现在在外面。"

她眸色一动："他们自己找来的？"

蒲斯沅敛了下眸子："你怎么知道不是我叫来的？"

她耸了耸肩："如果是你和你的组员叫来的，你就不会还好心站在这儿不让我上去，你应该希望我一路往上冲，然后直接掉进他们的包围圈去见上帝。"

而且，她还知道，他的通信设备在他刚刚上楼的时候，其实已经恢复了。他和他的组员重新取得了联络，制定了计划，同时才能得知天元局也来到了这里的信息。

他堵在这里不让她上去，显然是有一些和她的对话想留在这个无法被其他人听到的地方。

这个负四层的楼梯拐角，就像是他们两个人的安全屋，与世隔离，无人能扰。

静默片刻，歌琰又开口问道："请问你想和我说什么悄悄话？"

蒲斯沅的眸色在灯光下看不清深浅："你的条件。"

"嗯？"他说话的声音很低，她一时没听清，自然而然地就往上走了几级台阶。

她和他之间的距离因此缩小了一大截，她的额头几乎都要触碰到他的脖颈，她甚至能够闻到他身上淡淡的香味。像是雪松的味道，冷冽却干净。

蒲斯沅的喉结不由自主地动了一下，他侧过脸，冷声说："你在车上说，你帮我完成这里的任务，要我答应你一个条件。”

她怔了一下，弯起嘴角：“还挺诚信，我还以为你会逃票呢。”

他没搭理她的调侃，只是静静地等候着她的下文。

“既然你开了口，我就不和你客气了。”她虽然是笑着的，但眼底深处却藏着一抹阴霾，“我希望你能够帮我找一个人。作为黑客界的永恒传说，想要通过互联网找个人，应该是小菜一碟吧。”

蒲斯沅并没有答应，但也没有拒绝。她也不着急，就这么仰头望着他。

等了一会儿，她听到他淡冷的声音在耳边响起：“负三层有一条特设的逃生通道，能够直接通向别墅外的树林里。”

歌琰听罢，漂亮的眼珠微微一转：“然后呢？”

蒲斯沅轻蹙了眉头，没有回话。

她的两只手背在身后，往后退了一格又一格，直到落到台阶的正下方。

她长吁了一口气：“我不是不能在天元局的眼皮子底下金蝉脱壳，这是我这些年来一直都在做的事。

“况且，今天还有你和你的组员打掩护，我相信我能比以往的任何一次都逃脱得更加顺利轻松。”歌琰顿了顿，声音一下子低了下来，“可是，我不想逃了，我有点儿累了。

“该逃的那个人从来都不是我，该受到惩罚的那个人不是我，应该被除名的那个人不是我，真正背信弃义的人也不是我。每天需要躲躲藏藏，不能光明正大地走在阳光下的人，更不应该是我。”

她在说这些的时候，没了往日里身上那些艳丽的、明媚的、张扬的东西，一瞬间像被风吹熄了的蜡烛，再也找不到一点光亮。

他认识她至今，从未见过她像现在这样。她在他的面前，就这一瞬间，卸下了她身上所有的伪装和防备。

“你知道吗？”歌琰又笑了起来，“我其实还挺羡慕你的。

“我也想拥有一个光明磊落的身份，可以名正言顺地去替这个世界上的普通人背负和抵御黑暗的侵蚀。这对曾经的我来说，是比生命更重要的东西，是我的信仰。

“我想我有点儿明白你为什么会放弃做 Ksotanahtk，而成为现在的死神了。”

蒲斯沅一动不动地注视着她，他觉得自己这么多年一直坚硬如磐石的心脏的某一块地方，好像塌陷了下去。

但是他并不知道那究竟代表着什么，他从来都没有过这样的感觉。

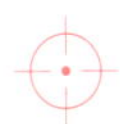

歌琰从来没有和别人说过这些，哪怕是像她亲弟弟一样的南绍，或者是多年来一直贴心救治她的白衣天使方敏，这唯二让她在这个世界上有牵挂的人，她都从未对他们吐露过这般的心声。

这些东西，已经在她的心里藏了太久，压得太深了。

可能是这一天着实过于漫长，她在这个炼狱般的地方，看到了太多震撼她灵魂深处的东西，让将她包装得坚不可摧的铜墙铁壁有了些微的松动。

这些她背负了多年的东西，就突然难以抑制地倾泻而出。

其实她也不知道为什么自己今天会选择告诉他——这个于她而言，根本就不能算是亲近甚至是熟悉的人。他们仅有过两面之缘，并且他们每一次的相会都交织着惊险。

可是她就是说了，而且说完之后，她觉得自己整个人都轻松了很多，她已经做好了慷慨赴死的准备。

歌琰深吸了一口气，冲蒲斯沅抬了抬手："你不用给我什么回应，我不是想博同情。我也知道你不吃这一套，你要是吃，当时在黑帽大会，你根本就发现不了我调包了你的请柬。"

蒲斯沅本来还沉默地想着什么，听到这话，他愣住了，偏过头用手轻轻地抵了下鼻尖。

电梯这边的光源其实也不是很足，但歌琰确信，自己看到他的嘴角微微地往上勾了勾。

她看着他俊朗的侧脸，心中一动，忍不住又问了一次同样的问题："你到底为什么不抓我，甚至还要帮我逃走？"

她隐约感觉到，当初她在埃达克监狱和他素未谋面时，他应该并不抵触帮天元局抓捕她这个臭名昭著的通缉犯，但当他见过她本人之后，他好像就没有要再抓她的意思了。

蒲斯沅这一次回得很快，他敛起了唇角的弧度，淡淡地说："这不重要。"

"重要。"她说，"因为你有一万个理由要抓我，但没有一个理由要帮我。"

他没有回应她的坚持，只是告诉她："负三层的逃生口在左上角。"

歌琰飒爽地往后退了几步，冲他摆了摆手："再次感谢你的好意，我心领了，现在你可以按照计划让你的组员们带人进来了。如果你还愿意多伸一次援手的话，麻烦帮我把南绍送走吧。这小子已经替我擦屁股太久了，他早该得到解放了。

"还有，希望你一定要让这些泯灭人性的犯罪分子受到他们应有的制裁。"她没有再看向他，只是哼着小曲往负五层走去。

她明知道一会儿天元局的人就会进来，他们可能甚至都等不到把她押送回天元局基地，就会当场了结她。毕竟上一次在埃达克监狱时，他们已经动了杀心。到时候她短暂的一生，就会彻底画上句号。

这着实太短了，因为从事了一个要对这个世界了无牵挂的职业，她甚至都没有来得及谈一场轰轰烈烈的恋爱。

她不是不想为自己平反昭雪，只是仅靠她一个人，她实在是难以做到，她也不想把南绍和方敏牵扯进更深。

她不是不爱惜自己的生命，她想要回到阳光下追求她的信仰，可是她真的跑得太累了。

在那条炼狱般的长廊里，她有一瞬间想到，也许跟着乔伊她们去到天堂看一看，对她而言未尝不是一种美好的归宿。

也许幸运一些，还能看到她最爱的那两个人在那里等着她。只是，唯一的遗憾可能就是无法再见妹妹一次了。

在蒲斯沅没有阻拦的情况下，歌琰回到了负六层的浴室里，将所有的浴巾都取了出来，然后去了伊娃她们所在的牢房。

将二十九名安然无恙的女生从牢房里解放出来后，歌琰温柔地告诉她们："姑娘们，所有的坏人都被抓起来了，不高兴姐姐很快就会下来把你们送回家，你们马上就可以和家人团聚了。"

大家听到这话，瞬间爆发出了热烈的欢呼声。她们拥抱在一起，一边笑，一边忍不住流着泪安抚着彼此。

歌琰眼含笑意地看着她们，对她们说道："还有，你们能不能答应歌琰姐姐一件事？从此以后，保护好自己，要努力去分辨这个世界上的善与恶，不要再让爱你们的人为你们担心痛苦了，好不好？"

她们终究是幸运的，在经历了那么多的惊吓后，还可以走出这恐怖的巢穴重见阳光。

大家都用力地点了点头。

"对了。"歌琰想了想，又补充道，"不高兴姐姐呢，其实是个哥哥，之前是为了不让你们对他产生害怕抵触的情绪，才特意女扮男装的。”

大家听到这话，互相对视了几眼，都忍不住笑了起来：“无论是哥哥还是姐姐，他对我们很温柔。”

歌琰勾了勾唇，想到了那人手掌心的温度：“不张嘴的时候，他是挺温柔。”

在歌琰去负五层的长廊之前，伊娃从人群中跑过来，轻轻地拉住了她的手。

“歌琰姐姐。”伊娃用小鹿般湿漉漉的大眼睛看着她，“你刚刚在上面，有看到乔伊吗？”

一听到这个名字，歌琰的心就忍不住抽痛了一下。

深呼吸了一口气，她弯下腰，揉了揉伊娃的头发：“因为一些原因，乔伊已经离开这里了，不过她给你留了一些话。”

伊娃：“她说什么了？”

“乔伊说，”歌琰笑了笑，慢慢说道，“她会去一个很美好的地方，那里都是阳光和鲜花，没有痛苦和伤病。她还说，她会在那里想念你，等着你，因为以后总有一天，你也会去到那里再次见到她的。但是在此之前，你一定要继续好好生活，保护好你自己。”

伊娃一下子垂下头，沉默了起来。

过了一会儿，伊娃再次抬起头，眼眶却已经红了：“歌琰姐姐，乔伊去了天堂，是吗？”

歌琰没有说话，她低下头，轻吻了一下伊娃的额头。伊娃闭上眼睛，眼角慢慢地滚落下了大颗的眼泪。

“亲爱的，天堂其实并不遥远。”歌琰抬起手轻轻地抹去了伊娃眼角的眼泪，“因为每一个善良的好人，或早或晚，总会去到那里。”

片刻后，歌琰重新回到了那条冰冷的长廊里。

她已经尽量避免去看那些女性的脸，只是在重复松绑和盖浴巾的过程中，她的眼尾还是悄声无息地红了。

整条长廊里此刻只有她一个人动作时带出的沙沙声，余音回响在长廊里，一直散落到了尽头。

不知道过了多久，歌琰听到长廊尽头的大门被人推开了。随后，走进来了一些身穿魅影组织黑色制服的女特工们。

童佳走在队伍的最前面，当她看到长廊里的景象后，她的眼眶瞬间就红了。

她抬手抹了一下眼睛，对身后的同事们做了一个手势，那些同事们便立刻开始和歌琰做起同样的事情来。歌琰听着细碎的人声，加快了手里的动作。

不知过了多久，一个大眼睛、黑色短发的女生走到了她的跟前。

没等对方开口说话，她先浅笑着问道：“死神先生的组员，是吗？”

童佳看着她，张了张嘴，然后点了点头。

“能麻烦你帮我把他叫进来吗？我有些话想要对他说。”

童佳咬了咬唇，似乎有一瞬的犹豫。但很快，她还是转过身，朝门外走去。

走了没两步，童佳又回过了头对歌琰说：“你如果现在走，还是来得及的，天元局的人还留在负一层。徐晟在上面堵着他们，没有让他们下来。”

歌琰听罢，弯着嘴角歪了歪头。

“谢谢你。”她说。

见她依旧没有要离开的意思，童佳低低地叹了口气，打开了长廊尽头的大门。

歌琰站在门边上，静静地注视着此刻已经恢复雪白无物的长廊壁。

过了一会儿，大门被重新打开，蒲斯沅一个人走了进来。他已经换下了潜伏时穿着的绿色连衣裙，穿回了平日里的黑色制服。正统英气的装扮，将他整个人衬得更为丰神俊朗，让人根本移不开眼。

歌琰看着他走到面前，还有闲心和他开玩笑："能够在上路之前再看一眼你这张不高兴的脸，还是挺赏心悦目的。"

蒲斯沅面无表情地看着她，没有搭她的话。

"我要你帮忙找的人，是我的亲妹妹。"歌琰顿了顿，"她叫歌芊芊，有着和我一样颜色的头发，脸上有一些小雀斑，笑起来有小虎牙，她和乔伊长得有一些相似。很多年前，在一次突发的袭击中，她和我走散了，但我坚信她一定还在这个世界上的某一个地方平安地活着。只是我找了她很久，用了很多种方法，最后还是没能找到她。

"也许她为了适应新的生活，已经整了容，改了名，完全换了个模样吧。"她仿佛自言自语般轻声嘟囔了一句，"如果是那样的话，也挺好的。

"所以，如果你愿意帮我找她，并且能够找到她的话，麻烦你帮我带一句……"

谁料歌琰这句话还没有说完，就听到蒲斯沅冷不丁地开口了："你现在是在留遗言吗？"

她愣了一下："要不然呢？我还有话要让你带给南绍和方敏呢。"

她对这个世界本就近乎没有牵挂，刚刚在这里静立的时候，就已经想好了全部的遗言。

"那你就不必再说了。"谁知，下一秒，她就听到蒲斯沅这么说。

在她还愣怔着的时候，他低沉的声音清晰地传进了她的耳朵里："你可以以后亲口告诉他们。"

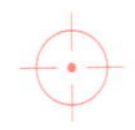

蒲斯沅转过身离开了长廊，歌琰瞪大眼睛看着他高挑的身影消失在门背后，一时有些语塞。不仅仅是语塞，她甚至都没弄明白他这句话的意思。

她从这里走上去，一脚踏进天元局的天罗地网里，还能有以后？那个冰块一样的男人一开口不是气死人，就是话说一半，让她连追问的机会都没有。

歌琰思考了几秒，最后决定出去看看外面究竟是个什么情况。

离开了冰冷的长廊，她沿着楼梯向上走，来到负三层的时候，她又看到了蒲斯沅。他站在楼梯口，正在和童佳他们说话，看到她出现后，他便停下了话语，抿着唇，眸色沉静地看着她。

看到他的目光，她心中忍不住一跳，抬步朝他走过去。

金发的言锡看着她走近，低声说道："女勇士来了。"

歌琰走到他们面前，对他们笑着耸了耸肩："这么好，都在这儿等着为我送行啊？"

童佳看了一眼身边的蒲斯沅，柔声对她说："秘密逃生通道就在前面。"

"我知道。"她爽利地点了下头，"你们老大早就告诉过我了。"

言锡和童佳面面相觑，实在弄不明白这女人为什么非要这么坚持上去送死。

明明他们三番五次给她机会让她逃，为此，徐晟到现在还一个人顶在楼梯口，拦着天元局的人不让他们下来。

谁知道，他们看到蒲斯沅动了步子，转身率先往负二层走去。歌琰看到他走，便没再说什么，也跟了上去。

言锡和童佳都被这一幕给弄蒙了，只知道先跟着他们俩一起上去再说。

歌琰跟着蒲斯沅走到负二层楼梯口的时候，就看到了徐晟背后乌压压的天元局的人。这些人的身上都穿着防弹衣，戴着头盔，全副武装地举着手里的枪，目光警惕地盯着他们上来的方向。

“来了！是火吻！”一看到她出现，这些人就骚动了起来，齐刷刷地将枪口对准了她。

歌琰感受着那些在自己身上四处游走的红色射线，勾了下嘴角。

徐晟对蒲斯沅点了点头，在他的示意下，回到了言锡和童佳的身侧。

下一秒，歌琰听到蒲斯沅开口了：“过来。”

她愣了一下，怀疑自己是不是听错了，立刻朝他望过去，看到他站在台阶上一动不动地看着她，似乎是在等着她。

歌琰一时有些摸不清楚他究竟想要做什么，但还是照着他的意思来到了他的身边，和他踩在了同一级台阶上。

“塔纳托斯。”为首的组长模样的人冲着蒲斯沅点了点头，“辛苦您和您的组员了。现在，您可以将火吻移交给我们了。”

歌琰刚想自觉地向前一步，就听到蒲斯沅淡冷的声音在耳边响起：“麻烦让开。”

组长愣了一下：“您说什么？”

他薄唇轻启：“让开。”

天元局的人都傻眼了，跟在他们身后的言锡和童佳也傻眼了。

死神的威名可不容小瞧，他惊世骇俗的壮举，基本上每个人都听过。这个行业里无论是新加入的还是经验老到的特工，提到他的名字时都是又敬又怕。

等所有人回过神来的时候，天元局的人已经自发地让开了一条可以让人通过的道路，蒲斯沅抬步就往前走。

歌琰已经隐约察觉到他要做什么了，她百感交集的同时亦步亦趋地跟上了他的脚步。

毫不意外地，在她要跟蒲斯沅一起走出这个包围圈的时候，天元局的人立刻拦下了她：“你不能走！”

走在前面一些的蒲斯沅回过了身，他目光冰冷地扫向那个拦下歌琰的人。

那人被他的眼神吓得浑身一颤，想要动嘴说句什么，可对着他，最终一个字都没能说出口来。

蒲斯沅就这么一直看着那个人，直到那人颤颤巍巍地放下了拦住歌琰的手。

被天元局视为眼中钉的全球通缉犯，就这么大摇大摆地在他们的包围下，和蒲斯沅一起走上了通向负一层的台阶。

里面的人没一个有胆子敢跟蒲斯沅叫板的，组长见蒲斯沅一走，立刻联络了在别墅外车上的总指挥杰西：“副局，塔纳托斯带着火吻直接上去了！他没有打算要把火吻移交给我们的意思！”

言锡他们也跟着前面两位大佬淡定的步伐穿过了人群。

“你们说，”言锡看着迈着大长腿镇定自若地走在最前面的蒲斯沅，“小蒲他是不是疯了？”

本来，他以为歌琰那个女人三过逃生通道而不入就已经够疯的了。他更没有想到的是，他们英明神武，有时候近乎被当成神去衡量的蒲斯沅，竟然也会跟着那个女人一起发疯。

蒲斯沅就这么带着歌琰，彻底地走了出去。

当歌琰再度呼吸到地面的新鲜空气时，她有一种恍若隔世的感觉。

在这个整整六层的庞大“巢穴”里，有好几次，她都有一种身在地狱的感觉。此时此刻，当她终于重新回到地面上时，她才觉得回到了人间。

别墅的一层，此刻除了魅影组织的人以外，还有天元局的人，现在的气氛明显有一些剑拔弩张的感觉。

天元局为首的那人目光落在蒲斯沅和他身后的歌琰身上，一字一句地开口道："塔纳托斯，希望你明白，你现在究竟在做什么。"

歌琰看着蒲斯沅雕塑般完美的后背线条，终于忍不住向前走了一步。如此近的距离，她几乎快要贴在他的后背上。

她用只有他们两个人才能听到的声音对他耳语道："你就这么不想让我死？"

蒲斯沅没有回头，他感受着她的呼吸慢慢吹过耳边的温度，冷声回了四个字："不是今天。"

你可能是为了信仰而死，可能是为了抵挡这个世界上的黑暗而死，也有可能是看遍了这个世界的沧海桑田迟暮而死。

但我绝对不会允许你在今天，在这里，背负着不属于你的污名离开。你还有很多事没有完成，你还没有尽情地享受你的人生。所以，我一定会让你从这里活着走出去。

歌琰觉得自己的心好像都漏跳了一拍。

虽然他嘴里说出来的话干巴巴的根本没法听，但是她在内心深处感受到了一股汹涌的暖流，还有一丝不明的悸动。

刚刚他要她跟着自己一路往上走的时候，她就已经猜到，他是想让她从这里的大门堂堂正正地走出去，她觉得他可能是真的疯了。

不出意外的话，别墅方圆十里应该全是天元局的人，他们怎么可能会允许抓了那么多年的逃犯大摇大摆地从他们的面前走出去？

见他不说话，天元局的人脸上的表情更不悦了：“塔纳托斯，如果你不清楚情况，我可以再给你解释一遍。火吻是天元局的头号通缉犯，她是我们不惜一切代价都要捉拿的犯人，希望你能够现在立刻将她移交给我们。”

蒲斯沅终于正眼看向了那个人，但只是淡冷地问了一句：“杰西动不了了？”

那人愣了一下：“什么？”

“杰西是不能说话还是不能走路，需要你来代劳发号施令。”

蒲斯沅将目光投向了外面的黑色越野车，他知道杰西就坐在那辆车里，而且也能听得到他们的对话。

没有人看到，歌琰在听到他们提到“杰西”的名字时，表情一瞬间有了变化。她的眼睛里迸发出一股强烈的恨意，但很快，又被她咬着牙强行掩了下去，最终变成了一丝难以言说的悲凉。

那人终于听懂了蒲斯沅话里的内涵，脸顿时变绿了，但终究还是有些忌惮蒲斯沅，刚想试着回一句话，便听到耳麦里的副局杰西发话了。

过了几秒，那人摘下了通信器，黑着脸递给了蒲斯沅：“杰西副局要和你直接对话。”

蒲斯沅面无表情地将通信器接了过来。

杰西的声音从通信器另一头清晰地传进了他的耳里：“塔纳托斯，最近好像我们还挺有缘的，之前隔上好几个月甚至几年都遇不上你一次，最近连着几天竟然都能见到你。”

蒲斯沅没说话。

杰西说话的语调并不凶狠，但话语里的每一个字都很硬：“今天我必须要带走火吻。上一次在黑帽大会上，你可以说血蝎子的事只属于魅影组织的管辖范围，让我们离开，但你应该很清楚，火吻并不在魅影组织的管辖内，你今天没有任何理由可以拒绝移交。”

蒲斯沅听完，漫不经心地“嗯”了一声。

就在杰西胸有成竹地以为他会把歌琰移交给他们时，就听到蒲斯沅轻描淡写地开口道：“以前她确实不属于魅影组织的管辖范围，但从今天开始，她是了。”

此话一出，在场的所有人都蒙了。

不仅杰西差点从车上摔下来，天元局的成员也是一阵哗然。言锡他们三个刚刚从地下通道里走出来，听到这话，走在最后的言锡腿一软，差点从楼梯上滚下去。

“在这里的交易链都直接指向了血蝎子，火吻也恰好出现在了这里。因此，我有充分的理由怀疑火吻或与血蝎子有关。”

在杰西还不知道该说什么的时候，蒲斯沅继续淡然地说道：“无论她究竟是不是血蝎子的人，她都与我一同参与了今天的全部事件。因此，我已经向本局提出了以嫌疑人和当事人的身份，将火吻先行带回魅影组织进行进一步审问。”

他似乎感觉费尽了口舌，直接将通信器摘下扔给了天元局的人。

那人抖着手重新戴上了通信器，压低声音，磕磕巴巴地说：“副局，怎么办……”

杰西死死地抓着座位的扶手，咬牙切齿地说：“别听他胡扯……”

下一秒，杰西听到自己的手机响了。他摸出手机，看到局长给他发来的一张通知函。上面白纸黑字清清楚楚地写着火吻从今天起会暂时被魅影组织扣押审问，释放日暂定。

杰西差点把自己的一口大牙都给咬碎了，他一拳重重地砸在了座椅扶手上，忍不住骂了句脏话。

这是他们离火吻最近的一次，就差一点点，只要这个叫蒲斯沅的男人不在，他们就可以将她生擒归案了。

蒲斯沅转过身，看了一眼歌琰和言锡他们三个人，抬了下手，示意他们跟自己一起离开别墅。

“喂，你们不能走……”眼见他们竟然直接绕过自己就往大门外走，天元局的组长仓皇地举起枪对准了歌琰。

一瞬间，屋子里天元局的人再次举起枪瞄准了歌琰。

剑拔弩张的一刻，言锡他们带着魅影组织的人也都肃然地举起枪，同时迅速地将蒲斯沅和歌琰护在了最中间。

蒲斯沅连头也没回，他左手敏捷地往后一伸，将歌琰扯到了自己身后。他直接用自己的身体，挡住了狙击手的枪口。

歌琰被他扯得愣了一下，她眼睫发颤地看着他，而他也垂眸注视着她。他的目光里，有一种在这样的时刻都可以让人心安的东西。

屋子里的气氛十分紧张。

不知过了多久，天元局的人听到了通信器另一头杰西咬牙切齿的声音：“让他们走。”

那位组长因为杰西的指令在原地足足愣了三秒，才不甘愿地把枪放了下来。天元局其他的人见状，就算再震惊，也只能放下了手里的枪。

歌琰就这么跟着蒲斯沅走出了这栋别墅。

当脚落到了踏实的平地后，她忍不住抬头看向有些亮光的黎明天空，觉得此刻的场景有一些不真实。

自己是不是活在梦里？要不然，她怎么可能在那么多天元局特工的注视下，完好无损地走出了这间屋子？她甚至连手铐都没有戴，完全像个自由人一样。

想到这里，她忍不住看向了走在她前面的蒲斯沅。他和她非亲非故，连朋友都算不上。

可今天，他非但给她提供了逃生的方法，甚至在被她拒绝后，在她都已经自我放弃的时候，给了她另一条生路。他让她堂堂正正地走出了天元局的包围圈。

走到魅影组织的车旁，歌琰看到伊娃她们几个正坐在不远处的救护车上打点滴。

伊娃也看到了她，眼睛里立刻迸发出了光。下一刻，伊娃便不顾医护人员的劝阻，直接从救护车上跳了下来，轻快地跑到了她这里。

歌琰接了一个满怀，笑着摸了摸伊娃的脑袋："怎么不乖乖打点滴呀？"

"歌琰姐姐。"伊娃搂着她的腰，认真地向她道谢，"阿姨说，我们的家人已经在来接我们的路上了。谢谢你救了我，救了大家。"

歌琰弯着嘴角笑："不客气，以后一定要注意保护好自己，别再让家人担心啦。"

"嗯！"伊娃用力地点了点头，又说，"你和不高兴哥哥，都是很好的人。"

她听到这话，忍不住回头看了一眼正在低声和成员说话的蒲斯沅。他英俊的脸庞上是如常般的沉静，就仿佛刚刚救了自己，救了那么多人的根本不是他一般。

伊娃轻轻地拽了一下她的衣袖，大眼睛忽闪忽闪地说："歌琰姐姐，我有个小秘密要告诉你，你要听吗？"

她饶有兴致地蹲了下来，拉着小姑娘的手，耐心地问："什么？"

伊娃看了一眼她身后的蒲斯沅，神秘兮兮地用手掌贴在了自己的嘴唇边，靠在她的耳边，压着嗓子告诉她："我刚才问了不高兴哥哥，他说他没有女朋友。"

伊娃冲她眨了下眼睛，在她的脸颊上"吧唧"亲了一大口，转过身跑回了救护车。

歌琰感受到脸颊上湿漉漉的唇印，有些哭笑不得地看着伊娃鬼灵精怪的背影。她好不容易把伊娃的这句话消化完，才站了起来。

一回头，她就看到了在她身后的“不高兴哥哥”本人。

一对上他的眼睛，歌琰就有些不自然地别开了脸：“我坐哪辆车回你们那儿接受审问啊？”

他看了她一眼，拉开了身旁的车门。

歌琰没再和他的目光接触，直接敏捷地钻进了越野车的后座。

她本来以为他会坐在前面开车，可谁知道，她看到一双大长腿出现在了她的身侧。

歌琰张了张嘴，看向了坐在她右手边的蒲斯沅。

言锡和童佳也一左一右地坐上了前面的座位，一向话痨的言锡此刻像是哑巴了一样，从发动车子到把车开出去，全程都没有开口说过一句话。

在安静得有些诡异的车里，倒是歌琰先有点儿坐不住了。

她低低地咳嗽了一声，看向正在低头写案件报告的童佳：“这位妹妹。”

童佳转过头好脾气地说：“我叫童佳。”

“童佳。”她呼吸了一口气，试探性地问道，“我不是嫌疑人吗？你们都不用给我戴个手铐，绑个绳子什么的？”

此话一出，正在开车的言锡下意识地一松方向盘，整辆车子很明显地扭了一下。

童佳抬手揉了揉太阳穴，看了一眼在驾驶座上装死的言锡，又看了一眼在后座上面无表情的蒲斯沅，斟酌言辞：“嗯……不用。”

整个魅影组织最厉害的人就在这辆车上，你要是有个轻举妄动，不是分分钟就能解决？只是这位最厉害的人，压根儿就没把你当成犯人，那些说你是嫌疑人之类的话，全都是说给杰西听的屁话，人家根本就不想铐你，童佳心想。

歌琰还想再说一句什么，就听到身边那位冰山开了口：“闭嘴。”

她翻了个白眼。过了一会儿，她目光一动，看到一只白皙纤长的手正面朝上摊开，轻轻地伸到了她的手边。这个动作，如果她没有理解错的话，似乎是要她把手递给他。

歌琰愣了一下，在心跳加快的同时，错愕地转过头，看到了手的主人淡定从容的侧脸。

她不知道这人的葫芦里究竟在卖什么药，犹豫几秒，还是把手放到了他的手心里。他虚虚地握着她的手，竟然就这么用手指在她的手心里写起了字来。

她的手有些冰，他的手却很温热，他用指尖在她的手心里写字的时候，挠得她的手掌和心里都浅浅的发痒。歌琰感觉到自己的耳根一下子就红了，于是她侧过脸假装看向窗外。

很快，她就知道他究竟在写什么了。他在她的手心里，完完整整地写下了他的名字——蒲斯沅。

他叫蒲斯沅。

言锡很想狠狠地抽自己一巴掌，他原本开车开得好好的，但是实在架不住好奇心的驱使。他在转弯的时候，假装不经意地往后视镜里瞄了一眼那两位大佬的情况。

不看还好，一看，他手一颤，差点把车开进旁边的河里。

言锡怀疑自己是不是疯了，如果不是他的眼睛出了问题，那他为什么会看到那位女性绝缘体竟然握着火吻的手？！

童佳一边抓着头顶的把手，一边虚弱地看着他：“言锡，你能不能好好开车，别再开蛇形了？我快晕车了。”

言锡咽了口口水，把目光从后视镜里收回来。他深呼吸了一口气，气若游丝地回复童佳：“佳佳，要不换你来开吧？我现在也有点儿晕车……”

蒲斯沅自然也留意到了前座的动静，等他写完了名字之后，便悄声无息地松开了她的手。

只是，手指间触碰的痕迹和温度并没有那么快消退下去，连同歌琰脸颊上和耳根的热度也是。一直到他的手离开，她依然维持侧着脸看向车窗外的动作。

这种残留在皮肤上的热，在此之前她从未体验过，这股热一时半会儿好像怎么也压不下去，连同着她心里那股痒痒的感觉。

就这么浑身僵硬地坐了好一会儿，她有些不自在地蜷缩了一下手指。她觉得他刚才划下的痕迹依旧还在，她的手心仿佛被真实地刻着“蒲斯沅”这三个字。

她试图闭上眼睛去缓解，结果一闭上眼，她的脑海里就直接出现了他骨节分明的手。而这只手，和她记忆中怎么也忘不掉的那只手好像惊人地相似。

在黑帽大会上第一次注意到他的手时，她就有些恍惚。现在，这种和记忆重叠的感觉，越来越强烈了。

这怎么可能呢？可能是她身边的男性着实过少，她才会产生这种错觉吧。

等车子刚停稳在魅影组织位于 A 国的分部时，歌琰立刻打开车门跳下了车。她觉得自己不能再在有某人的车里待下去了，感觉实在不太对。

在她面前的是一个一望无际的农场，这个农场就这么孤零零地矗立在这片土地上，方圆十里竟然没有其他建筑。

歌琰冷不丁来了一句：“我有点儿想吃牛排了。”

刚打开车门下车的言锡差点一个趔趄摔倒：“你是来这儿旅游的吗？”

她吐了吐舌头，跟着他们往里走，还真觉得自己有点儿像来参观的。

以前在天元局的时候，她没怎么和魅影组织打过交道，更别提到他们的工作基地了。今天能够阴差阳错以“嫌疑人”的身份来到这儿，她竟然还挺兴奋的。

等他们进了农场，言锡直接伸手拉开了一扇掩盖在稻草堆后的门，纯白色的电梯突然出现在了他们的面前。走进电梯后，电梯便自动往下沉去。

到了最底层，眼前是一副近乎科幻电影里才会有的场景——整个基地偌大又广阔，自上而下吊着无数纯白色的长灯，半空中还有一些侦察机和微型勘测机器人，每个区域里都有工作人员在忙碌着。

歌琰看得眼睛都直了。

一路上的所有人看到蒲斯沅都会停下脚步向他行礼，当看到一头火红色长发的歌琰时，就都会用一种又好奇又有些审视的眼光反复打量她，有的人甚至停下脚步低声议论了起来。

等他们走到最里面的审问区，蒲斯沅打开了其中一扇门，没什么表情地冲着屋里抬了抬下巴。

歌琰两手背在身后，抬步就往屋里走：“这审讯室怎么这么有设计感？还有，我饿了，能给我来点吃的吗？我想吃肉。”

言锡和童佳都不忍直视地捂住了自己的眼睛。

蒲斯沅看着这个悠然自得的女人，额头的青筋跳了一下。他反手关上审讯室的门，语气冰冷地对童佳说："给她弄点吃的，你先在这里看着她。"

童佳："……好。"

老大，你怎么变成这样了！你为什么会变得那么好说话！为什么会一边被里面那位气得够呛，一边又对她有求必应啊？！

等蒲斯沅和言锡离开去卢克办公室报到后，童佳从厨房里拿了一份熟食鸡腿饭进了歌琰所在的审讯室。

歌琰看到她手里端着的食物，热情洋溢地说："童佳妹妹，你们这儿的伙食也太好了吧？我能不能一直待在你们这里啊？"

童佳快要哭了。

歌琰开始吃起了鸡腿饭，她似乎才想起什么，抬头问童佳："对了，我那个傻乎乎的弟弟，就是巴斯光年，他现在人在哪儿？"

童佳愣了一下："你是说南绍吗？"

歌琰连连点头。

"他现在在我们的技术中心，在帮我们同事一起升级通信系统。"

歌琰一口饭含在嘴里差点吐出来。

就因为她在血蝎子的巢穴里嘲讽了一下他们的通信器，顺便提了一句可以把南绍借给他们，蒲斯沅那个家伙就还真的征用了南绍！

她揉了揉自己的太阳穴，一脸苦大仇深地看着童佳："我能和他说几句话吗？"

童佳想了一下，拿出手机打了个电话给徐晟，开了免提："让南绍听一下电话。"

歌琰听到了南绍兴奋得仿佛中了一千万彩票的声音："歌琰！我男神夸我了你知道吗！他说我组织的几次黑客行动都很棒！

"他说希望我能帮忙升级一下魅影组织的通信系统！男神开口，我就算是跪着也要帮他升级完！我还问了他能不能帮我在背上签个名，虽然他拒绝了我，可是他拒绝我的样子也好帅！”

没等南绍继续向歌琰表达自己兴奋激动并心甘情愿为男神干活的心情，她就直接按了挂断键，把手机还给了童佳。

童佳犹豫了一下：“你不和他说别的了吗？”

歌琰皮笑肉不笑地“呵呵”了一声。

蒲斯沅带着言锡来到卢克办公室时，竟然在屋子里看到了一位故人。

这人长着一张似乎永远都不会变老的混血面容，嘴角带着一抹漫不经心的笑。这是魅影组织传说中的最强特工，曾经的王牌战神，也是蒲斯沅在魅影组织的引路人。

是的，这位故人就是孟方言。

言锡一进去就惊了：“方言哥，你怎么在这儿？”

孟方言正和卢克对坐着，在沙发上给卢克沏茶，闻言似笑非笑地看了他们一眼：“怎么，我退役了就不能常回娘家看看了？”

言锡：“你和静姐还有小祁夕一家人其乐融融还来不及，哪有空来掺和咱们这一堆破事啊！”

蒲斯沅倒是并不意外他的出现，对着他微微点了下头算是打过招呼。

孟方言倒完茶，示意他们坐下来：“撒旦协议被盗走这么大的事，我能不出现吗？当年还是我好不容易抢回来的，谁能想到又被一个变态给盗走了，还真用这协议集结了那么多特工，这简直就是一支黑暗军团。”

卢克在一旁沉声开口：“这次欧赛斯一手挑起的一系列事件确实是对全球安全造成了史无前例的威胁，方言最近正好陪家人来A国，我就把他召过来一起商量对策了。”

孟方言转向了蒲斯沅：“小蒲，说说看吧。”

蒲斯沅将巢穴的情况大致说了一下，然后说道：“我们第一时间就去了其他巢穴，但是不知道是他们的警惕性很高，还是其他的原因，最后我们只拿下了七个巢穴。也就是说，有两个巢穴的血蝎子的人在我们赶到之前全部逃走了。”

一听“其他原因”，卢克和孟方言都皱起了眉。

“不过，这两个巢穴里的犯罪分子虽然都逃走了，但没有来得及带走被他们拐卖的女性，那些受害者现在都已经安全地回到了她们家人的身边。”

孟方言：“这可能是不幸中的万幸了。”

卢克点了点头，转而问道：“塔纳托斯，关于火吻，你现在有什么打算？当时情况紧急，你让我以魅影组织的名义向天元局发送通知函，我出于信任，没有询问任何原因就帮你把人扣下了。我听说你还让她那个搭档去了技术部帮忙升级我们的通信系统？”

一提到歌琰的名字，言锡也从认真听讲，变成了满脸八卦的表情。

孟方言忍不住插了句嘴：“火吻？是不是之前天元局那个很强的女特工，后来被除名自立门户的那位？”

言锡在一旁点头如捣蒜。

孟方言一脸疑惑：“她怎么会被扯进这次的事件啊？”

言锡：“一言难尽。”

蒲斯沅眸色轻闪，淡淡地对卢克说：“所有被扣押审问的血蝎子成员都不知道欧赛斯在哪里，他们声称欧赛斯从来都是单方面通过暗网联络并指挥他们。而且欧赛斯用的是匿名装置，无法被追踪信号源。

“至于火吻，我目前还没有审讯过她。但是我认为她可能和欧赛斯有过联系，或者说，可以以她为突破口去找欧赛斯。她的名字也在撒旦协议上，却没有加入欧赛斯的阵营。”

卢克明白了他的意思：“原来你不是把火吻当作嫌疑人，而是想和她合作？你别忘了，她可是天元局的头号通缉犯。”

蒲斯沅面色沉静：“我们的最终目的是抓到欧赛斯，目前两次交锋后，我们甚至连他的尾巴都没有碰到。如果不用一些非常手段，我觉得很难找到他。”

说到这里，他顿了一下：“我会负责全程看管火吻，以确保她不会成为变数。”

孟方言是何等的人精，听到这里，算是已经听明白了。

他想了想，压低声音和言锡咬耳朵：“那个火吻，是不是长得很好看？”

言锡哽了一下，虚弱地点了点头，又气若游丝地道：“但她是个疯子。”

孟方言意味深长地眯了眯眼。

过了三秒，他拍了拍言锡的肩膀，用一脸过来人的表情，语重心长地对言锡说：“我看她倒是有点像你们以后的嫂子。”

言锡差点当场在卢克办公室里背过气。

蒲斯沅的听力极佳，他虽然人是在和卢克说话，却已经完全将孟方言和言锡的对话听进了耳里。

他眯了眯眼，回过头冷冰冰地扫了“无良前辈”一眼，孟方言摊了摊手。

卢克开始消化蒲斯沅刚刚说的那番话，蒲斯沅说的不是没有道理，并且还确实有奇兵制胜的可能，但是和一个全球通缉犯合作追捕敌人，这不仅在魅影组织的历史上从未发生过，甚至在整个特工界都前所未闻。

先不提火吻的过往经历他们不了解，更重要的是怎样才能够保证这个名字在撒旦协议上的前特工会真心诚意地和他们合作？和他们合作对抗欧赛斯，她又能得到什么好处？

孟方言伸了个懒腰，终于有了正经的作为：“卢克，我看这个法子可以啊！既然你之前都已经闭着眼睛和天元局杠上了，干脆死马当活马医，把他们的通缉犯当自己的人用呗？”

卢克的脸色一言难尽。

孟方言似笑非笑地说：“况且，你又不需要信任火吻，你只需要信任小蒲就行了。他既然说他可以管好火吻，万一出了什么事，由他自己担着不就行了？大不了他也跟着一起变全球通缉犯呗？凑一双不是挺好？”

蒲斯沅的脸色也变得一言难尽，孟方言是不是来帮倒忙的啊？

过了好一会儿，卢克终于变回了正常神色。他从沙发上站了起来，沉声对蒲斯沅说道：“你先去和她谈谈吧，她也不一定会同意这个提议。”

如果歌琰选择和魅影组织合作，她不仅要接受管制，还要义务劳动，这么一看，连半点好处都没有。

蒲斯沅没说什么，只是轻点了下头。

言锡扶着墙踉跄着离开了卢克的办公室，蒲斯沅在关门时，忽然转过身，对着卢克和孟方言低声说：“你们应该都听懂了吧？其他原因。”

卢克和孟方言对视了一眼，都微微颔首。

蒲斯沅的意思其实已经很明显了，那些人之所以可以成功逃逸，一定是有人给他们通风报信了。在其他巢穴都已经被魅影组织控制了的情况下，不可能是血蝎子的人泄露出来的消息。

可以推断，魅影组织里有欧赛斯的“耳朵”。

卢克说：“在这两次行动中，天元局的人也来得意外地快，仿佛他们完全清楚我们的所有动向。”

蒲斯沅神色淡冷地说：“我会尽快把‘耳朵’给找出来的。”

歌琰吃完了饭，便引着童佳和她聊天。

童佳虽然是蒲斯沅小队的成员，在整个魅影组织也有一定的威望，但看起来是个乖巧可爱的软妹子。歌琰随便逗了她几句，她还会脸红。

歌琰一手托着下巴，另一只手轻轻地叩了叩桌子：“蒲斯沅，他平时不出任务的时候都在干吗？”

童佳想了想：“老大好像没有休息的时候，一直都在出任务。”

“他怎么那么无聊？”歌琰忍不住吐槽，“花花世界，他都不想探索玩耍一下？长得这么帅，都不想谈个恋爱什么的？”

人的天性里都有八卦这个成分，哪怕再酷的人也无一幸免。

虽然童佳的理智告诉她，她不应该再陪着这位红发美女继续这样了，但是情感上又忍不住想犯错。

连他们无坚不摧的老大面对这位美女都开始行为诡异化了，她陪着美女聊聊天又怎么了！

她平时整天就只能对着蒲斯沅他们三个男人，根本就没有女孩子拥有的快乐！

童佳放飞了自我：“我们也都很奇怪啊！可是他真的是母胎单身，天地可鉴的那种！”

“我不信。”

就蒲斯沅那张脸，母胎单身？逗她呢？

“我一开始也不信，但是老大十五岁的时候就加入魅影组织了，一直到现在快八年过去了，我们几乎天天都待在一块儿，他身边是真的没女孩子。其他部门有很多女孩子想和他表白，都被他给吓走了，他是我们魅影组织名副其实的高岭之花。”

歌琰捂住了头：“等等，他才二十三岁？！”

开玩笑吧？就蒲斯沅那个不苟言笑的行为模式，说他六十三岁都有人信，没想到居然只比她大一岁。

“是啊，咱们老大可是天才少年！”童佳说到这里，骄傲地耸了耸肩，“他可是魅影组织历史上最年轻最优秀的特工，比战神加入时的年纪都小呢！”

歌琰在脑子里消化完了这段爆炸信息：“所以，他十五岁的时候就是全球排名第一的黑客了？”

童佳给了她致命一击：“十四岁。”

人比人，气死人。

等蒲斯沅来到审讯室的门口时，里面女孩子的嬉笑声差点要把屋顶给掀翻了。他在门口听了一会儿，黑着脸扭开了门。

一瞬间，屋内的嬉笑声消失了，仿佛刚才的一切都是他的错觉。

童佳乖巧地从椅子上站起来，恭恭敬敬地叫他：“老大。”

蒲斯沅看了她一眼，又看向跷着二郎腿在椅子上玩手机的歌琰，冷冰冰地对童佳说：“你和言锡先去处理血蝎子巢穴的后续。”

童佳立刻跑路了。

审讯室的门被重新合上，歌琰放下手机，仿佛她才是这里的主人一般，整个人懒洋洋地斜倚着椅子看着蒲斯沅。

蒲斯沅伸手抽了她对面的椅子坐了下来，审讯室的灯光打在他雕塑般完美的侧脸上，投下淡淡的阴影。

歌琰看着这张男模般的俊脸，心里还在想着刚刚童佳说的话。她总觉得对面这位母胎单身的人，不是有什么心理问题，就是有什么生理问题。

她在他坐下来的那一刻，忽然用一种很关切的语气冲着他来了一句："蒲斯沅，你还年轻，有病就早点去治，治完还是能够找到幸福的呀。"

审讯室陷入了诡异的沉默。

蒲斯沅眯了下眼，冷冰冰地朝她丢了几个字："我有什么病？"

歌琰哽了一下，心里想着，难不成要她当着他的面说他不行？

她立刻识时务者为俊杰地转了话题："你是不是想和我谈条件，来，谈吧。"

说完这句话，她抬头看了一眼审讯室天花板上的监视器。

蒲斯沅薄唇轻启："没开。"

"啊？"

蒲斯沅面无表情地说道："从你进这间房间的时候就让人关了，否则，你和童佳说我的那些坏话现在全魅影组织的人应该都知道了。"

歌琰惊出了一身冷汗，她不自在地扭动了下身体，扯了扯自己的嘴角："你可别诽谤，我怎么可能会说救命恩人的坏话啊？"

蒲斯沅懒得和她贫，直接切入了正题："欧赛斯之前找过你吗？"

她目光轻闪了一下："找过啊。"

还找过不止一次，毕竟火吻的身手在他们这一行可谓首屈一指，如果她能加入血蝎子的名下，对于欧赛斯来说绝对是如虎添翼。欧赛斯盗取撒旦协议之前，其实找过她几次，但都被她拒绝了，她很早以前就知道血蝎子的存在了。

在这一年里，她一直在收集关于血蝎子的资料，也一直在寻找一个合适的时间点和契机，想要看看能不能毁掉血蝎子。

但她只有一个人，想要对抗庞大复杂的血蝎子，还远远不够。再加上她本身还在天元局的通缉名单上，有些自顾不暇。

见蒲斯沅没说话，她又说：“你怎么不问问我为什么不加入他的阵营？毕竟他开出了高昂的价格，而且据我所知，名字在撒旦协议上且在世的前特工，好像基本全都投靠了他。”

他抱着手臂，神色淡淡的：“不用问。”

歌琰弯着唇笑了一下：“为什么不问？你就不怕我是骗你的吗？我可是天元局整天喊打喊杀的千古罪人啊！说不定我早就加入血蝎子了，在黑帽大会和巢穴里都是故意演戏给你看的，毕竟我演技那么好。”

他似乎觉得这是一个很多余的问题，但眼见她一副“你不回答我，我就不和你继续聊下去”的架势，只能略带不耐地说：“如果你和欧赛斯是一类人，你就不会不求回报地去打击这些恐怖分子了。

“无论是你在埃达克监狱击杀的穆萨维，还是之前的那些人，无一不是对这个世界造成过恶劣影响的恐怖组织成员。

“一个这么痛恨恐怖分子的人，又怎么可能会去加入血蝎子？”

这可能是她在认识他之后，听他话说得最多的一次。他说的每一个字都直逼她的内心深处，让她这个常年习惯于明面上插科打诨的人一下子不知道该回什么了。

他说的句句都是真相，而这些真相，被所有人视若无睹。

这么多年过去，她早已习惯被仅仅听闻她名字的人称为罪犯，连她自己都已经把这个角色代入了进去，去扮演一个颠沛逃亡的通缉犯。

可是今天，却有一个人告诉她——她和那些罪犯不一样，她不可能和他们是一类人。

不知道过了多久，歌琰轻轻地仰了下头。

审讯室顶端的灯光直直地照射进了她的眼睛，她闭上了眼，顺势掩去了那股强烈的涩意。

当她再度睁眼时，又恢复了平日里的嬉皮笑脸：“真没想到你竟然在我身上做了那么多功课啊？”

他一定都是调查过才会知道她以前的那些事的，她从未告诉过他那些。

蒲斯沅的目光在她眼尾泛红的地方停留了一下，他淡淡地开口道：“我必须要抓到欧赛斯。”

她笑了笑：“我知道，我愿意帮你。”

歌琰从懒散的坐姿变成了向前倾靠桌子的姿势，她和他之间的距离一下子拉近了。

她看着他的眼睛，一字一句地说：“不是帮魅影组织，是帮你。”

蒲斯沅注视着歌琰精致小巧的脸庞，看到她闪烁着光的浅色双眸，还有挺翘的鼻子和柔软的朱唇。

他之前不是没有遇到过各种各样的女性，只是他似乎在爱情上缺了一窍，不仅无法感知男女之间独有的涟漪，也无法从心底里对任何女性产生情愫和共鸣。

他曾以为他可能天生就不会被点燃七情六欲，因此他一直以来都是回避其他女性，就这么一直孑然一身至今。

可是，歌琰不一样，她和他之前遇到过的任何女孩子都不一样。他坐在离她近在咫尺的地方，只是这么看着她，就可以完完全全地感受到她身上释放出来的魅力。

所有一切关于她的画像，都仿佛被放大镜放大后，直接投影在了他的脑海里，再复刻进他的心里。

这让他清清楚楚地感受到自己的不对劲，但又无法控制这种陌生的感觉快速蔓延。

几乎是这样僵持般地对视了片刻，蒲斯沅开了口：“为什么？”

歌琰轻笑了一下，她两手托着自己的腮帮，故意学他说话的语气：“不需要问。”

蒲斯沅敛了下眼里一闪而过的笑意，没吭声。

她深吸了一口气，又说：“谢谢你。”

他在黑帽大会上放她和南绍离开，后来又让她在天元局的包围里堂堂正正地走了出来。

现在他还给了南绍栖身之地，给了她周全的庇护。这对她和南绍来说，像是给溺水的人重获新生的机会。

虽然他只字未提，但她知道他所做的一切是顶了多么巨大的压力和风险。但凡她反水，他就会面临可怕的后果。而现在，他还提出要和她合作，把自己的后背毫无保留地展露给她。

这份郑重又真挚的信任，是她很久很久都没有感受过的。

歌琰眼睛一眨不眨地盯着他问道：“蒲斯沅，你会帮我找到我妹妹的，对吗？”

他看向她，轻点了下头。

她莞尔一笑：“希望我在答应帮你抓欧赛斯之后，还能够活着见到我妹妹。”

他从椅子上起了身：“有些话，只有你自己活着才能告诉她，没有任何人可以代劳。”

她仰头看着他的下巴，轻飘飘地说：“但愿如此吧。我等会儿给欧赛斯回个讯息，就说我答应加入他的阵营了。”

蒲斯沅没再说什么，他将椅子推回了原位，准备离开审讯室。快要走到门口的时候，他忽然停了步子。

他没有回头，背对着她说道：“之后我会让童佳带你去休息的房间，欧赛斯那边有什么回音，等明天早上起来再说。”

她随口应了一声。

“还有。”他的手停在门把手上，风轻云淡地扔下了一句意味深长的话，“我没有病，哪一方面都是。”

他大步流星地离开了审讯室，歌琰在椅子上面红耳赤了半天。她可算是看明白了，这男人怎么会是禁欲系，他分明有一肚子的坏水！

童佳把她带到一间专门设计过门锁的封闭房间后，她舒舒服服地去浴室洗了个澡，然后躺在床上给欧赛斯留给她的加密号码发送了消息。

她本来以为明天早上醒过来时才会看到欧赛斯的回复，却没有想到欧赛斯回复得意外地快。

欧赛斯：火吻，很高兴你终于愿意答应来帮我。但是，在你正式进入血蝎子的核心巢穴之前，你需要先和我玩一个游戏。

她看着这条讯息，皱了皱眉。一看到“游戏”这两个字，她就有一种不太好的预感。

歌琰：什么游戏？

欧赛斯发给了她一串没有规律的数字，她盯着这行数字，满脑门儿的倦意顿时都消散了。她从床上爬了起来，开始解这行字谜。

由于这些数字之间没有符号，也没有联系，因此她判定这应该不是一道需要她加减乘除的算术题。

而后她试着用英文字母去替代这些数字，却发现解出来的东西也都是混乱没有章法的。

她死死地盯着这行数字，脑子里闪过了一个念头——要是蒲斯沅在这儿就好了。他不是天才少年吗？玩代码玩得那么溜，解谜对他来说不更是小意思？

她又被这个想法惊到了。什么时候开始她竟然会在遇到棘手的问题时依赖起他了？居然还想着让他来帮自己解谜？她自己就能解，才不需要那位“不高兴”呢！

歌琰就这么握着手机，和这行数字死磕到底。

不知道过了多久，她忽然听到房间的门被人从外面轻轻地敲了敲。

起先，她以为是自己幻听了，等到那低沉的敲门声再次响起来的时候，她才终于意识到原来真的有人在门外。

歌琰看了一眼时间，这都凌晨三点了，哪个疯子不睡觉啊？

她冲着门外喊了一声：“别敲了，我又不能开门，自己进来啊。”

然后，她就看到门外那位“疯子”走了进来。

歌琰一看到门后出现的那双长腿，就已经知道是谁来了。她从刚刚趴在床上的不雅观姿势，一个鲤鱼打挺变成了盘腿坐在床上的样子。

她抓着手机，看着那位把一身黑色制服穿出西装男模感觉的人，没好气地说：“谁允许你半夜三更进女孩子闺房的？”

蒲斯沅站在她的床边上似笑非笑地说：“闺房？”

他可真算是长见识了，第一次听到有人把魅影组织的封闭隔离间称作闺房的。

歌琰气势上毫不示弱：“本姑奶奶睡觉的地方，就是我的闺房，你有什么意见？”

见他抿着唇不说话，她又说：“你大晚上的不睡觉来找我干吗？想挨揍吗？”

蒲斯沅眼眸轻闪了一下，微微弯了腰。

歌琰感觉到房间里的光源一下子就被遮挡了一半，那张英俊的脸庞也陡然和自己拉近了。

她咽了咽口水，全力维持着自己的气势，就这么眼睁睁地看着他的脸和自己越来越近。

蒲斯沅两只手掌轻撑在膝盖上，黑漆漆的眼眸就这么平视着她，慢条斯理地开了口：“第一次看到有人解个数字谜解了两个小时还毫无头绪，所以过来看看。”

向来以厚脸皮著称的火吻小姐一下子就红了脸，连带着耳根都红了。

她瞪大着眼睛和他对视了几秒，从喉咙里蹦出一句尾音都破了的话：“你怎么知道？！”

蒲斯沅勾起了唇角，转身将房间里的椅子抽了过来，搁在她的床旁边，不慌不忙地坐了下来。

歌琰感觉自己这一辈子都没有这么丢人过，在埃达克监狱的通风管道里跳脱衣舞都显得没有那么狼狈了！

他微侧着身子靠着椅背，一条胳膊慵懒地搁在椅子上，偏了下头，示意她去看她床对面墙壁上挂着的那个时钟。

歌琰脸红脖子粗地侧目望过去：“这钟里有监视器？！”

很罕见地，他似乎心情不错，居然还耐心地“嗯”了一声。

这让歌琰更抓狂了：“你是从什么时候开始监视我的？！”

“就在你像只地鼠一样在床上撅着屁股的时候。”

她今天一定要掐死他！

眼看她恼羞成怒想要动手，他收起了漫不经心的调侃，直接从她的手里抽走了手机。

歌琰本想给他狠狠来上一拳，却发现这人拿走了她的手机后，在她的手机上随便点了几下就将手机扔还给了她。

她狐疑地接过手机，定睛一看，傻眼了。

只见她刚刚算了两个小时都没有答案的那行字谜的答案，此刻正静静地躺在她的手机备忘录里。

歌琰感觉自己的智商受到了侮辱，她最开始就已经推敲出这种要用数字转换英文字母的算法，谁知道这行字谜中只有一半的数字需要替换，另一半的数字则是完全保留的。

谁能想到让她整整做了两个小时的谜题，这人十秒钟不到就给解出来了。

她虚弱地扶着自己的额头，盯着那行答案看了几秒，语气僵硬地问他："这难道是一个地址吗？"

蒲斯沅点了下头："在亚特兰大。"

歌琰问道："欧赛斯要我去亚特兰大做什么？难道那里是他的基地之一？

"应该不是基地，也不知道是什么，不过无所谓了。"她收了手机，耸了耸肩，"反正不就是一个火坑吗。"

说完这句话，她又想到了什么，转头对蒲斯沅说："你给你们局长打个报告，就说我明天一个人出发去亚特兰大，会随时让你了解进展的。

"他也不用担心我会跑路，一来我把南绍当人质押在这儿了，二来我还得等着你帮我找妹妹……还有，你就别让童佳他们去瞎掺和了，也不要告诉南绍，说不定这一趟就有去无回了……"

蒲斯沅摸出了自己的手机，他一边听她说话，一边给言锡发消息，还不忘回复她："他们都不去。"

歌琰放下心来，又开始嘴贫：“那你给我去弄把枪来，还有你们魅影组织最新研发的那些酷炫的新产品也来点儿呗，以备不时之需，毕竟我是去送命的！”

蒲斯沅头也不抬：“车里都备着了。”

歌琰乐了：“你连车都给我准备好了啊！”

下一秒，歌琰看到她对面的这个男人淡定地收起了手机，从椅子上站起了身：“不是给你准备的。”

歌琰的脑门儿上缓缓地出现了一个问号。

他不紧不慢地对她说：“我不在，谁来帮你解密码？”

——To Be Continued

CHAPTER 5

相互交付的后背

Kiss of fire

相互交付的后背

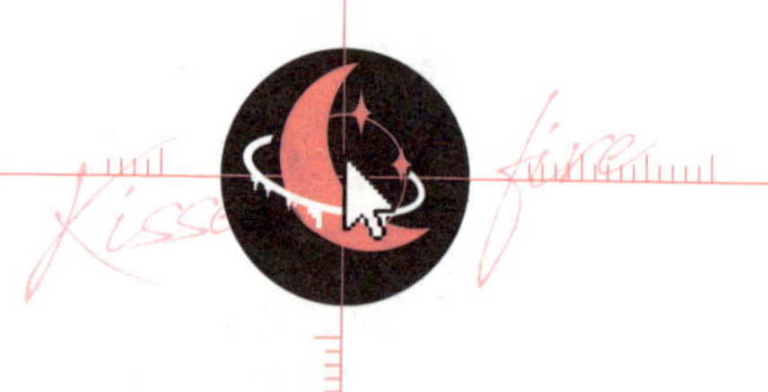

歌琰坐在副驾上，看着车窗外即将苏醒的万物，还是觉得此刻有点儿不真实。

当蒲斯沅说他要和她一起去亚特兰大的时候，她还觉得他是在开玩笑。

欧赛斯的意思很明显，就是让她一个人去参加这个所谓的“游戏”。

她让蒲斯沅不要告诉童佳他们，就是让他们所有人都别去的意思。谁知道会在那个鬼地方遇到什么样的危险？

然后，凌晨三点，他就带着她这个还没有被定性的“高危嫌疑人”，一路连刷了十次通行卡，大摇大摆地离开了魅影组织的基地，朝亚特兰大绝尘而去。

歌琰从车窗外收回目光，苦大仇深地看着在驾驶座上开车的某人：“这位朋友，你确定几个小时之后，你不会和我一样变成通缉犯吗？”

堂堂魅影组织的二把手，整个特工界都仰仗的神人，现在竟然选择独自带着她“越狱”，魅影组织的老大和言锡他们等会儿醒过来，不得气疯啊？

蒲斯沅听到歌琰的问话后，一瞬间就联想到了昨天孟方言调侃他的那句“大不了小蒲也跟着一起变成通缉犯呗”。他想到此刻的情况，在心里感慨了一句，从魅影组织光荣退役的战神，可以考虑去当神婆给人算命了。

自从副驾上坐着的这位姑娘出现，他原本笔直利落连一个弯都没有的人生轨迹就好像真的开始被无限打乱了，现在跟言锡开的蛇形车有得一拼。

从最开始黑帽大会上的真假K神，再到血蝎子人口拐卖链的“姐妹”入巢……她总是给他带来未知的“惊喜”，他感到啼笑皆非的同时，又会不自觉地接受她带来的这些“飞来横祸”。

更令他感到讶异的是，他竟然并不讨厌这种帮她善后的感觉，甚至还会感到说不出的有趣。

就比如现在，他没有提前做任何计划和准备，甚至都没有通报卢克，没有带上自己的队友，这和他以往的行事风格完全大相径庭。但这感觉竟然并不坏。

蒲斯沅用余光扫了一眼没个正形蜷在副驾上的人，冷冷地警告她：“等会儿到了坐标地点，不要乱碰乱踩。”

歌琰没好气地瞪了他一眼：“你当我是三岁小孩吗？”

他沉默了两秒：“三岁小孩或许比你靠谱点。”

歌琰在内心暗骂了一声，决定不再搭理他。

路上的时间飞逝，就在他们快要抵达亚特兰大境内的时候，言锡的催命电话也随之而至。

蒲斯沅按了接听键后，言锡歇斯底里的声音响彻了整辆车：“蒲斯沅！你真的疯了对吗！”

蒲斯沅面无表情地抬起手，把车内音响的声音调小了。

见蒲斯沅不说话，他又在那边大声嚷嚷道：“你以为欧赛斯是什么人？你就这么单枪匹马地去了？那位火吻小姐脑子不正常整天干疯事，你也要和她一起发疯吗！”

歌琰本来在旁边翻白眼，听到这句，立刻不满地呛了回去：“关我什么事。”

言锡暴跳如雷：“从你出现开始，蒲斯沅就没正常过！你心里就……”

谁知道这句话还没说完，他似乎就被旁边的人捂住了嘴。

歌琰的心也一下子漏跳了一拍，下意识地侧目看了一眼蒲斯沅，他的目光也似乎刚从她的脸上抽离开来。

歌琰咬了下唇，立刻别扭地转开了发烫的脸，对着窗外。

电话那头似乎换了一个人，下一秒，一道性感的嗓音从音响里传了出来：“别担心，血蝎子人口拐卖链的巢穴我会带着他们继续追查，这边有我把控着，你该干吗干吗去。”

是孟方言。蒲斯沅在带歌琰离开之前，也是斟酌过的。他知道最近孟方言会留在魅影组织，也只有孟方言替他坐镇能让他放心了。

蒲斯沅对着电话淡淡地应了一声：“谢谢了，方言哥。”

“小意思。”孟方言接了话，轻飘飘地来了一句，“只要你别泡妞泡得忘记干正事就行，姑娘长得再好看，也不能被迷得不务正业啊小蒲！”

没等蒲斯沅挂断电话，孟方言又加了一句：“加油，希望你回来的时候就不是母胎单身了，哥看好你哦！”

接着对面先一步挂断了电话，车里陷入了前所未有的诡异气氛。

歌琰单手捂着已经红透了的右边耳朵，假装自己什么都没有听到。要是她的眼睛能发射出激光的话，可能车窗玻璃已经被她给射穿了。

蒲斯沅将手机收起来了之后，沉吟片刻，看了歌琰一眼，云淡风轻地来了一句：“掩耳盗铃也没见过只捂一边的。”

歌琰愤怒地放下了手，故意用粗声粗气的语气来掩盖自己的不自在：“孟方言怎么那么骚气啊？”

蒲斯沅撩了撩眼皮：“结了婚当了爸，能不骚气吗？”

“怎么，能当爸了不起啊！”歌琰怒完之后，又熄火了，“是了不起，我也是母胎单身，跟你同病相怜，没资格说他。”

蒲斯沅被再度“抹黑”了一下，倒也不见有任何生气的意思。相反，他的目光不经意地在她的身上掠过，而后悄声无息地勾了下嘴角。

为避免打草惊蛇，他们把所有武器和辅助工具都先带在身上，把车子停在了距离坐标大约一公里的地方，徒步前往目的地。

本来歌琰想问蒲斯沅多要点装备的，结果某人压根儿没搭理她的诉求，只施舍给了她两把枪和一个随身手电筒。

歌琰被气得吹胡子瞪眼的：“蒲斯沅，你怎么能那么小气？我玩过的装备可不比你少，你多分我几个怎么了？”

蒲斯沅谨慎地观察着四周的情况，漫不经心地回道：“为了我的生命安全着想，我还是小气点好。”

就你这张嘴，能找得到老婆吗！！！

两人脚程很快，没过一会儿就走到了接近坐标的地方。

这个小镇表面看上去一派祥和，压根儿没有什么可疑的人或者地点。

歌琰对着手机上的卫星导航仔细地对照了好几遍，发现坐标显示的地方就是一个看上去已经废弃了的工厂。

蒲斯沅也看了一眼显示的位置，点头确认道：“是这里。”

歌琰收起手机，进入了警戒状态。

两人走到废弃的工厂门口，发现工厂的大门被链条紧锁着。

因为现在还是白天，周围偶尔会有路人经过，他们不能搞出很大的动静，最后他们用消音枪打断了锁链后进入了工厂。

打开破旧的大铁门进到工厂里以后，歌琰差点被扑面而来的灰尘给活活呛死："欧赛斯有毛病吧？来叫我吃灰吗？"

蒲斯沅走在前面用手电四处探照着，发现这个工厂已经非常陈旧了，应该有好几年都没有人来过了。所有的设备不仅已经腐朽老化，还结上了满满的蜘蛛网。

怎么看这都像是一个已经废弃了的地方。

歌琰转了一圈，一头雾水地问蒲斯沅："你确定字谜解对了吗？这个地方到底能玩什么游戏啊？吃灰游戏吗？"

蒲斯沅走到了工厂东南角的一根柱子前，这根柱子旁边挂着一根粗长的麻绳，麻绳的顶端则连接着工厂的天花板，也不知道究竟有什么用处。

见他没回音，她便抬步往他那边走："你在看什么？"

蒲斯沅盯着那根绳子，总觉得哪里不太对劲。这根麻绳虽然看上去年代也相当久远，但在这整个工厂里，他只看到了一根这样的麻绳，其他的柱子旁边就没有。绳子非常突兀，一旦突兀，就必有古怪。

歌琰的脚步声越来越近，他在思虑的当口，只来得及冷冷地扔下了三个字："别乱碰。"

他之前在车上就提醒过她一遍，现在又提醒了她一遍——别乱碰，别乱踩。在未知的地方，任何无心的举动都有可能会酿成大祸。

然而，他忘记了，这位不靠谱的红发"姑奶奶"还有个名字，叫作"你不让我干，我就偏要干"。

顷刻间，歌琰已经来到了他的身边，她顺着他的视线看到了那根粗长的麻绳，蹙了蹙眉头，感到十分不解："这根破绳到底有什么好看的？”

在蒲斯沅根本来不及阻止她的时候，她就闪电般地伸出手，用力地拽了一下那根麻绳。

蒲斯沅那声“别”还哽在喉咙口，他们站立着的地方就发出了巨大的仿佛地震一般的声响，仿佛他们的脚底下有千万只齿轮在转动，轰隆轰隆的，震得他们都在摇晃。

歌琰张了张嘴，纤细的手颤抖着从那根麻绳上松开来。

晃动之中，借着手电的光芒，她清清楚楚地看到了面前蒲斯沅那冰刀般锋利的目光。如果眼神可以变成刀，那她早就已经被他碎尸万段了。

巨大的轰鸣声大约持续了十秒，因为晃动太过剧烈以至于他们根本没有办法走动，甚至连站稳都很困难，他们只能被迫留在了那根绳索的旁边。

终于，仿佛一个世纪般漫长的十秒过去了，巨大的震动声渐渐消退，地面也不再颤抖。

歌琰心虚地扯了扯嘴角：“看，没事了吧？这顶多是回光返照罢……”

下一秒，他们俩站立着的那块地面裂开了一个无比巨大的豁口，而下面是深不见底的黑暗。

歌琰低头看了一眼悬空的脚下，脸色惨白如瀑。

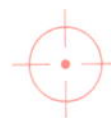

刚才还哽在她嘴边的“罢”字，此时就变成了她的一声惊呼。

同一时刻，她和蒲斯沅成了两个自由落体，垂直往这个豁口下方坠去。

歌琰自从十岁之后就再没有玩过跳楼机，谁能想到，她伸手拽个破绳，能拽出一个地下跳楼机来啊?

说句实话，她并没有感到太恐慌，她还停留在坠落前蒲斯沅那个凌迟般的眼神里。她可真怕她摔下去没摔死，却被这人活活打死。

在坠落的过程中，四周一片黑暗，整个空间里只有他们的手电在散发出微弱光芒。

就在下坠速度越来越快的时候，歌琰感觉到了一条有力的手臂牢牢地扣住了她的肩膀。

借着手电微弱的光芒，她只能看到一双在黑暗中依然散发着淡淡光芒的沉静眼眸。歌琰有些讶异，她张了张嘴想说句什么，却发现因为急速下坠的缘故，根本没有办法发出声音来。

所幸降落的时间并没有持续太久，大约十几秒后，她听到了一声像长鞭甩出去的呼啸声，之后坠落就这么硬生生地停住了。接着，除了手电之外，一缕更明亮的光顺势划破了无边的黑暗。

歌琰抬起头，借着这缕不知道从哪里射出来的光，看到了蒲斯沅近在咫尺的冷峻脸庞。

只见他的一只手正拽着一条长而扎实的绳索，绳索的另一头则牢牢地扣在旁边的岩石壁上，而他的另一只手则环着她的肩膀。

为了防止她滑落，他的手臂扣得很紧也很用力。他手掌间的温度，和他手臂上精壮的肌肉绷紧时的那股力量，也透过她的衣服布料落在了她的皮肤上，而后又顺理成章地带出了阵阵涟漪。

歌琰单打独斗惯了，向来只有她护着受害者的份，却从来没有体验过这种遇到危险时被别人护着的感觉。于是当下，她的耳根就不自觉地有些发红了。

她本来觉得以这个速度，自己八成就要这么摔死了。却没想到某人竟然留了一把绳索在手上，还在如此激烈的速降下准确地估算出了落地距离，在合适的时机甩出绳索避免了他们俩摔伤。

谁敢相信，从那么高的地方坠落下来，他们俩竟然都毫发无损。

一片寂静之中，歌琰微微仰起头，顺着某人的下巴往上看，慢慢掠过他薄薄的唇、挺直的鼻梁和那双漂亮的眼睛。

她下意识地咽了口口水，张口就来：“蒲斯沅，你眼睫毛是不是有点太长了，比我都长，你好意思吗？”

在这种时候，这女人竟然还有闲心在这儿胡扯些有的没的。

蒲斯沅低头目测了一下距离，拉着绳索的手用力一勾，将绳索收了回来，顺势带着她轻巧地落到了实地上。

直到两人的脚都稳稳地踩在了地面上，蒲斯沅才松开了环住她的手臂。

歌琰感觉到那股让人无法忽视的温度和力量离开了自己的皮肤，才彻底缓过神来。

她抬手轻捏了下自己还在发烫的耳垂，对着正在收绳索的人努了努嘴：“你要是之前把绳索分发给我，刚刚可以表现出飒爽英姿的人就是我了。”

蒲斯沅眼也不抬，语气冷如冰冻三尺：“你如果不去拉那根麻绳，我也就不用表现出这种‘飒爽英姿’了，感谢你给我提供这个机会。”

歌琰被说得哑口无言，她看着他的侧脸，试探性地问道：“你觉得咱们还上得去吗？”

蒲斯沅将绳索收好重新别在了后腰，他面无表情地看着她：“你说呢？”

歌琰抬头望了一眼连顶端都看不见的豁口：“当我没说。”

除非她背后长了一对翅膀，不然就算爬个十天十夜也爬不上去。

蒲斯沅抬头观察了一圈环境，发现那缕光芒，来自他们面前一扇巨门两端挂着的火把。在整个地底的空间里，只有这扇门看上去像是可以通行的出路。

歌琰跟着他一起走向那扇大铁门，嘴中念念有词："你说这门背后，会不会有阿拉丁神灯和宝藏啊？"

蒲斯沅脚步一顿，差点儿被气笑了。

歌琰冲他吐了吐舌头，义正词严道："蒲斯沅，你懂不懂，逆境求生的时候一定要坚持自娱自乐！"

他凉飕飕地看了她一眼："你不拉那根绳索，也就不需要逆境求生。"

两人走到那扇刻着各种繁复浮雕的大铁门前，歌琰仔细地观察后，发现这显然不是能够靠蛮力解决的门。

她眼一眯，指了指门上的那些花纹，转头对他说："我觉得这门上的花纹有点儿蹊跷，总感觉在哪儿看到过这些不人不鬼的东西。"

蒲斯沅在后面看着她，淡淡地说道："怎么，你是在征求我的意见，问我能不能摸摸看吗？"

歌琰翻了个白眼："知道还问？"

他掩着嘴角那抹几不可见的笑，大致观察了一遍花纹，才对她轻点了下头。

歌琰直接上手一摸，发现这扇门上的浮雕竟然是可以被推动的！

"这是一扇机关门。"

蒲斯沅看着这扇门，上面刻着好多种形象怪异的生物："最终能影响到开门机关的，应该只有九格。这九格之间的花纹是可以互相移动的，一旦移动进了正确位置，门应该就会自动打开了。"

歌琰往后退了一步，蒲斯沅看着她就这么堂而皇之地在离门两步远的地方盘腿坐下，轻轻地眯了眯眼。

歌琰在地上舒舒服服地坐好了之后，转过头，笑吟吟地对着他做了一个“请”的手势：“来，你负责破密码。”

蒲斯沅沉默地看着她，想听听这女人究竟能瞎掰扯出什么花来。

“别看我啊！我解个字谜解了整整两个小时都没解出来，你十秒就破解了好吗！”她大言不惭地耸了耸肩，“这本来就不是我擅长的领域，我只负责帮你踹门。”

他到底是没手还是没脚，解完机关还需要她帮忙踹门？

歌琰见他眼睛里闪动着冰刀般的光：“怎么？这安排难道不合理吗？你不是全球最牛的黑客吗？怎么能让一个弱女子动手又动脑呢？”

行，她赢了。他这辈子就没见过比她还能胡扯，扯完还可以如此义正词严的戏精了。

歌琰甩完锅，就在旁边装死。蒲斯沅也没和她计较，他抱着手臂静静地看了一会儿门上的花纹，就直接上前开始推动那些浮雕。

她听着他移动那些浮雕时带出的摩擦声，托着腮笑着看他冷峻的侧脸。世人都说男人专心做事的时候，杀伤力最高。当她面前这位本来就生得祸国殃民的男人，这样心无旁骛地解谜时，杀伤力便是寻常人的二十倍都不止。

歌琰看着他，惊觉自己这辈子好像没有这样看过、等待过、信任过一个男人。她总是习惯于冲锋陷阵，习惯于独自面对一切。即便是被当成亲弟弟的南绍，她也不会把前进路上的决定权交给对方。

她知道，前进的决定权是责任，也是重担，稍有闪失便可能酿成大祸。因此，她总会选择自己去扛这些未知的风险，即便错了，那也只是她自己一个人的命数，不会牵连到其他人。

可现在她正在做的，却是把自己前进道路的钥匙，甚至是自己的生命，都毫无保留地交给了蒲斯沅。

“这扇门上，总共有十二只动物。”移动了一会儿浮雕块后，蒲斯沅开了口，“叫动物其实也并不确切，准确地来说应该是希腊神话中的生物。但是最终影响到开门机关的，其实只有其中的九个。

“这个，塞壬。”他指了指左上角的人鱼状生物，“被称为河神的女儿，常用美妙的歌声引诱水手坠入海底。

“第二个，弥诺陶洛斯，拥有人的身体和公牛的头，它住在克里特岛的迷宫中心，最后被忒修斯杀死。

“第三个是半人马。”

听着他低沉磁性的嗓音，歌琰也从地上站了起来，走到了他的身边。

在他指向第四个生物的时候，她率先开口道：“蛇发女怪三姐妹，老大是美杜莎，人看她一眼就会变成石头。”

蒲斯沅微微颔首。

“客迈拉，由狮子、蛇、羊组成的喷火生物。”她的目光落在刚刚没有来得及仔细分辨的那些生物上，“这个是格里芬，狮鹫。”

在她说话的时候，他的视线就静静落在她的身上。

歌琰指了指第七只生物，有些不确定地转过头问他：“人头狮身的，这个好像是斯芬克斯？”

蒲斯沅在她看过来之前收回了目光，应了声。虽然他转得很快，但歌琰还是敏锐地捕捉到了他刚刚的注视。

她想了想，故意和他凑近了一些。她看着他的眼睛，压低了自己的嗓音，语气里带了点甜软的意味问他：“那最后两个呢？”

因为她靠近的缘故，似乎他一低下头，嘴唇就能触碰到她光洁的额头。一片寂静之中，蒲斯沅的喉结滚动了一下。

而后，他轻敛了下眼眸，薄唇轻启：“最后两个是百眼巨人阿尔戈斯和三头犬刻耳柏洛斯。”

他动手将最后两块浮雕块拼到了正确的位置，原本闭合着的大铁门突然发出“咔嚓咔嚓”齿轮转动的巨响声，那条原本密不透风的门缝也逐渐打开。

歌琰看着面前即将要打开的门，转过头，带着一种玩味的语气对他说：“蒲斯沅，你为什么总是看上去那么正经？你就没有不正经的时候吗？”

无论说什么，做什么，他好像总是一副不带凡人烟火气的模样，她总感觉这并非他的真貌。她很想动手掀开他这张“假正经”的面具，看看底下究竟藏着些什么。

他没说话，她本以为他应该不会回答这个问题，可谁知，在她快要迈开步子踏进大门之前，他转过身，朝她走近了一步。

歌琰看到他伸出了骨节分明的手，将她鬓角边微微垂落下来的发丝轻轻地卷回了她的耳后。

他垂眸注视着她，开了口：“你想我怎么不正经？”

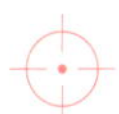

蒲斯沅说这句话的时候，纤长的食指还停留在她的耳边。他低沉富有磁性的嗓音和他指尖的温度同时侵入到了歌琰的神经里。

她微微仰着脸看着他，看着他那双仿佛能够蛊惑人心的眼睛，呼吸几不可见地变得急促了起来。

歌琰一动不动地站在原地，有一瞬间觉得，可能干翻一整支天元局的精英队伍，都比和面前这个人相处要容易一些。

看惯了他平常仿佛丧失了正常人爱欲痴缠的正经模样，他突然来一出这样近距离的摸耳杀，她真的有点儿受不了。

她开始后悔招惹他了，因为她发现，他好像开始在她的面前展露出他从未给其他人看过的那些东西了。那些东西是隐藏在他沉静外表下的，从未有任何人挖掘过的——不正经。

蒲斯沅见她没吭声，收回了拂在她耳边的手指。他眼睛深处闪动着细碎的光，在略微昏暗的环境里，显得他的眸子更明亮了。

他并没有逼迫她给出答案，只是抿着上翘的唇角，转过身率先朝门里走去。

歌琰看着他高挑的背影离自己越来越远，松了口气。她在自己发烫的脸边拼命扇了扇风，才咬着牙，仓皇地跟上。

此刻在他们面前的是一间房间，准确地来说，更像是一间地窖。

整个地窖里什么东西都没有，只有他们正对面的一面墙壁上，挂着一块小小的黑板和一块九宫格形状的方框。

歌琰站在原地，有一种不太好的预感。

她听到他们身后的门忽然发出齿轮“咔啦”转动的声音，在她回过头去看的时候，大铁门已经以极快的速度，再次牢不可破地闭合上了。

而大铁门的背面是没有任何花纹和机关的，无法进行破解和逃脱。也就是说，这个空间现在成了一个密室。

突然，空间传来了一道声音。这个声音，她和蒲斯沅都很熟悉——这是欧赛斯的声音。

“你好，火吻，欢迎你来到八度空间。”

歌琰浑身一颤——难道欧赛斯他本人就在这间房间里？

看到歌琰的反应，蒲斯沅指了指房间右上角。歌琰抬头看过去，是一个几不可见的袖珍播放器。

蒲斯沅开口道：“他应该不在这里，这是提前录制好的，否则他不会不提我的名字。”

蒲斯沅说完话的当口，欧赛斯的声音再度响起：“这个八度空间，是我在两年前耗费心力设计的游戏空间，目的是考验我看重的特工，是否够格进入到血蝎子的核心，成为我的左膀右臂，帮助我共同征服这个世界。

“在你之前，没有特工踏足过这个八度空间，因为他们在其他游戏里都没能够成功地走出去。但是你不一样，既然你来到了这里，就说明你是我认可的目前存活着的最优秀的特工。

“八度空间，顾名思义，这里总共有八间相连的、但是机关设置完全不同的密室，而你只有二十四个小时的时间可以逃出这里。过了二十四小时，即便你还没有被密室的机关杀死，也会被这个空间里自动放出的毒气杀死。

“那么，你能否活着走出这里，正式加入我的麾下？我拭目以待，祝你好运。”

这段语音播放完毕，歌琰爆出一句低低的咒骂。

这么多年来，她不是没有碰到过穷凶极恶的犯罪分子，但像欧赛斯这样，把人当作动物让他们参与所谓的“游戏”，最后再不费吹灰之力践踏他们的，她从未见过。

蒲斯沅大步朝小黑板和九宫格走去。

走到墙壁前，他淡声道：“只有先从这里出去，才能把所有的账和他一并算清。”

歌琰深吸了一口气，才朝他走去。

走到他身边后，她犹豫了几秒，动了动嘴唇：“如果我没有拉那根绳子，我们也就不会来到这儿。”

“你不用自责。”蒲斯沅看着小黑板，头也没回，“就算你不拉，他也会有其他方法让你来到这里。”

如果他没有和她一起来亚特兰大，那么遇到麻烦的也就只有她一个人，可能丧命的也就只有她。他明明知道这一趟的惊险凶恶，还是义无反顾地来帮她了。

现在，他不仅被她连累了，可能会在这鬼地方送命，还反过来安慰她，歌琰觉得自己的胸口有点儿发堵。

面前的这块小黑板上写着四行带有加号和等号的复杂数列，每一行数列加号前后都有至少六位数，多的甚至有九位数。

歌琰抱着手臂审视着那块黑板，没好气地说：“连个纸和笔都没有，就要让人心算，他是想让我们从这里出去之后，直接去参加‘最强大脑’吗？”

蒲斯沅盯着那块黑板，一直没有出声。

歌琰用脑子算了一会儿，觉得心很累，于是从衣服口袋里掏出了黄金作弊器——手机，打开了计算器。

等她哼哧哼哧算出来了四行奇形怪状的数字，兴冲冲地拿到蒲斯沅面前邀功的时候，他竟然连眼神都没施舍给她一个，只是冷淡地说：“这些数字算出来没用。”

歌琰被噎了一下，噘着嘴嘟嘟囔囔道：“为什么没用，没用他写在上面让我们算干吗？”

他没说话，走到了那块九宫格板面前。九宫格板上空空如也，只有每一格的边缘写着一个数字，从一到九，并且顺序是乱的。

歌琰从他身边探出了半个脑袋：“这块九宫格板和这四行数列之间是有什么关系吗？”

“有。”

歌琰更好奇了：“什么关系？”

他看着九宫格板，刚刚因为思考皱起的眉头已经完全舒展开来：“你在黑板前，把每一段数字报给我，加号前报完之后停顿一下，再报加号后的。”

歌琰点头答应，然后开始报数字。

等她把数字全部报完之后，蒲斯沅低声开口道：“47519236。”

歌琰惊了：“你这八个数字是从哪来的？！”

问是这么问，她其实也没抱希望他会回答，毕竟按照他平日里的性子，他才没有这个耐心再给人解释一遍。

可谁知道，蒲斯沅竟然示意她看着自己的手：“记住你报的第一段数列的六个数字。”

歌琰愣了一下，侧过头看了一眼小黑板，又转回来去看他的手。她看到他伸出了一根纤长白皙的食指，虚虚落在了九宫格板的边缘，从那段数字里的第一个数字开始，渐渐朝第二个数字移动。

等他的手指一一掠过对应数列里的六块小板，他侧头看她：“看清楚了吗？黑板上第一段数列里的六个数字落在九宫格板上的不同位置，按照九宫格的形状，组成了一个新的数字4。其他数列也是同样的原理，每段数列代表一个数字，加号和等号只是障眼法而已。”

歌琰在他的手指划出数字的瞬间就已经完全明白了，听懂之后她就完全没有再听他讲话了——她的视线一直落在他那只漂亮的手上。

她实在是搞不明白，为什么一个生得这么高大俊朗的男人，不仅眼睫毛比她长，皮肤比她白，连手生得也比她好看。

于是，蒲斯沅听到了她略带幽怨的嗓音在密室里响起：“你的手白得反光，我什么都没看清楚。”

他那张俊脸一度黑得有些扭曲，歌琰逗完他之后，立刻用手抵着鼻子别过头去：“找密码锁去。”

说完歌琰感觉到自己的头被人用屈起的手指轻轻敲了敲。她抬起手护上被他轻敲的头顶，再转过身，发现他已经去探索房间内的其他地方了。

这间地窖可谓“家徒四壁”，歌琰和蒲斯沅分别占了房间的两头，试图找出一个可以输入密码的地方。

歌琰在这几面墙前来来回回找了三圈都没找到密码锁的踪迹，倒是吃了一鼻子灰。她站在墙边，心里实在是不爽，直接一脚踹向了墙壁上的一块砖头。

房间里再次响起了机关转动的声音。

刚对着墙出完气的歌琰一喜，转头冲着蒲斯沅的方向大喊：“看到没！我多聪明！我一脚把密码锁给踢出来了！”

蒲斯沅面无表情地看向了他们之前进来的方向，只见有一堵墙壁随着机关的转动声从天花板上直降下来，重重地砸落在了地上，隔绝了他们和大铁门。然后，这堵墙竟然开始朝着小黑板挂着的方向移动而来！

不出三十秒，这堵墙就会和挂着小黑板的那堵墙面贴紧重合，站在墙之间的他们，就会被这两堵墙挤成肉酱！

歌琰听到了蒲斯沅从牙缝里发出来的仿佛从她天灵盖上砸下来的“歌琰”两个字，她从来没听过他这样饱含感情色彩地叫过别人的名字。

“罪魁祸首”扯了扯嘴角，一边往小黑板那边狂奔，一边大喊：“你叫我祖宗也没用了！”

那堵墙面移动的速度很快，顷刻之间就碾过了刚刚他们站立着的地方。

蒲斯沅已经以最快的速度来到了小黑板前，他和歌琰双双背部紧贴着小黑板和九宫格，看着那堵墙以千钧之势朝他们迎面袭来！

歌琰欲哭无泪地贴着身后的小黑板，从喉咙里滚出来了几个字：“咱俩就要这么凉了吗？”

下一秒，她感觉到眼前落下了一片阴影。原本站在她身边的蒲斯沅一个转身，从正面虚虚覆盖上了她的身体。

他的背后是气势汹汹的夺命之墙。眼下他们的距离，近到连呼吸都胶着在了一起。

在他突然朝自己扑过来的时候，歌琰有点傻眼。

她刚刚还觉得自己可能要交待在这里了，当然这也是她咎由自取。她心里多少有点过意不去，因为她旁边这位姓蒲的伙计也要被她拖下水了。

这么帅的一张脸，这么好的身材，二十秒之后竟然要变成肉酱，她可真是罪大恶极，暴殄天物。

只是死到临头了，她还在想，自己能不能像上次在血蝎子的巢穴一样，再来一次绝地求生。

就在她胡思乱想的那几秒，蒲斯沅的俊脸在她的面前无限放大了。死亡之墙临近之时，他竟然给她来了一个“墙咚”。

他的两只手臂落在她的脸颊两侧，他的整个身体几乎都覆在了她的身上——等会儿那堵墙压过来的时候，必然会先压到他。

她只要稍微再往前一丁点儿，就能吻到他好看的下巴。

歌琰一眨不眨地盯着他依然沉静淡然的眼眸，而蒲斯沅的视线也定定地落在她的脸颊上。四目相对，她感受着他们的呼吸交缠，也听到了自己震耳欲聋的心跳声。

算了，她心想，死就死吧，能死在这个男人的怀抱里，她的人生应该也算是没白活了。

眼看着死亡之墙越来越近了，歌琰深吸了一口气，在轰鸣声中大声对他说：“蒲斯沅！好人一生平安！”

蒲斯沅的耳朵差点被她叫聋了，他无语地看了她一眼，而后像是发现了什么似的，眼神牢牢地聚焦在了她额头正上方的位置。

歌琰动了动嘴唇：“怎么，我的天灵盖上难道已经开始散发出天堂的金光？是天使要来接我了吗？”

蒲斯沅实在是佩服她在这种时候都能有闲心开玩笑，他只抬起一只手，轻轻地按了一下她身后那块悬挂着小黑板的挂钩。

“这里我都翻了个底朝天了，不可能有……”

她的话音未落，挂钩自动转了两圈，连带着小黑板一起往下移动了一块砖的位置。在原来挂钩位置的那块砖头突然从墙里弹了出来，而那块镂空的砖头里赫然放着一个密码锁装置！

死亡之墙的轰鸣声已经近在耳边，蒲斯沅抬手就把刚刚解出来的数字输入到密码锁里,他边按边慢条斯理地靠在她的耳边说:“嗯？不可能有什么？”

他清冽的气息扫过她的耳垂，而后“蔓延”进了她的五脏六腑。歌琰的脸颊越来越红，她侧过脸，抬起一只脚抵住了那堵已经快要压到蒲斯沅背部的墙，故意用凶狠的语气来掩饰自己的羞恼：“屁话少说！你快点！”

他低笑了一声，利落地按下了“井”号键，这堵挂着九宫格的墙面又发出了机关转动声。

就在那堵墙快要压上蒲斯沅背脊的那一刻，歌琰背后的那堵墙面缓缓出现了一扇小门的形状。

“走。”蒲斯沅伸手推开了那扇小门，一把拽过歌琰，把她整个人转了个身往小门里轻轻一推，随后跟着钻进了小门里。

在他们进入第二间密室的时候，那堵死亡之墙，在距离黑板墙五厘米的地方堪堪停住了。

歌琰坐在第二间密室的地板上，用手撑着地面，缓了口气，表情略显嘚瑟地说："看来老天爷还是觉得我太美了，想让我继续留在这个世界上造福人类，不想让我那么快离开。"

蒲斯沅轻轻地拍了一下自己的手掌，薄唇轻启："造福？你确定不是祸害？"

歌琰一挑眉，张口就呛声道："我祸害谁了？"

说完，她就发现这句话好像有点儿不太对劲。摸着良心说，她祸害的对象可不就是现在站在她面前的这位？

魅影组织的王牌大帅哥，本来傲然地站在特工界的金字塔顶端，可和她扯上关系之后，先是在黑帽大会被她冒名顶替，后来在血蝎子巢穴被她胡扯成是她表妹，现在又被她坑进密室，还险些被压成肉泥。

歌琰心虚地从地上爬了起来，这也太倒霉了，她简直就是扫把星啊。

她拍了拍自己身上的灰，对他说："要我说，南绍跟我合作了那么久，也没见他有你那么倒霉啊？"

本来蒲斯沅在观察着第二间密室，听她说完这句话，他身边的温度一下子就骤降了。

他转过头，冷冰冰地看着她："你想要南绍跟你来这儿？"

歌琰耸了耸肩，顺口就答："这种危险的事，小屁孩可不能插手。"

她只是觉得南绍来这儿就是送人头的，蒲斯沅对她来说可不一样，她一想到他仿佛能通天的本事，再加上她对他来由不明的信任感和依赖感，就顺水推舟地和他一起来了。

太奇怪了，她对他的想法真的和对其他人完全不一样。她竟然会觉得他是唯一可以和她并肩的人，也是可以交付后背的人。而且，她也并不觉得自己这么做会亏欠他。

谁知，蒲斯沅的脸部表情非但没有变暖，反而还有愈来愈冷的趋势。这句话从另外一个层面上理解，就是歌琰是由于担心南绍的安危，不忍心让他来送死。

怎么，她就这么关心爱护南绍？就这么不舍得他出事？

此时身在魅影组织总部的南绍猛地打了个喷嚏，嘴角的笑却扬得更高了——等男神回来，看到他帮魅影组织做了那么多事，一定会很高兴吧！

殊不知，他的男神已经默不作声地把他的名字记在了心底深处那本名为“小心眼”的小本本上。

歌琰总觉得现在的气氛不太对劲，她感觉密室的空气中有一丁点儿酸溜溜的味道？

可惜，现在并不是深究“不高兴”同学脸上微表情的时候，因为她看到第二间密室的墙壁上挂着一个红色倒计时的钟，上面清清楚楚地记录着流逝的时间——他们只剩下不到二十三个小时来逃离这个鬼地方。

而接下来，他们还有七个未知的密室要去破解。

蒲斯沅已经走到了密室的正中央，那里放置着一张小小的方桌和两张石凳，方桌上摆着一盘中国象棋。

歌琰扫了一圈除了方桌和石凳外空无一物的房间，也跟着走了过去。

她在方桌边站定，细细地看了看这盘棋，蹙了下眉头：“再这么走下去，黑棋恐怕就要输了。”

蒲斯沅正观察着这盘棋，听到这话，他望向她问道：“你会下象棋？”

她点了点头，脸上的表情也变得柔和了一些：“以前我爸爸教过我和妹妹。”

小时候，她和歌芊芊闲来无事，总会被喜欢棋类的父亲提溜进院子里，三个人一人搬一张小板凳，围在桌子旁一起下棋。

父亲精通象棋，她似乎也继承了父亲的天赋，歌芊芊的水平则不太稳定，有时候输了还会急得哭鼻子，她和父亲往往会笑作一团，笑完再来安慰哭得更伤心的歌芊芊。

那些记忆好像带着光和温度，顺着回忆的藤蔓摸过去，还能摸到一丝温暖。

蒲斯沅的目光一直静静地落在她的脸庞上，他没有错过她眼里闪动的那抹光。

静默片刻，他弯下腰，在其中一张石凳上坐了下来。他落座的那一方是红棋所在的阵营。

他微微仰起头看着她，一字一句地对她说：“用黑棋打败我。”

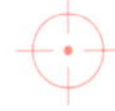

歌琰愣了一下，而后她指了指这盘棋，狐疑地看着他：“我刚说过，再走下去，黑棋就要输了。”

蒲斯沅轻点了下头。

“那你还要我用黑棋？”她没好气地白了他一眼，“想让我送死就直说。”

他平静地看着她：“我不认为让红棋取胜可以破解这间密室。”

很显然，逃离这间密室的关键就在于这盘象棋。

而现在，这盘棋的局势也很明确——红棋势在必得，黑棋末日黄昏。可他刚刚却说，要她用已经濒临崩盘的黑棋来打败快要将军的红棋。

歌琰将双手轻轻地撑在方桌的边缘，她挑了挑眉：“你就这么相信我的棋艺，你就不怕我再坑你一次吗？”

他似乎非常坚定地认为，破解密室的唯一方法就是让黑棋绝地反击，而不是轻松地把红棋送上王位——要做到这一点，还得倚仗她的棋艺。

“不只是信任你。”沉吟片刻，蒲斯沅镇静地说，“我信任我自己。”

他相信自己每一次的决策与判断，也相信她的能力可以发挥出最大的作用。即便在今天之前，他根本不知道她会下棋，也不知道她的棋艺水平究竟如何。

歌琰的心都颤抖了一下，她看着桌子上的棋局，静默片刻才在他对面的那张石凳上坐了下来。

父母过世后，她就再也没有碰过象棋，以及所有承载着她儿时回忆的事物。她不敢碰，只要一看到，一触碰，她就会不可自拔地掉进回忆的旋涡里，久久不能抽身。

歌琰看了一会儿，伸出手想要去触碰一枚棋子。只是，她的手在移动的过程中，在微微地打着战。

时隔十年，她都不知道自己还能不能发挥出曾经精湛的棋艺。现在的情况可不是在开玩笑，这是生死攸关的时刻——如果稍有闪失，她和蒲斯沅都会交待在这里。

“别怕。”

在她的手指快要触碰到棋子的时候，她听到他笃定的声音在耳边响起：“什么都不用想，你只管专心下棋就好。”

歌琰看了他一眼，轻咬了下唇角，而后她用手拿起了一枚棋子，让它准确地落在了棋盘上的一个位置上。

落子之后，这间密室的天花板打开了，在歌琰身后不超过二十厘米的地方，猛地掉下来了一块巨石！

巨石从上面掉下，狠狠地砸落在地上，直接将平实的地面砸出了一条大裂缝。

蒲斯沅听到这声巨响，却纹丝不动，他的目光依旧落在棋盘上："我要走哪一枚？"

她深吸了口气，声音有些发紧："马二进一。"

他抬起手，移动了她说的那枚棋子。几乎是在他动手的那一刻，又有一块巨石从顶上掉落了下来。

巨石再次砸在了刚才的裂缝上，地面直接出现了一道豁口。豁口的下方，则是深不见底的地下空间。如果他们所在的整块地面被巨石砸至塌方，那么她和蒲斯沅也会随之坠落进深渊。

歌琰也没有回头看自己身后的情景，她盯着棋盘看了一会儿，又抬手落下了另一枚棋子。轰隆，身后的巨石接踵而至。

落子一枚，无论是黑棋还是红棋，巨石便会紧随其后。有时候是砸在歌琰这一边，有时候落在蒲斯沅那一边。原本平整的地面上，已经出现了一个又一个大洞。

他们坐在石凳上，脚踩着悬崖的边缘，听着耳后巨石落下后带来的风声。

歌琰的额头渐渐有细密的汗珠浮现，只是她依旧目不转睛地下着棋，同时指挥着蒲斯沅在另一头落红棋子。

蒲斯沅全程没有问过她一句为什么要这么走，只是全身心地听任她的安排。

一步棋，又一步棋。

不知道从什么时候开始，巨石竟然不再掉落了。等歌琰留意到这个现象的时候，棋盘上的局势也已经发生了巨大的转变。原本已经处于绝对劣势的黑棋不知何时死而复生，更是将早前旗开得胜的红棋逼得节节败退。

眼下，她只要再走几步，红棋就要彻底输了。

“巨石的掉落和棋盘的局势有关。”就在此刻，沉默已久的蒲斯沅开口了，“黑子逐渐走向胜利，巨石便不再落下。”

这和他最开始的推断一模一样——想要解开密室，唯有让黑子反败为胜。

歌琰信心大增，她再次落下了一枚黑子。

恍惚之间，她隐约听到对面蒲斯沅坐着的石凳好像发出了“咔啦”的碎裂声。

她抬起头，看着他问道：“什么声音？”

蒲斯沅面容沉静，仿若无事发生：“没什么，巨石滚动的声音罢了。”

歌琰狐疑地打量了他几秒，就听他转移了话题：“我要怎么走？”

时间紧迫，她只能收回视线，将下一步的棋告诉他。

落下红子后，他低声开口道：“还剩几步？”

她捻了捻手里的黑棋：“应该不出两步。”

他不经意地扫了一眼自己的脚下，而后很快又收回视线。

歌琰再次落下一枚黑子后，奇怪的碎裂声又从蒲斯沅那边传了过来。这下，她确信自己没有幻听。

他坐着的那张石凳，正在发出碎裂瓦解的声响！

她觉得情况不妙，想要起身去看看他的情况，却立刻被他摁住了手臂。寂静的密室之中，蒲斯沅注视着她，轻轻地对她摇了摇头。

歌琰和他对视了一眼，不顾他的劝阻微微抬起了身体。

透过方桌和他身体的缝隙，她看到了他坐着的那张石凳下方的情景。

他周围的地面已经被巨石全部砸开，也就是说，他的周围已经变成了一片深渊，而他是深渊上仅存的一座孤岛。

更可怕的是，在那张石凳下支撑着他的岩石柱，现在也已经瓦解了三分之二。此刻，那仅剩的部分正摇摇欲坠地顶着他和石凳的全部重量。

只要她再落下一枚黑子，他再落下一枚红子，那仅剩的支柱就会彻底断裂。到时候，他就会随着这张石凳坠入深渊。

可现在，他依旧这么淡定地坐着，甚至还在鼓励她去下这枚会置他于死地的棋子。

这盘棋局可以说是必死局了，如果今天她是一个人来的，按照惯性思维，坐在红棋那边赢了黑棋，她就会坠入深渊。

如果不是他告诉她要走黑棋，如果不是他看透了这盘棋的结局，那么现在坐在那张危险石凳上的人就是她。

歌琰一动不动地看着他，她的眼尾悄无声息地泛起了一点红。

“蒲斯沅。”过了半晌，她开口道，“你想都别想。”

蒲斯沅也看着她，他的手掌始终没有从她的手臂上离开。

他勾了勾唇，沉声对她说道：“你可以相信我。”

歌琰面色冰冷地注视着他，全身都处于戒备的状态：“相信你要大义凛然地去送死吗？”

他没再说话，转瞬之间，他用另一只空着的手闪电般地拾起了一枚黑棋。她同一时间已经抬手去夺了，可还是比他慢了半拍，她眼睁睁地看着他将那枚黑棋准确地落在了他那方的将军旁。

“虽然我不精通棋艺，但多少还是懂一点。”他落完子，神色还是如往常般淡然，“落子无悔，你赢了。”

随着“咔啦”一声清脆的巨响，他身下的石凳便彻底碎裂了，他整个人瞬间往下直直坠去。

歌琰几乎是瞬间就支起身子朝他那边扑了过去，她紧紧地扣住了他的手，整个人都趴在了方桌上，用尽浑身力气去拽他。

同一时刻，她头顶的天花板上掉落下了一根粗长的绳索，整块天花板也完全打开了——第三间密室开启了，就在他们的正上方。

歌琰浑身都紧绷着，她一只手死死地拽住了那根绳索，另一只手牢牢地拽着他的手。

她冲着下方摇摇欲坠的蒲斯沅大喊："把另外一只手也给我！"

就在这时，整张方桌和歌琰原先坐着的石凳也开始发出碎裂声。不过眨眼的工夫，第二间密室已经彻底变成了深渊的入口。

歌琰的身体已经完全腾空了，只要她的手稍稍从那根绳索上松开一点，他们就会彻底地坠落下去。

因为单手抓着绳子的同时还要拽着蒲斯沅，歌琰的额头上已经有大滴的汗滚落了下来。虽然她力气不小，但是如果要一直这么硬撑下去，着实有点考验她。

"把手给我啊！"见他没有反应，她又拼命冲着他大喊了一声。

她看到蒲斯沅那只没有递给她的手，冷静地从腰后拽开了绳索。他抬起手，将那根绳索准确地甩了出去，牢牢地扣在了歌琰手上的那根绳索上。

歌琰愣了一下，大怒道："你怎么不早点把绳子拿出来？！"

他应该早就已经想到这个法子可以保命了，却硬要搞成一副想和她以命换命的样子，让她担心焦急成这样。

蒲斯沅听着她的怒吼声，淡定地撩了撩眼皮。

他一边借着绳索的力量往上攀，一边说道："想你多拉我一会儿。"

歌琰还以为自己听错了，一个冷得仿若冰山的人，竟然会说出

这种带点撒娇意味的话。

蒲斯沅身手敏捷，趁着歌琰愣神的工夫，已经从底下攀到了和她持平的位置。她一直没有松开手，他们俩的手直到现在还拉在一块儿。

蒲斯沅看着她呆愣的表情，眼底闪过一丝笑意。他看了一眼墙上显眼的倒计时二十一个小时，举起了他们交叠着的手晃了晃，对她说："虽然我不介意你多拉一会儿，但再不早点到第三间密室，我怕这根绳子会撑不住。"

歌琰还沉浸在前所未有的害羞里，这时被这句充满他个人风格的话拽回了神。她恼羞成怒地甩开了他的手，没好气地快速往上攀去。

蒲斯沅仰起头，看着她纤细的身影，嘴角扬起了一抹笑意。

等两个人都通过绳索翻上了第三间密室后，这里的地板，也就是第二间密室的天花板缓缓合上了，那深不见底的深渊也被隔绝在了这片空间之下。

歌琰站在平实的地面，回想起刚刚吊在半空中凝视深渊的感觉，体会到了一丝侥幸。但一想到蒲斯沅在这种半只脚踩在奈河桥的当口，竟然还能故意装出送死的模样惹她担心，她就浑身都不太好了。

于是，蒲斯沅刚刚收起绳索起身站直就收到了歌琰一个大大的白眼和一个冷漠的后脑勺。

钢铁直男小蒲想着过程虽然有点儿曲折，但两个人最终都成功从深渊中逃脱就是最大的幸事了，为什么她还没个好脸色？

女人的心思你别猜。她上一秒还能担心你担心得要命，下一秒就能因为你故意骗她担心而和你翻脸。

这间密室目前看起来并没有什么异常，房间里甚至连像黑板、石凳、方桌那样的摆件都没有。环顾四周，空荡荡的房间里似乎只有一个类似通风管道的口子卡在墙壁上。

歌琰依旧不太想搭理他，但在房间里看了一会儿，还是没好气地给他甩了一句：“你有没有觉得这间房间越来越热了？”

蒲斯沅抬头看她说道：“没有。”

歌琰抬手一摸自己的脊背和额头，发现都是汗，便将身上的外套脱了下来，只余下了一件短袖。

谁料她刚把外套系在腰间，就听到某位正检查密室边角的人慢条斯理地来了一句：“不用给自己脱衣服找借口。”

歌琰听了，脸上露出了想咬死他的表情。

大约检查了十五分钟，歌琰感觉自己全身都被汗打湿了。只是她身上的衣服已经没有多余能脱的了，要是这里只有她一个人也就算了，可这房间里偏偏还有个蒲斯沅。

她实在是热得检查不动了，半蹲在了地上，看着还在认真检查墙面的蒲斯沅说：“你真的不热吗？我觉得这里最起码有四十度！”

蒲斯沅回过头看了她一眼：“不热。”

歌琰愤怒地指着他说道：“你脸上的汗都快流成瀑布了，你还跟我说你不热？！”

蒲斯沅淡定如常：“心静自然凉。”

她忍无可忍地翻了个白眼。

蒲斯沅检查完整间密室之后，从身上拿出了一根撬锁器具，开始松动通风管道闸门上的螺丝钉。

歌琰大汗淋漓地指着通风管道：“所以那玩意儿就是这间密室的唯一出口吗？我怀疑这个房间的热度就是从管道里输入的。”

“你不用进去。”他以飞快的速度松了闸门上的所有螺丝钉，收起了器具，开始脱自己的衣服。

歌琰挑了挑眉，似有不解：“我不进去，我要怎么离开这儿？”

蒲斯沅没说话，将身上的衣服脱了下来，他里面什么都没有穿，歌琰已经看到了他赤裸的上半身。

在这种人命关天的时候，本不应该产生什么杂念，但看到他线条分明的背脊、肌理分明的人鱼线和腹肌之后，歌琰还是忍不住产生了一丝悸动。

他身上的肤色和他脸上的皮肤一样白，这的确很难令人相信——一个身经百战的特工，身上竟然没留下什么疤痕，每一处的肌肤都如此光滑细腻。

这个男人的身体足够点燃所有女人的渴望和冲动。

等蒲斯沅回过头，歌琰的整张脸已经涨红了。那种红，不像是被高温熏红的，更像是因为某种情绪而导致的。

他愣了一下，很快就明白了她脸红的原因。

蒲斯沅看了她几秒，慢慢朝她走了过来。

歌琰半蹲在地上，看着他越走越近，忍不住吞咽了一口口水。近距离看，能发现这人的身上竟然连半点多余的赘肉都没有，线条仿佛雕塑那般完美。

她忍不住在心里骂了一句，都快没命了，为什么她脑子里竟然还在胡思乱想？

蒲斯沅停在她的跟前，他俯低身子，以使自己的视线和她持平。

歌琰看到了男人禁欲的脸，他冷静地问她：“你是看什么看得脸红了？”

她怀疑他是故意的。

歌琰顶着越来越红的脸，反呛了他一句：“这破密室里除了你，我还能看什么？通风管道吗？”

除了热，密室空气中的暧昧意味也越来越浓。

蒲斯沅却并没有要结束这段对话的意思：“那你看完之后，有什么感想？”

兴许是因为他实在离她太近了，近到让他们的呼吸都完完全全地交融在了一块儿。她只要稍稍再往前动一些，她的鼻尖就能碰到他挺拔的鼻梁。这个距离太危险了，危险到会让人脑子发晕。

歌琰的下一句话完全没过脑子就直接跳了出来："想你为什么不把裤子也脱了。"

蒲斯沅没料到她竟然敢这么说，一时之间没能回话。

刚说完那句话就想撞墙而死的歌琰，顶着一张已经快要"熟"透了的脸，瞪大眼睛看到某人沉默了几秒，竟然真的抬起手落到了皮带上方。

他的指尖轻轻地拨弄了一下皮带的扣子，皮带下方更深处的腹肌已经因为他的动作隐约地露出了一角。

歌琰哪想得到这人不正经起来可以这么骚气！

她抬手捂住了自己的眼睛，连声音都是紧绷的："蒲斯沅，我警告你，你可别不做人啊！"

她听到他低低地笑了一声，那声笑从他的喉间滚出来，可以感觉到他此刻的愉悦。

歌琰屏住呼吸遮着自己的眼睛，片刻后，他那股灼热的气息才算是彻底离开了她的近处。

等她警惕地将遮住自己眼睛的双手往下移了一寸，就看到他整个人已经攀到了墙上，半个身子都探进了通风管道里。

她从地上翻身站起，快步走到了他的下方："很热吧？能行吗？"

等他整个人都消失在通风管道中后，她才听到了管道里模糊的回应："先别上来，我去找热源和机关。"

不知道这条通风管道的尽头在何处，人在外面都感觉要被里面的热浪融化了。

歌琰看着蒲斯沅匍匐在里面，他用外套作为隔绝管道壁的媒介，一点一点地向深处爬去。

又是这样，有什么危险，他总是先她一步去闯；有什么难题，总是他率先去解决。他嘴上从来不说一句好听的，但却总是默默地去做所有的事。

那么多年来，一直都是她护着别人，她习惯了当那个保护者。可现在，她自己却变成了那个被人不由分说地揽在身后的人。

原来被人护在身后的感觉，是这样的吗？这种感觉竟然那么温暖。

等蒲斯沅已经离入口有一定距离的时候，歌琰似乎下定了什么决心，她举起了双手，拢在自己唇边。

她冲着通风管道里的人大声喊道：“蒲斯沅，埃达克监狱里你把我烫破皮的事，从今天起一笔勾销了！”

蒲斯沅忍不住弯了下嘴角，摇了摇头。

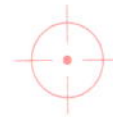

蒲斯沅眼尖，他在管道上一块不起眼的角落里找到了四四方方的机关按钮。按下按钮后，管道里原本快要令人窒息的热度瞬间开始消散。

三秒后，他看到管道壁尽头的那扇小门“嘀”的一声打开了，第四间密室近在咫尺。

心下松了一口气，他转头朝着入口处喊道：“可以进来了。”

他等了一会儿，入口处还是一点儿动静都没有，他以为是他的声音太轻，歌琰没听到，于是抬高了音量又喊了一次，但她还是迟迟没有进来。

蒲斯沅心下生疑，嗓音也沉了几分：“歌琰？”

他转身就往入口爬去，因为热源关闭了，返回去的路他爬得比进来时要快得多。

快要爬到入口处的时候，他望见第三间密室里似乎空无一人。他一言不发，心里已经焦急万分。

这些密室不是普通的房间，也许就在他探索通风管道的这段时间里，第三间密室突然发生了一些变故。

一想到这儿，他整张脸都绷紧了。

如果言锡他们现在在场，一定会感到无比诧异——他们遇到任何麻烦和危险连眉头都不皱一下的老大，脸上竟然会出现这样的表情，那是常人担心极了才会流露出的神色。

就在他要翻身跳出管道入口的时候，一张熟悉的脸庞忽然从正下方探了出来。

只见歌琰两条胳膊交叠在一起，支撑着自己的身体挂在管道的入口处，她笑眯眯地看着他，表情十分得意："怎么样？被我骗到了吧！谁叫你刚刚在上一间棋盘密室……"

上一间棋盘密室里，他故意吓她要以命换命，她到现在还有些后怕。

虽然她后来没再表达过不满，但她在他爬进通风管道之后就在打着小算盘了。他让她那么焦急，她也一定得还他一手才算扯平。

她原本以为会发生的情景是，他叫她几声没得到回应就会失去耐心，自己率先进入下一间密室，她也会自讨没趣地结束这个捉迷藏的游戏，跟着爬进通风管道里。

她万万没有想到，他竟然会返回来找她，而且他的脸上还出现了这样的表情。

他的整张脸都紧绷着，不是他平日里那样冷冰冰的紧绷，而是那种因为极度担心而产生的焦虑和揪心。

他薄薄的嘴唇紧抿着，连手掌也握成了拳。也因此，她的那句玩笑话说到一半，就被他骇人的脸色给吓没了。

蒲斯沅原本浑身都紧绷着，可当他看到出现在面前的笑吟吟的小脸时，心里百感交集。

刚刚还悬在半空中的整颗心脏，终于因为看到她安然无恙而落回了实处，同时一种更为复杂的情绪也紧跟着涌上了他的心头。

是生她故意耍诈捉弄自己的气吗？好像不是。

那是气她害自己白白担心了一场吗？好像也不全是。

那是什么呢？这种无奈又酸涩，带着点儿失而复得的欣慰和喜悦，甚至让他想要伸出手将面前的人狠狠拥进怀里，感受到她切实的存在才能彻底心安的感觉，究竟是什么？

平生好像从未遇到过任何难题的天才，在这一刻竟然陷入了短暂的迷茫。

歌琰见他一张俊脸上连半点表情都没有，心里稍微有点儿不安。

她还是努力挺直了腰板对他说："上一间密室你发疯的时候，我不也得受着？你可别只许州官放火，不许百姓点灯啊！"

蒲斯沅的眼神变幻了几秒，敛去了眼底涌上来的复杂情感，又轻握了握刚刚有一瞬间想要去拥抱她的双手。他什么都没有说，转过身，重新往通风管道的深处爬去。

歌琰见他没发作，松了一口气，也紧跟着钻进了通风管道里。

两个人就这么无声地爬到了出口，蒲斯沅先行一步落到了第四间密室的地面上，又转回了身子。

歌琰刚想来个帅气的空降，便见这人面无表情地冲着自己伸出了手。这点高度对普通人来说不算低，但对她而言，也就是闭眼一跳的事。

可看到某人一张跟在冰箱里冻过似的脸，歌琰莫名有些心虚，犹豫了几秒，只能将手递给了他。

两只手交握的一刹那，蒲斯沅手上微微使力，撑着她从上面缓缓落地。

在落地前的那一瞬间，歌琰感觉到他另外一只手轻轻地托举了一下她的腰。即便只有短短几秒就松开了手，可他手心的热度却透过布料残留在了她的皮肤上。

歌琰好不容易才退下去的燥热，又在脸上回温了。可过了一会儿，她就发现，这片热度竟然被逼退了回去——因为这间房间实在是太冷了。

刚刚从上面跳下来的时候，她还没有感觉，可在这房间多待了一会儿，她就觉得一股刺骨的冷意从脚底钻了进来，一路直接往上攀升，把她从头到脚冰了个遍。

蒲斯沅将衣服重新套上，走到了墙壁边。

这间狭小的房间里，只有墙壁上挂着的一个温度计和一个显示着十九个小时倒计时的数字钟，除此之外，依然没有任何摆件，只有进来的那个通风管道口。

歌琰也把外套裹了回去，她一边直打哆嗦，一边骂骂咧咧地往蒲斯沅身边走："一会儿热死，一会儿冷死，欧赛斯就是个神经病。"

蒲斯沅就算是因为寒冷微微打战，也依然站得笔挺。

歌琰走到他身边后，搓着两只手，哆嗦着问他："这房间……多少度啊？"

"零下二十度。"

歌琰皱着眉头去观察房间四周，试图找出些机关门路来。

蒲斯沅也和她一起找了一会儿，最后给出了一条让歌琰心态崩盘的结论："这个房间里没有任何暴露在外面的机关。"

"那怎么办？等死吗？"歌琰撇了撇嘴。

她已经冷得连脑子都有点儿转不动了，刚刚他们接连过了三个密室，每一次都在生死线的边缘徘徊，这让她身心俱疲。

也许是因为蒲斯沅在这里的缘故，她难得放松了做任务时紧绷的神经。她沿着墙角边坐了下来，想偷一小会儿的懒。

可这一坐，她就发现自己有点儿起不来了。又冷又累，她眯着眼睛，索性整个人都蜷缩成了一团。

蒲斯沅的目光一直落在她的身上，他走到她的面前半蹲了下来，看着她低声问道："累了？"

她点了点头，声音闷闷地从膝盖间传来："还困。"

因为极寒，她整个人已经被冻得有些麻木了，眼皮也跟着越来越重。她知道，在这样的情境下感到困倦绝对不是一件好事。她这么倒头一睡，可能就再也醒不过来了。

他目光沉静地看着她，不紧不慢地说："先别睡，我想到应该怎么逃离这间密室了。"

这句话把已经半只脚踏进梦乡的歌琰从困意里拉回来了一点儿。

她努力地眨了眨眼睛，强撑着眼皮问他："要怎么做？"

蒲斯沅抬起手，指向了他们进来时的通风管道。

他淡定从容地说："这间密室里只有一个温度计，逃脱密室的机关一定和房间里的温度有关。

"我猜当房间的室温回升到特定的温度时，机关就会自动开启。"

歌琰耸了耸肩："那么问题来了，怎么样才能让这鬼地方变热一点呢？我可真想把前面那间密室的热挪到这儿来啊……"

话音未落，她就看到蒲斯沅的眼底闪过了一丝赞许的笑意。

她微微抬起了头："你的意思是？"

蒲斯沅站起身："我现在攀回通风管道，将里面控制热源的机关重新打开，再将第三间密室的入口闸门封死。"

这样，通风管道里的热气就会尽数往这第四间密室的方向流入，这间冰室的温度就会因为通风管道的热流开始回温。

虽然不知道走出密室的最终室温需要多少，但是热流不断地导过来，迟早会达到可以逃脱的温度。

歌琰想要站起来陪他一起，结果可能是被冻得脚发麻了，她一瞬间有点儿起不来。

他抬手轻触了一下她的胳膊，示意她不要起身，垂眸道：“你在这儿等我，别睡着。”

歌琰咬了咬牙，看着他的背影，只能“嗯”了一声。

蒲斯沅的动作很快，几乎是转瞬之间就消失在了通风管道里，歌琰抱着自己的膝盖，努力仰着头看着他离开的方向。

为了确保他的安全，也为了让自己不要睡着，她一边打着哆嗦，一边冲着通风管道的方向试图和他对话。

“机关开了吗？

“管道里有热度吗？

“那边的入口闸门关得上吗？

“你小心别被烫伤。”

诸如此类琐碎的问话，一句接一句朝通风管道喊道。她本以为会石沉大海，结果没想到，她问的每一句他竟然都会回答。

歌琰心底深处有一股暖流涌了上来，这让身处极寒之中的她感觉到没有那么难熬了。

很快，蒲斯沅完成了所有工序，从通风管道里跳了下来。

他看了一眼墙壁上的温度计说道：“回升了一度。”

她点了点头，又搓了搓自己的手臂：“没事，慢慢熬吧，总能熬出头来。”

蒲斯沅弯下腰，在她的身边坐了下来。

他一靠近，歌琰就有些紧张。此刻，他几乎是整个身子紧挨着她席地而坐，他的手肘和肩膀都触到了她的。

还没等她说些什么，一只骨节分明的手朝她干脆利落地伸了过来，然后她就看到这只手轻轻地扣住了自己的左手。

十指相扣，缠绕交叠。

看到蒲斯沅从通风管道安全回来，歌琰那颗原本悬着的心便落了地。她好不容易才压下去的困倦念头，也重新浮现了上来。

就在她又要被瞌睡虫占领脑袋的时候，谁能想到，某人突然给她来了这么一出呢？

歌琰一动不动地盯着这只和她的手牢牢地扣在一块儿的手，十指紧扣，他手上的热度正源源不断地朝她手掌心传递。

她都不敢相信这是真实发生的事，在如此极寒之下，她都能感觉到自己的脸颊一下子就发烫了。

她的耳边传来了他性感低沉的声音：“还困吗？”

歌琰咬了咬牙，表面故作镇定，但说话的尾音有点儿飘：“滚。”

岂止是不困了，她感觉现在就算在原地做一百个深蹲也缓解不了她内心汹涌澎湃的情绪。

“那就好。”蒲斯沅敛了一下眼眸里的那丝笑意，“不用谢。”

之后，她没有再试图和他说话，但也没有松开过这只正紧扣着自己的手。这只手不仅驱散了她的困意和寒意，还点燃了她心尖上的火苗。

有一种她从未体会过的情愫，正从这两只相扣着的手掌之间慢慢滋生。原本只是在她心底深处的小苗，她屡次想要忽视的小苗，坚定地扎根在了她心里。

现在，这棵小苗因为他递过来的手彻底破土而出了。

密室里依然冷得刺骨，但渐渐地，又或许是心理作用，歌琰觉得自己身上原本那种被冻到耳鸣、浑身麻痹的感觉，开始慢慢减弱了。

她原本想要站起身去墙边的那支温度计旁边看看，但因为那只紧扣着自己的手，她终究没能舍得起身。

歌琰被自己心里的这个念头吓到了，不舍得，她竟然已经开始贪恋起这个人给予自己的温暖了。

由于职业的缘故，他们这样的人会被训练成摒弃七情六欲的模样。因为有渴望，就会有贪欲；有爱，就会有羁绊。当被这些情感控制的时候，人往往会做出一些不理智的行为。

特工一旦有了这些心思，其危险程度甚至和犯罪分子有得一拼。

他们都是身怀绝技的人，如果他们因为七情六欲迷失了自己，那么很可能会成为潜在的高危分子——这就是撒旦协议危险的原因。

因为家庭教育和本性，歌琰天生就是那种正义感很强，价值观很正的人。因此，她从没担心过自己会被欲望牵着鼻子走，也从没被欧赛斯说的条件打动过一分一毫。

唯一可能会影响到她的就是和妹妹歌芊芊有关的事情了，但即使欧赛斯屡次说可以帮她找到歌芊芊，她还是拒绝了，她无法接受通过和这种人为伍来达成自己的愿望。

但她万万没有想到，她现在竟然也产生了贪欲。

蒲斯沅给她带来的贪欲，触及了她内心最深处，此前还没有任何人触及过的部分，那是男女之间最独有的涟漪。

她从此以后有了倚靠，有了眷恋，更有了牵挂。那是人与人之间最刻骨铭心的牵连，是羁绊。

当墙上的倒计时从十九个小时跳到十五个小时的时候，歌琰终于感觉到那股快要让她窒息的冰冷已经彻底消失了。

在这四个小时里，蒲斯沅的姿势几乎没有变过，他始终目光沉静地看着虚空中的一点，手则牢牢地扣着她的手。

歌琰轻轻地从他的手心里抽出了手。蒲斯沅感觉到了，侧过脸朝她看了过来。

她偏过头，没敢正视他的眼睛，语气也有点儿别扭："没那么冷了，我都出汗了。"

他没说话，翻身从地上站了起来，大步走到了墙壁边的温度计旁，低声开口："十八度了。"

"真不容易啊！"歌琰高兴得都快喜极而泣了。

蒲斯沅被冻了四五个小时，还能从地上一跃而起，连气都不带喘的。而她，刚想要起身就发现腿麻了……半条腿直接抽筋了。

当蒲斯沅转过脸时，就看到她一脸僵硬的表情卡在了一个半蹲着的位置，他挑了挑眉。

歌琰恼羞成怒地指着他说道："你不许笑！把你快咧到耳朵边的嘴给我收回去！"

蒲斯沅抿了下唇，完美地管理好了自己的表情，几步走过去朝她伸出了手。

歌琰努力装作凶狠的样子瞪了他两秒……然后"凶狠"地把自己的手颤抖着递了过去。主要是不借他的力，她还真的有点儿起不来，她感觉自己的半条腿都没知觉了。

她抓着他的手，好不容易从地上站了起来，又在原地跳了好几下，才彻底把那股麻劲儿缓了过去。

蒲斯沅全程充当了一根安静的"拐杖"，眼看她似乎是恢复好了，他刚想将手收回来，她就轻拽住了他的手指。

“还没牵够？”他说话的语气还是冷淡的，但仔细辨别就能发现，他对她的语气多了不少感情色彩，歌琰甚至从这句话里听出了一丝调侃和揶揄。

她苦大仇深地盯着他：“你能不能正经点，别老调戏我？就你这个样子，等我们从这里出去之后让你的组员们看到，你还要不要面子了？”

蒲斯沅云淡风轻地回道：“我记得在进密室之前，有人问过我是不是从来没有不正经的时候。怎么，现在看到了不正经的一面，就想要翻脸不认人了？”

歌琰的脸“唰”地红了：“你闭嘴。”

他抿了抿唇，示意她可以开始她的表演了。

歌琰缓了几秒心里的燥热，终于问出了一个已经在她的心头盘旋了很久的问题。

她看着他的眼睛，无比认真地开口问他：“我和你，我们以前是不是见过？”

——To Be Continued

CHAPTER 6

命中注定的羁绊

Kiss of fire

命中注定的羁绊

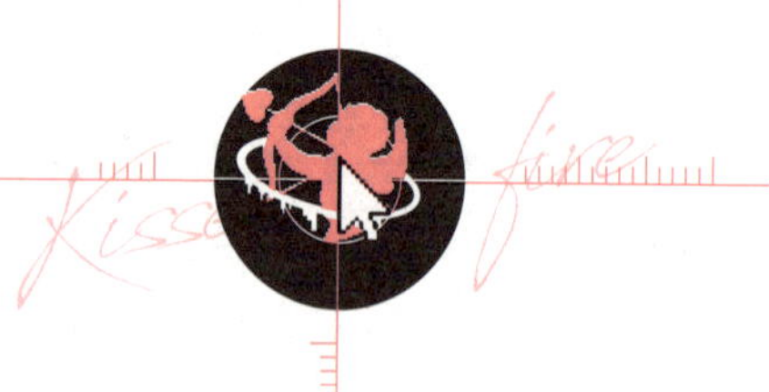

歌琰对他的过往一无所知，只知道他曾经是黑客之王，现在是魅影组织的死神，她也确信自己在天元局的时候和他从无交集。

她以前生活在 Y 国，后来因为父母出事，机缘巧合之下才来到了 A 国，加入了天元局。

她觉得，他们两个的人生轨迹唯一有可能的交汇点，应该就是在她来 A 国之前。

最开始在黑帽大会上见到他，她就已经在回忆里拼命地去翻找与他有关的所有痕迹。后来一次次的靠近，直到现在与他十指相扣，她已经有六成的把握可以肯定她一定在哪里与他相遇过。

虽然她总觉得这听上去像是天方夜谭。

蒲斯沅并没有很快就回答她，他的视线从她有神澄亮的眼睛下移，慢慢地落到了她挺翘的鼻子、樱唇、柔软的发丝，以及她脖颈后微微露出的火焰状胎记上。

他在执行任务的时候见过无数的人，凭借他过人的记忆力，他到现在还能记起大部分人的相貌。

可是，只有一个人，他不仅记得对方的五官，甚至连对方的骨相都记得一清二楚，最难以忘记的就是那个人脖颈后的火焰状胎记。

那一年，他十五岁，那是他成为魅影组织的特工后被孟方言带着执行的第一个外勤任务。

彼时，卢克还不放心他那么早就出外勤，说毕竟他年纪还小，就算他再天赋异禀，也可以先缓缓。

当时的孟方言却完全不把局长的话放在心里：“这必须是他的第一次外勤任务。”

于是，他得到了自己人生中的第一把枪，穿上了魅影组织的制服，跟着孟方言一起来到了黎市。

到了事发地后，孟方言他们负责追捕犯罪分子，而他和另外一些特工则负责去救援生还者。

那么美丽优雅的一座城市，却因为恐怖分子的袭击变得千疮百孔。那是他第一次亲眼见证血色满地。他踩在这片已然失去生气的土地上，看着四周那些破碎的砖瓦以及被烟火熏黑的道路，努力地想要去找到生还者。

不知道走了多久，他在音乐厅附近的倒塌建筑前看到了一个小女孩。她有着一头火红色的长发，就像是地狱中开出的最鲜艳的花。

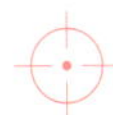

那片废墟之中，有着火红色长发的小女孩就像是照亮这片死地的唯一光源。

蒲斯沅看到她在原地半蹲着，紧紧地抱着自己的膝盖，对着两具尸体默默地流着泪。那两具尸体已经有些面目全非，但从衣着上来看，应该是小女孩的父母。

小女孩一边流着泪一边想要努力地站起来，她似乎是要去找什么人，可是接连不断的炮火声让她有些颤抖。

他就这样站在不远不近的地方看着小女孩，感觉自己的整颗心都被揪住了。

此时，不知道从哪儿飘来了几片花瓣。兴许是因为袭击炸开了音乐厅前的花坛，花都散落了一地，这些花一瓣一瓣地掉落下来，又随着微风四处飘散，就像是上帝对这场惨绝人寰的噩梦的祭奠。

蒲斯沅向着风的方向轻轻地抬起了手，一片火红色的花瓣便静静地飘落到了他的手心里。他合上手掌，抬步朝小女孩走去。

蒲斯沅走到小女孩的面前，弯下了腰。他用一只手轻触了一下小女孩的头顶。

小女孩有些仓皇地抬起了满是泪痕的脸，她抬头的动作让他清楚地看到了她脖颈后那片火焰状的胎记，他从未见过这样的胎记。

他轻柔地帮她拭去了滚落的泪水，对着她慢慢地打开了那只握着火红色花瓣的手。

“地狱中开出来的花，意味着置之死地而后生。”他一字一句地对她说，带着特别的温柔，“你可以自己站起来的。”

小女孩眼角的泪水停止了滚落，过了半晌，她伸出手，轻轻地把自己的手放到了他的手心里。她的手又小又软，让他的心也跟着她手掌的温度微微地震颤了起来。

他看到她从他的手心里，取走了那片花瓣。

“哥哥。”她将花瓣握在了手里，靠着自己的力量站了起来。她努力地对着他扯出了一个笑容：“谢谢你。”

蒲斯沅看着她还留有泪痕的脸，低声对她说：“你愿意跟我去一座特别的帐篷吗？那儿会有医生姐姐来帮你治疗伤口。”

小女孩纤细白皙的手臂似乎被流弹的碎片伤到了，正流着血。

谁料，小女孩听完他的话后，却对他摇了摇头。

“先不了。”她笑了笑，弯着明亮澄澈的眼睛，像个成熟的大人那样，对着他摆了摆手，“我要先去找我的妹妹了，她和我走散了，如果离开我和爸爸妈妈太久，她会害怕的。”

还没等他再说些什么，她就转过身，朝远处跑去了。蒲斯沅看着她小小的身影快要消失在拐角，才抬起步子想要跟上去保护她。

虽然孟方言他们已经处理完了大部分恐怖分子，但是也不能完全肯定已经没有漏网之鱼了。

转过了那个拐角，他却发现前方的街巷里已经空无一人。

蒲斯沅又顺着那条街道走了很久，却再也没有看到那个小女孩的身影。

“塔纳托斯。”就在这时，他听到耳麦里传来了孟方言的声音。

他低低地应了一声。

“你先回来吧，这个区域的恐怖分子都已经被清空了。其他人会继续去找幸存者，我需要你帮我搜索一下附近区域是否还有恐怖分子的根据地。”

“好。”蒲斯沅握了一下那只被小女孩触碰过的手掌，过了良久，才转身返回。

那是他们多年前的第一次相遇，命运的齿轮也从那一刻起开始悄悄地转动了起来。

最开始蒲斯沅并不知道“火吻”就是当年的那个小女孩，所以天元局求他远程协助的时候他才会顺手帮忙。

虽然他不喜欢天元局的一些人，但对于缉捕犯罪分子这件事他不会带任何个人情绪。

可后来，在黑帽大会上亲眼见到她本人，他看到那个火焰状的胎记时，他几乎立刻就确定了她就是当年的那个小女孩，原来她现在已经成长为一个算是背负着“盛名”的风云人物了。

黑帽大会之后，他试图查探她的过去。

他发现，在天元局的系统里，只用寥寥数语写了她在行动中触犯了组织的大忌，但具体原因写得非常含糊，而且也没有任何确凿的证据便直接盖棺定论——她要被除名，很有些欲盖弥彰的味道。

通过对她这些年的经历调查，他发现她被除名后干掉的都是真正的罪恶之人，也就是说即使在被通缉中，她也在用自己的方式延续着信仰。

关于她的私事，能够找到的线索也趋近于无。

虽然他到现在依然不知道她为什么会被天元局除名，成了通缉犯，但是他坚信她绝对不会成为犯罪分子。

这个女孩儿像火红色的花一样，她们一样艳丽，也一样坚韧和澄澈。她们会置之死地而后生，她们永远不会被黑暗打垮，这样的女孩儿是绝对不会与犯罪分子同流合污的。

所以，他掩护她和南绍悄然离开黑帽大会，他默许她来和自己一起执行潜伏任务，他让她堂堂正正地从天元局的围剿中全身而退，他愿意把自己的后背交给她……

他知道他的行为让其他人很困惑，如果硬要解释起来，他只能说他觉得他们是一类人。

可他现在觉得，或许还有些别的理由，一些更深层次更致命的理由，才会让他冒着极大的风险也要护她如此。

见他不说话，歌琰便紧紧地拽着他的手。她感到自己的心跳如雷，她看着他的眼睛里不断涌现出来她一时半会儿无法理解的情绪，觉得自己或许已经很接近真相了。

这个世界上，不会再有第二个人会拥有仿佛囊括了整个世界的温柔和哀伤的眼睛了。她觉得，他应该就是那个在黎市递给她火红色花瓣的小男孩。

不知道过了多久，墙面上的温度计忽然发出了一声脆响，接着从墙面上掉落了下来。

那堵肉眼看不见有任何隐藏的机关的墙上，突然凭空出现了一扇门。那扇门从墙里轻轻地弹了出来，“吱呀”一声，向他们展开了通向第五间密室的通道。

蒲斯沅看了一眼那扇门，又转过头看向一眨不眨地盯着他的歌琰。她的架势，似乎是如果他不给她一个准话，就不会放他进下一扇门。

他轻笑了一声。

歌琰有些不解，嘟囔道：“你笑什么？”

蒲斯沅嗓音低沉地说：“笑你糊弄起别人来一套一套的，自己却不让别人糊弄你一分一毫。”

歌琰耸了耸肩，理直气壮地说：“那可不是？本姑奶奶行走江湖这么多年精得很，从来不吃亏不上当的。”

他摇了摇头，手轻轻一拽，一使力，反客为主地将她原本紧拽着自己的手指，十指交叉地扣进了自己的手心里。两只手就这么在空中缠在了一块儿，一股暧昧的氛围再次充满了整间房。

在歌琰的心脏快要跳出嗓子眼儿的时候，他神情淡然地说了句模棱两可的话：“你的样貌和小时候基本没有什么变化。”

她原本就全神贯注地竖着耳朵，一听这话，瞪圆了眼睛：“我们果然见过！你就是那个小男孩？你当年是不是才刚加入魅影组织？”

蒲斯沅没有接话，他就这么扣着她的手，拉着她往第五间密室大步走去。

“说话，蒲斯沅！沉默不是金！不说清楚你就是小狗！”歌琰跟在高大硬朗的背影后锲而不舍地追问，过了好一会儿，她才听到他又不咸不淡地扔了句话。

“你小时候看起来可没有现在这么难缠。”

她下意识地咬住了下唇，刚刚还气势汹汹的追问顿时卡壳了。

她用没有被他牵住的手，轻挡了下自己已经红透的脸，似羞恼又似嗔怪地回了一句：“要你管！”

他走在前面，无声地弯了弯嘴角。

通往第五间密室的通道比想象中的要更长一些，他们走了好一会儿，黑暗的通道尽头才总算是出现了些许亮光。

出了第四间密室后，蒲斯沅拉着她的手就没有松开过，即使是已经带着她进入了有光源的第五间密室，还是紧扣着她的手。有些心照不宣的，歌琰也没有想要挣开的意思。

第五间密室总算是和之前的几间密室有着些许的不同，不再是空荡荡的一片。相反，这个密室被塞得鼓鼓囊囊的，地上铺着满满一堆各式各样的瓷器。

歌琰看到这一大堆快要堆成小山的物事，感叹道：“开瓷器展览会呢？”

蒲斯沅指着密室里唯一没有被堆东西的那块空地，对她说：“看到了吗？”

歌琰探头探脑地张望了片刻，狐疑地望着他：“看到什么了？”

他似乎是被噎了一下，语气凉飕飕地说：“那块空地上，有五个比较浅的形状不一的凹槽，是专门用来放瓷器的。”

她听完他的解释，瞪大了眼睛越过瓷器“小山”去看那块空地。

她快要用眼睛把那块地烧出一个洞了，还是没有什么发现，于是她苦大仇深地侧过头说道：“看不到，什么都没有。”

蒲斯沅被她的理直气壮气得眉头都跳了一下。

他面无表情地看了她一会儿，而后说道：“那要我把你抱起来，托着你看吗？”

歌琰原本就处于升温状态的脸，温度又往上升了几度。

她肤色白皙，皮肤红一点都能看得很清楚，这间密室的灯光特别亮，蒲斯沅能清楚地看到她的脸一片绯红。

她像是被人踩了尾巴的猫，一秒松开了和他紧扣着的手：“不劳驾，我怕折寿。”

他看着她从脸颊一路烧到耳朵和脖颈的“红云”，弯了下嘴角，没再说什么，转过身朝瓷器山走了过去。

这座所谓的瓷器山，足足有上百个不同形状样式的瓷器。有胖的有瘦的，有高的有矮的。

蒲斯沅在瓷器山前驻足片刻，又往前走，来到了那块空地上。歌琰从另一边也绕到了那块空地前，终于看到了那五个隐藏的瓷器凹槽。

这些凹槽挖得很浅，但是大致的轮廓和瓷器的轮廓很相似，每一个轮廓都截然不同。

她更加佩服蒲斯沅了，这卓越的视力和听力，不知道的还以为他长了千里眼和顺风耳呢。

“凹槽里面有感应器。”他半蹲在凹槽边上，仔细地观察了一会儿，低声说道，“只有将正确的瓷器对应放置进去，才会启动机关。”

歌琰想了想：“所以咱们得在后面那一大堆玩意儿里，找出和这五个凹槽的形状完全一致的瓷器？”

蒲斯沅点了下头，抬头看了一眼仅剩十二个小时的倒计时时钟：“事不宜迟，赶紧开始吧。”

两个人没有再说话，开始专心地寻找和五个凹槽形状一致的瓷器。

这间密室的破解之法不算特别困难，但是想要在尽可能快的时间里找出五个正确的瓷器不是一件容易事。

一晃眼一个小时过去，歌琰这边排查出了七个可能正确的瓷器，蒲斯沅那边则排查出了六个。

“十三进五，将近二分之一的概率，总比两百进五要好。”歌琰把她挑出来的几个瓷器拎到空地边上，打算一个个放上去试。

蒲斯沅扫了一眼她拎出来的瓷器：“先别放上去。”

“怎么了？”

“你难道就没有想过，可能压根儿就没有试错的机会吗？”

她秒懂了他的意思——万一她放置了一个错误的瓷器上去，这间密室冷不丁来点儿什么惩罚措施，那他们就完了。

最好能够确定地选出五个正确的瓷器，一次性放上去，这样能确保万无一失，减少任何触发危险机关的可能。

歌琰点了下头，把十三个瓷器放在了一块儿，兴致勃勃地搓了搓手：“现在让我们一起来玩大家来找碴。”

比对了凹槽和瓷器，他们将四个两人都能够确定的瓷器放在了凹槽的旁边。

“最后一个有那么纠结吗？”歌琰将头凑得更近了一点，在他挑选出来的三个瓷器上来回张望了一会儿，“这三个长得也太像了吧？难不成要靠猜拳来决定吗？”

蒲斯沅原本正在安静地比对凹槽和瓷器，听到这话，他思考了几秒，侧过头看向她：“你来选。”

她指了指自己的鼻子：“我？”

他淡淡地“嗯”了一声。

歌琰摆了摆手：“就我这运气，还是算了吧！我这人天生自带倒霉体质，你跟我认识到现在，难道还没吃够苦头吗？”

谁知听了这话，蒲斯沅更是一副铁了心要她来选的模样：“没事，选吧。”

歌琰略带迟疑地说：“蒲斯沅，你是真不想活了吗？”

她觉得就算让他闭着眼睛来抓阄，也比让她睁着眼睛来选要好。不是她对自己没有信心，她觉得自己就是世人常说的天生命就不太好的那种人。

具体表现在：她开开心心地和家人去黎市旅行，结果碰上了恐怖袭击事件，她一夜之间失去了双亲，又和妹妹走散了，从此孤身一人；后来好不容易加入天元局，以为自己有了新的家，结果没过几年，就被组织除名，众叛亲离还背上了罪名。

诸如此类的例子数不胜数，就连蒲斯沅也因为跟她扯在了一块儿，开始跟着她一起倒霉。

蒲斯沅只是看着她，微微俯身靠近了她的耳边，对她说："我想活，你现在手里攥着我的命，你得好好选。"

歌琰眼睫微微颤了颤，她看着说完这句话又一副好像无事发生过的蒲斯沅，轻轻地咬了咬嘴唇。

他是故意这么做的，他不想让她陷入认为自己不幸运的想法里，希望她可以从这个思维定式里走出来。

她轻叹了口气，走到瓷器面前，小声嘟囔道："要是真选错了，你可别怪我。"

蒲斯沅在她身后轻笑了一下。

由于时间紧迫，可以留给歌琰纠结的时间并不多。她仔细地盯着那三个瓷器和凹槽看了一会儿，最终拿起了最左边的那个瓷器。

她深吸了口气："就这个了。"

蒲斯沅将第一个到第四个瓷器一一放进对应的凹槽里，每当他放进一个瓷器，那个凹槽就会散发出绿光，绿光似乎代表着选择正确。等他放完这四个瓷器，就转头看向了歌琰，示意她将选好的那个瓷器放进第五个凹槽里。

她屏住呼吸，微微颤着手将她挑选出来的瓷器嵌进了第五个凹槽里。瓷器嵌进去后，凹槽发出了红光——选择错误。

歌琰僵硬地转过了面如死灰的脸，刚想对蒲斯沅说句什么，就看到他看向她的眼神一凛，整个人像豹子一样猛地朝她扑了过来！

歌琰被他掩在了身下，她听到自己的耳边闪过了一道破风声，像是什么利器陡然飞了过去。

她感觉掩护着她的蒲斯沅身体微微一颤，喉间也跟着发出了一声低低的闷哼声，她心中闪过了一丝不好的预感。

听到空气中的破风声消失了，她轻轻地从他的掩护下挣脱开来。蒲斯沅的左肩处被划开了一道触目惊心的伤口，此刻鲜血正不断地从伤口冒出。

歌琰整颗心都揪了起来，她看向他的后方，看到了对面的墙壁上插着一把尖锐的匕首。匕首上血丝正在流淌，那是蒲斯沅的血。

而这个受了伤的人，此时脸上的表情却还和往常一样，冷冷淡淡的，甚至连半点儿吃痛的皱眉都没有。

他侧过头看了一眼自己左肩的伤口，而后转过头风轻云淡地对她说：“没事，一点都不痛。”

骗人，怎么可能会不痛呢？歌琰心想，哪怕手指上被划开一道小小的口子都会觉得痛，肩膀上被划开那么深的伤口，那得有多痛。

如果不是为了保护她，他根本就不会受伤。是因为她没有选对瓷器，才会触发惩罚机关，可他却硬生生地替她抗下了原本应由她自己面对的危险。

见她一声不吭地盯着他的左肩，她的眼尾也开始泛红，蒲斯沅低咳了一声，对她说：“我左边口袋里有止血喷剂和绷带。”

她整个人依旧是木愣愣的，只是本能地伸手过去拿止血喷剂和绷带。接着她坐到他的身边，开始动作利落地帮他止血，清理伤口。

蒲斯沅任由她帮着自己处理：“别露出这种表情，我又没死。”

就算是听了这种玩笑话，歌琰脸上的神情也还是轻松不起来，她心里的自责已经升到了顶点。

伤口有些深，止血喷剂就算再有效，也只能暂时支撑过眼下，如果拖的时间太长，情况可能会恶化。

他们必须以最快的速度离开这里，让专业的医护人员来帮他处理伤口。

歌琰将绷带在他的肩头轻轻地打了个结，对他说道："剩下的两个瓷器，你选一个，我去放。"

他盘腿坐在原地，对着她摇了摇头。

她皱起眉头："你是嫌被刀割得不够疼吗？"

蒲斯沅抬起了自己没有受伤的右臂。他的右手轻盈地落到了她柔软的发丝上，勾着她的发尾，在自己的指间慢慢地转了一个圈。

在一室的寂静之中，他缠着指间那缕火红色的发丝说道："别怕，有什么我替你担着。"

歌琰听到了自己如雷般的心跳声，她和他对峙了一会儿，直到他的手指离开了她的头发，她才闭上眼睛，深深地叹了一口气。

她破罐子破摔地从原地站了起来，将错误的瓷器取出来之后，看都没看，就从地上捞起了一个瓷器放进了凹槽，也不知道她是哪来的勇气敢这么干的。

在放下那个瓷器的一刻，歌琰甚至都已经摆好了防御的姿态，随时准备迎接第二把匕首。

时间仿佛凝固的瞬间，她看到第五个凹槽原本亮着的红色陡然消失，转而变成了浅浅的绿光。

五个凹槽的颜色统一为绿，房间里发出了机关的转动声，凹槽所在的整块空地都完全塌陷了下去，出现了一排通往下一间密室的下沉式阶梯。

竟然被她给蒙对了！她这一辈子都没有过这么幸运的高光时刻。

歌琰回过头看向蒲斯沅，那个纵容她试错的人淡定地从地上站了起来，他左肩的绷带仍在渗血，血迹在强光下显得触目惊心。

歌琰看到那个因她而起的伤口，觉得自己的整颗心都被紧紧地揪着，连半点儿都没有释然。

空气中就像有一根无形的线，从他肩膀上的那个伤口，一路延伸到了她的心脏处。

他有多疼，她仿佛能清晰地感受到。那根无形的线，就这么将他们两个紧紧地牵连在了一块儿。她想，从此以后，无论是多么尖锐的利器，都无法割断他们之间的羁绊了。

蒲斯沅朝她慢步走来。

“你看。”他冷峻的眉眼慢慢地绽开了一抹笑意，“只要我帮你担了掩盖在幸运上的那份不幸运，你就是幸运的。”

你并非不幸的人，只是在幸运之前，上天为了给你试炼，施了一层不幸运的障眼法而已。不要对自己产生怀疑，不要觉得自己会给身边的人带来不幸。

歌琰故作轻松地伸了一个懒腰，她的眼尾依然泛着红。

她放下手，声音有些含糊不清：“你今天帮我担了一次，难不成以后次次都要帮我担吗？”

这一次是他陪着她一起来到了这里，所以他能在遇到危险的时候，将她护在身后。

那么以后呢？等他们从这儿离开之后，他们总会各奔东西。

他们本就是两条平行线，因为意外而交织在了一起。她不知道还有什么理由，能够让他以后再帮她担一次乃至更多次的不幸运。

蒲斯沅没有开口，歌琰也有点儿不敢听他的回答。她说完这句话就转过了身，准备朝第六间密室走去。

只是当她快要踩上阶梯时，一只手从后面绕了过来，覆在了她光洁的额头上，她感觉到自己整个人抵在了一个温热的怀抱里。

歌琰感受着他手心和肩膀的温度，在震耳欲聋的心跳声中，他低沉的嗓音在她耳后响起。

他说：“为什么不行？”

这五个字带着他一贯的直接和笃定，也在这一刻彻底地将歌琰之前对自己的担心变成了现实。她的贪欲，终于变成了货真价实的依赖。

从此以后，她都会贪恋这个人给予的帮助、保护和温暖。

她一个人奔跑了这么多年，起先背负着黑暗，后来又背负着污名。而现在，这个人将她拦了下来，将她身上所有的负担和痛苦都一起背在了自己的身上。

这种贪欲，让她除了动容之外，还感到心动。

下沉式阶梯并没有很长，走进第六间密室之后，歌琰做的第一件事就是去看倒计时时钟，还剩下最后十个小时的逃生时间。

接下来的三间密室，她必须以最快的速度去破解，蒲斯沅身上的伤耽误不起。

第六间密室比之前的密室都要大，也没有什么摆件，看起来相当空旷。但令人感到毛骨悚然的是，这间密室几乎没有让人可以落脚踩的实地——因为这间密室就是一块池子。

池子的水是墨黑色的，深不见底，根本不知道掉落下去会发生什么。整片池子上，只有正中央从北向南分布着五块正方形的石块，勉强可以让人落脚去踩。但这五块石块之间的距离也并不近，需要大跨步，甚至是跳，才能够得到。

站在入口的边缘观察了一会儿这间密室的布局，歌琰便转过脸，对着蒲斯沅说道：“机关肯定在这片池子的对面，我先去探路，你在这边等我。”

蒲斯沅似乎是想说句什么，却看到她轻轻地抬了下手。

他听见她斩钉截铁地说：“这位朋友，你之前已经有太多高光时刻了，你行行好，让我也出出风头好吗？”

他眼神一闪，有点想笑，但是眨眼之间，目光里又涌上了一些别的东西。他知道她只是担心他的伤口，也不想再让他为自己以身犯险。

眼看着她已经向前一步站到了池子的边缘，蒲斯沅也没有再坚持，只是低低地嘱咐了两个字：“小心。”

歌琰没回头，她看着离她最近的那块石块，背对着他用上扬的语气说：“你可别忘了，虽然我长得美，但我可不是个花瓶。”

她可是现世公认的顶尖特工之一。

寂静的密室之中，唯有池子里隐约传出来的水波浮动的声音。歌琰的目光聚焦在了第一个石块上，一个箭步跳了过去。

就在她的右脚踩在那块石块上的一瞬间，原本空无一物的两面墙壁上出现了两个凹槽，有两把利刃一左一右呼啸着朝她直刺而来！

在机关墙打开的一瞬间她就听到了声响，她眼神一凛，在两把利刃快要刺到身上之前，一个前空翻，准确地翻到了第二块石块上。两把利剑刺了个空，“扑通”两声双双掉落进了黑色的池水中。

歌琰还没来得及喘口气，就听到她头顶的天花板也传来了机关的转动声。

“咔嚓”，一把巨大的斧子陡然从天花板上坠落，直劈她的天灵盖。所幸她早有准备，毫无停顿，再度一个跳跃来到了第三块石块上。

也就是两秒的工夫，那把大斧就落到了她刚刚站着的位置。如果再晚个一秒，她现在就已经被生生劈成两半了。

蒲斯沅沉默地看着她矫健的身影，表面看上去脸色没有任何变化，但是如果仔细去看他抱着的双臂，能发现他的手臂都绷紧了，肩头的血色也因此渗得更快了一些。

他很担心她，即使知道她身手出众，遇到过的险境也层出不穷，他还是忍不住地会去担心她。他也会担心自己的队员，但从来都没有过像今天这样的牵挂感。

他也不是担心歌琰无法闯过这一关，他只是本能地在牵挂她的安危。这样牵挂一个人，这样在意一个人——这是这么多年来，他从未有过的感受。而今天，她却让他全然地踏进了这个陌生的“领域”。

在歌琰踩上第三块石块的时候，密室并没有机关开启的动静，但是她却发现脚下的这块石块竟然开始下沉了！

不出五秒，这块石块就会没于这片黑色的池水里，连带着她也会坠入这片暗藏危机的池子。

好在她身手够好，在石块开始下沉的时候，她已经翻到了第四块石块上。

第四块石块没有引发机关，也没有下沉。只是她落脚的那一刻，石块竟然左右移动了起来！一块原本静止、厚重的石块，就这么突兀地游弋在这片黑水之上。

原本石块之间的距离就不近，因为这块石块不断移动的缘故，她必须找准时机跳到第五块石块上。否则，她就会因为距离过远而失败坠落。

歌琰站在这块不断移动着的石块上，努力地稳住自己的身形，同时，她的眼睛也牢牢地聚焦在了第五块石块上。

三、二、一，就是现在。电光石火之间，她陡然一闪。

借着移动的石块，她一个大跨步，准确地跳落到了第五块石块的正中央，在触发任何可能的机关之前，一个毫不停顿的连跳稳稳地落到了实地上。

她狠狠地松了一口气，回过头看向在另一端看着她的蒲斯沅。虽然距离有些远，她并不能看清他脸上的表情，但她却感觉他看着自己的目光是专注而温和的，应该也是觉得她刚刚的表现很不赖。

歌琰看了他几秒，冲着他高高地比了个剪刀手。

蒲斯沅在另一头望着对面那位浑身都写着“我最酷”的女孩儿，眼睛里浮现出的笑意，连他自己都不知道有多么柔和。

歌琰对着蒲斯沅炫耀完，也不管他是什么反应，就心满意足地转回来看这边的墙壁。

只见墙壁的正中央闪烁着五个绿色的小光标，似乎是在她刚刚通过黑池上的五块石块后逐一亮起来的。

五个小光标的尽头，有一块比其他砖头稍稍凸起来的部分。她细细地看了一会儿，才轻轻地对着那块砖头按了下去。

随着机关的转动声，墙壁上出现了一道长方形的门。此刻，这扇门从里面“吱呀”一声打开了一条缝。

光影交错之间，第七间密室近在咫尺。

歌琰转过身想招呼蒲斯沅赶紧过来，她刚想开口，就发现这间密室变得有点儿不太对劲儿。应该说，她发现整个黑水池都有些不太对劲儿。

原本池子里的水都是在石块之下的，可现在，这些池水开始以肉眼可见的速度噌噌往上涨了起来。

几乎十五秒都不到的时间里，那五块原本露在池面上的石块就被池水吞没了。也就是说，蒲斯沅那边通向她这里的求生通道被硬生生地阻断了。

如果早知道是这样，她根本就不应该因为担心蒲斯沅的伤势，一个人过来探路，独留他在对岸。

歌琰心急如焚，冲着对面的蒲斯沅大喊道："你试试看，能不能用绳索勾住这里的天花板，然后荡过来？"

蒲斯沅也发现了池水的古怪，眼下，这些池水吞没了石块后似乎还不觉得满足，已经开始溢到了两边岸上。照这个趋势下去，这黑水最终会吞没整间密室。

他淡定地站在对岸，看着朝他的靴子扑过来的黑水，对着焦急得在对岸来回踱步的歌琰说："无论是天花板，还是两边的墙壁上，都没有一个空隙或者物件能让绳索勾住。"

歌琰整颗心坠入了谷底："那怎么办？！"

对岸的蒲斯沅没有回话，目光只是定定地落在那些已经快要没过他脚底的黑水上。她实在是焦急，没和他商量就转过身又按了一下那块凸起的砖。

没有反应。那块开启第七间密室大门，同时也是引发黑水古怪涨潮的砖头，此刻任凭她再怎么按、拍、砸，也没有任何反应。

歌琰和那块该死的砖头"搏斗"了一会儿，发现毫无用处。她皱着眉转过头，却发现他竟然还是一动不动地杵在那儿，根本没有一点想办法求生的意思。

她急红了眼，跺了下脚，冲着他大叫："蒲斯沅，你还不想想办法？过会儿黑水把你脑袋都给淹了你可怎么办！"

蒲斯沅背着手站在对岸看着她，叫了她的名字：“歌琰。”

他很少这么正经地叫她的全名，她的心脏一抽，一种不好的预感从心底升了起来。

她盯着他一字一句地说：“你别跟我说你要一个人留在这儿，让我进门。”

他的神色里竟然没有半点紧张和焦急:“你先进门,我随后就来。”

“你骗人。”

他哑然失笑：“我骗你做什么？”

“你也不是第一次骗我了。”歌琰只是看着他，“不出五分钟，这间密室就会被黑水淹了，门就开不了了，你怎么来？”

“我会游泳。”

“你憋气也有上限，当黑水没过你的头顶，就算你有再好的水性也没有用了。”

就在他们俩说话的当口，原本静止的东西两面墙上忽然钻出了两根水管一样的东西。此刻，两股黑水流猛烈地从那两根水管的出口喷涌而出！

如果说黑池水上涨吞没这间密室的速度还算缓慢的话，那么在这两根粗壮的水管加入之后，整个密室一瞬间就开始“水漫金山”了。

眼看黑水已经漫到了膝盖上方，歌琰红着眼睛，再度对着他厉声道：“蒲斯沅，我是绝对不会进去的。”

她不能做一个逃兵，不能将他留在这里，留在她的身后。

虽然他们这一行在遇到各种各样的危险时，牺牲是家常便饭。无数优秀的特工，在面临抉择的时候，为了顾全大局，都会做出牺牲。

这是没有办法的，在光明攻破黑暗的路上，注定会有鲜血，也注定会有无数的英雄碑。

可是她不愿让他牺牲，这个男人不仅仅是这世上唯一有可能找到并击败欧赛斯的人，他还是她无论如何都不想放弃，也不想让他离开的人。

眼看黑水已经漫过了他们的下半身，蒲斯沅在她锐利的瞪视下轻轻地叹了一口气。

沉吟两秒，他说："我没见过比你更不听话的人了。"

没等她再说什么，他又摇了下头，像是在自言自语："不过，要是听话的话，那就不是你了。"

他竟然弯腰向下，头也不回地钻进了这无边的黑水之中！

歌琰在石块之上观察的时候，并不确定黑水和普通的水到底有什么区别。当这些黑水现在越漫越高，她才发现原来这些黑水是具有超强浮力的。

也就是说，只要黑水没有充满这整间密室，没有隔绝所有的空气，她就不会被黑水淹没窒息而死。

想到这里，她专注地观察了一会儿蒲斯沅刚刚钻下去的那个方向。她二话不说，也纵身跳入了黑水之中。

水是墨黑色的，即使睁着眼睛也什么都看不到。为了不伤害自己的眼睛，她索性闭上了眼睛，憋着气，纯粹凭借着感觉朝他所在的那个方向潜了过去。

这片池子的水应该很深，她感觉自己潜了很久，也没有触到一点边际，更别提摸到他的身形了。

长时间憋气的缘故，她感觉有些头昏脑涨的。虽然在水下作战是她学习过的重要的技能之一，但黑水似乎比普通的海水要浑浊不少，让她比以往要更快地感受到了窒息感。

很快，她隐约感觉到自己的左前方出现了一片微弱的光芒，同一时刻，有一股自然的吸力，将她整个人往有光亮的方向猛地拽了过去！

那股吸力，就好像是一个盛满水的浴缸被人拔掉了塞头，所有的水都自然而然地朝下水道入口的方向争先恐后地涌过去。

歌琰感觉到那股吸力越来越强，越来越急，在她快要被吸进去的时候，有一只手臂牢牢地抓住了她的肩膀。

那只手臂用力地将她扣进了他的怀抱里，他扣得很紧很紧，仿佛要将她整个人都嵌进自己的身体里。

歌琰感觉到，在激烈的水流中，有温热的触感轻轻地落在了她的额头上。带着安抚、疼惜、怜爱，还有无法抑制的情感。

安静，清澈，极尽温柔，那是一个来自水下的吻。

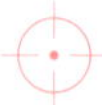

歌琰觉得她额头上的触感仿佛隔绝了所有的介质。

不管是汹涌翻卷的黑水流，还是看不见的失明感，种种可以击垮人心的东西全部都被弱化了，歌琰连心脏都猛地颤抖了一下。

如果不是那条紧搂着她的手臂是那么用力，她甚至会觉得自己是身处于梦境里。

剧烈的黑水流从他们身边呼啸而过，疯狂地往出口处汇聚，蒲斯沅不知道是用了什么方式紧紧地将自己固定在了原处。

仿佛一个世纪般漫长的十几秒钟过去了，歌琰感觉到原本漫在她头顶上方的黑水此刻已经降到了她的眉眼处。

黑水剧烈的呼啸声逐渐变得愈来愈轻，水位也变得越来越低，她的鼻子、耳朵、嘴巴都重新暴露在了空气之中。

从灭顶的窒息感中重获新生，她慢慢地睁开了眼睛。入目就是那张仿佛不存在任何瑕疵的脸庞，那张脸上滚落着无数细小的水珠，他墨黑色的头发也全都变得湿漉漉的。

她原本以为在遭遇这种水风暴的时候，人应该是万分狼狈的，可偏偏他不是——他白皙的皮肤上滚着水珠的模样并没有让他显得有半分狼狈，相反，那些顽皮的水珠落在他挺拔的鼻梁上，顺着他的薄唇滚落下来，最后泯于他的下巴，将他整个人衬得无比性感。

她实在是想不通，为什么世界上会存在这样的男人？无论遇到多么可怕的险境，他似乎都能够无比淡然地去面对。

歌琰想，美人鱼应该并不全是女性。她觉得现在搂着她的这位，就是一位男性水妖。

黑水流从他们的脖颈，又退到了肩膀处，最终回到脚下。

蒲斯沅见她眼睛一眨不眨地盯着自己，似乎有些不解：“你在看什么？”

可能是那些细小的水珠流连在他的脸庞上，让他感到有点儿痒，他抬手抹了一把脸，再扒了一下湿漉漉的头发。所有黑色的发丝全部服帖地顺着他的手掌被往后捋去，他清爽的额头露了出来。

等他再度朝歌琰看过去的时候，便看到了一只面红耳赤的“大虾”。刚开始蒲斯沅还很疑惑，为什么从水里出来她的脸会红成这样，毕竟水那么冷。等他略一思考，就后知后觉地察觉到了点什么。

歌琰的脚在地板上踩实了，还没来得及喘口气，就听到他冷不丁地对着她说了一句：“疼吗？”

她愣住了：“什么疼？”

蒲斯沅好像也有点儿不好意思，他别过了脸，俊逸的脸庞上明晃晃地有着一丝不自然。他犹豫了两秒，才抬起两根修长的手指，轻点了两下自己的额头。

歌琰看着他的动作，总算是反应过来了。她刚刚因为美男出浴的那股热还没退下去，水中额头吻的“火”又涌上来了。此起彼伏，根本没个消停。

歌琰被他母胎单身的奇绝脑回路震撼到了，竟然有人问吻疼不疼？她拱手冲着他抱了抱拳："在下实在是佩服。"

没等他开口，她又说话了："我建议，你要是能从这儿活着出去，回头可以去问问言锡，毕竟人家都快当爸了，懂的应该比你多，或者问问孟方言也行。"

蒲斯沅活到现在，第一次被人指着鼻子明晃晃地羞辱。他确实没有恋爱经验，有可能是上帝实在是看不过去，所以把其他技能都给他点得满满的，却偏偏把这一条脉上的技能给他抽空了。

等他陷入沉思时，歌琰得空从他的手臂里钻了出来，而后仔细地回味了一下他刚刚在水下的操作。

原来他刚刚从岸上跳下去，就是为了找这个黑水池的出水口。不论怎么样，蓄水池都必然会有一个出水口，而这个黑水池的出水口，就在他跳下去的那个范围的正中央底部。

他在一片黑暗之中，竟然准确地找到了这个出水口。为了确保自己不会被吸进去，在将阀门打开前，他将身上的绳索扣在了阀门的把手上。

打开出水口后，黑水池的水都被吸了进去，他将自己和绳索的距离拉到了极限，在水风暴中保持着不被拉扯地悬在其中。

当整个黑水池的水位降低到一定程度的时候，那两根喷出黑水的水管也自动地缩了回去。

他完美地解决了第六间密室送给他们的附加题。

歌琰回味了一遍破解之法后，才走到他的面前。

她鼓了鼓掌，说："虽然你跳下去的那一瞬间我很想掐死你，但不得不说确实解决得很妙。"

蒲斯沅回过了神，整张脸还是没什么表情，也没有回话。歌琰也没有管他，她将绳索解开，慢慢地卷了起来递到了他的手边。

下一秒，她就听到他低沉的嗓音响起在她的耳后。

他说：“我学东西，一向学得很快。”

即便他落后了别人那么多步，在恋爱方面一窍不通，他也会在掌握到一点门路之后，迅速成长。

歌琰几乎没有卡顿就听懂了他话里的意思。

这句话，翻译成大白话来说就是——你现在先别急着羞辱我，等到时候我变成了平平无奇的恋爱小天才，你可千万别喊招架不住。

她眼睁睁地看着他云淡风轻地接过了绳子，又无比自然地摸了一把她湿漉漉的头发，接着牵住了她的手，大步往通向第七间密室的门走去。

歌琰一个字都说不出来了。

刚刚在水里好好地泡过了一次“冷水澡”，他们两个人现在浑身上下都在滴着水。也不知道密室从哪儿刮来了一股风，牵着她手的蒲斯沅几乎是第一时间就感觉到了她浑身都在打寒战。

他紧了紧握着她的手：“很冷吗？”

她从鼻腔里哆哆嗦嗦地“嗯”了一声。

幸好这条通道并不长，等到了第七间密室，他们迎面就看到入口处竟然摆着两个火堆。

这两个火堆，对于他们这两只落汤鸡来说，简直就是沙漠中的水源。

歌琰大步走了过去，弯下腰将自己冰凉的双手放到了火堆上方烘烤。火源的热，在一瞬间就缓解了她刚刚冻得头皮发麻的感觉。

她烘了一下自己的手，抬头招呼他：“你也过来烘一下，会舒服不少。”

蒲斯沅从墙上写着倒计时八小时的钟上收回了视线，他大步地走到了火堆边，看着她。

“还有时间。”他垂着眸子，“你把湿衣服和湿裤子都放在火上烘一下。”

歌琰刚想开口说“好”，却猛然发现有点儿不太对劲。

把湿衣服和湿裤子都烘一下，那她岂不是得把衣服和裤子脱下来?

她那个“好”字卡壳了一下，最终变成了恼羞成怒：“蒲斯沅，我也没让你学那么快啊！”

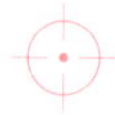

蒲斯沅看着歌琰涨红的脸，起先是一脑门儿的问号。

他只是觉得她把身上的湿衣服和湿裤子在这火堆上烘烤一下再穿回去，绝对会比就这么穿着湿衣服往前走要好上很多。

歌琰见他一脸困惑的表情，想发火都不知道该怎么说才好。

蒲斯沅在脑子里自我反省了一分钟，明白了她的意思。

他的表情有一瞬间的凝滞，他刻意将目光从她的身上抽离开来落在虚空里，僵硬地说了一句：“我不是那个意思。”

歌琰翻了个白眼，刚想说句什么，就听到空气里忽然传来了一阵窸窸窣窣的声音。

她看见这个人竟然把自己身上的衣服脱了下来，接着，那件衣服就轻轻地落在了她的背上。

“烘衣服的时候你先穿我的，我去前面检查一下机关。”

说完这话，他就迈开他的大长腿，绕过火堆往前走去了。歌琰拽下他那件湿淋淋的衣服，背过身，又忍不住回过头去看他。

这间密室很大，有点儿像是科研实验室的布局，比起前几间空荡荡的密室不知多了多少令人眼花缭乱的布置。

蒲斯沅正背对着她，专心地研究着这间密室。他精壮的背部在光影的照射下，更是毫不掩饰地散发着诱人的男性荷尔蒙。歌琰看得又有点儿脸热，她赶紧转回来，准备脱掉衣服稍微烘一下。

整间密室里都静悄悄的，只有这两簇火堆发出噼里啪啦的声音。她的手刚落在衣服的下摆，又停住了。

她背对着他，故意用压得粗一些的嗓音来掩饰自己的羞怯：“蒲斯沅，我警告你，你可别回头啊！”

蒲斯沅原本一心在研究这个实验室一般的密室，听到这话，他似乎有些错愕。

本来按照他的脾性，根本不会去接这种话的。可是也不知道为什么，或许是因为面对她的缘故，他不咸不淡地回了一句：“回头的话，会怎么样？”

歌琰反而被他给问蒙住了，虽然知道他是在故意揶揄她，但她还是跳着脚威胁他道：“反正你就是不可以回头！回头的话，我就立刻开枪崩了你的眼珠！”

蒲斯沅低低地笑了一声：“这么凶。”

那声低笑，在安静的密室里被无限放大，而后钻进了歌琰的耳朵里，紧接着又淌进了她的心里。到了这一刻，歌琰才明白，原来杀人是不需要用刀的。

她一边脱衣服，一边警惕地回过头去看他有没有偷看。好不容易把衣服裤子都脱下来，套上了他的衣服后，发现他全程没有回头，她的脸反而变得更红了。

她现在身上穿着的是他的衣服，鼻息之间萦绕着他身上特有的那股雪松味清香。

等歌琰把衣服裤子都烘了个半干重新套上后，她顺便把他的衣服也给烘了一下。

她拿着他的衣服从火堆边离开，蒲斯沅似乎已经把这间密室的门路都给摸清楚了。

她将他的衣服递还给他，说了一声“谢谢”。想了几秒，又指了指他的裤子：“你可以把机关的门路告诉我，我来解，你趁机去烘一下你的裤子。”

谁知，蒲斯沅接过她递过来的衣服重新套上后，竟然似笑非笑地看着她：“你怎么还在挂念着这个？”

歌琰一时有点儿没听明白：“挂念着什么？”

他的目光似乎是在她的脸上点了点，声音变得更低沉了：“你在第三间密室的时候说过，问我怎么不把裤子也脱了，现在又让我去烘裤子……”

没等歌琰说话，他又靠近了她一些，灼热的呼吸打在了她的耳垂边。

歌琰第一次恨不得把自己这张闲不住的嘴给缝起来，她知道，接下来她无论说什么都是越描越黑，所以即便她已经从脸颊红到了脖颈，还是选择了沉默。

她白了他一眼后越过他走到了那些仪器边上，蒲斯沅盯着她的背影看了几眼，而后跟了上去。

歌琰打量了一会儿那些精密复杂的仪器，又看了一眼这间密室的尽头——那边竟然有一道显而易见的门，这是他们之前从来都没有遇到过的好运。

那扇门上有一个装置，装置上有好几根不同颜色的线，那些线沿着天花板直接通向了他们面前的这些仪器中间。

在线的尽头，放置着一个白色的小盒子，盒子上插着一根试管。

蒲斯沅走到她的身边，直接按下了其中几个仪器的开关。不同种类的仪器开始运作了起来，仪器上也亮出了各种颜色的灯光。

这不是歌琰擅长的领域，于是她果断地往后退了一些，从旁边单单探了一个脑袋到他的手臂边："所以，这间密室究竟需要我们做什么？我来帮你打下手。"

蒲斯沅一边进行着手里的动作，一边耐心地回答她的问题："做一管药剂。"

"药剂？！"

他冲着那个白色小盒子上的试管抬了抬下巴，手里的动作流畅而毫无停顿："根据桌子上给的化学公式，组合出一剂符合要求的药剂。当药剂进入到那个小盒子中的试管里，用一定方式检测通过后，那扇门应该就会打开了。"

歌琰低头去看桌子，刚刚专心在看那些仪器，她都没有发现这张长桌上写着密密麻麻的化学公式。

她忍不住搓了搓自己的手臂，冲着身边这个正在熟练地操作各种仪器的男人投去了肃然起敬的目光。

原本她是不想让他来走这趟鬼门关的，可是看到眼前这一幕，她觉得他能来可太好了。

她感觉到原本目光专注地落在仪器上的蒲斯沅朝她看了过来。

他腾了一只手出来，轻轻地叩了一下她的头顶："我不脱裤子，你就这么一直盯着我瞧？"

如果脸上能表现出字来的话，歌琰现在应该满脸写着"滚"字。

他说话的语气还是凉飕飕的，可是歌琰确信，她从他的话里听出了一丝宠溺的味道。

蒲斯沅接收到了她的白眼，慢吞吞地将手收了回去，歌琰看到他在收回手的时候，唇角还微微上扬着。

逗她有这么高兴吗？她捏着自己一直没有退减热度的耳垂，暗暗想着。

在歌琰的帮助下，蒲斯沅以最快的速度配出了药剂。

药剂从精密的仪器里缓缓流动着，最后全部流进了那个白色小盒子里的试管。

等试管里盛满了药剂后，那台装着小盒子的机器上亮出了一排绿灯，这说明他们做出来的药剂是完全正确的。

歌琰还没来得及夸他，就听到从房间的某一个角落里传来了一道声音，是欧赛斯。

那道令人厌恶的声音说道："恭喜成功配出密室通关所需的药剂，现在，请将这剂药剂喝下去。

"注意，房间里有可以检测出人体体内是否含有该药剂的装置，如果将药剂倒掉或者以任何其他办法消除，这间密室将被永远封锁，无法逃脱。"

等那道声音消失，歌琰已经被气得吹胡子瞪眼了："谁知道这药剂里含着什么东西？他当是饮料还是好酒呢？还要人喝下去？！"

蒲斯沅没说话，他将那支试管从盒子里面小心地取了出来。

眼看着他面无表情仰头就要喝，歌琰立马跑过去制止了他的动作："喂，你还真喝！你怎么心这么大啊！"

他侧头淡然地望向她："应该死不了。"

歌琰不高兴地说："那也不能你一个人喝啊！我也要喝！"

蒲斯沅知道这剂药剂喝下去应该不会出什么大问题。

毕竟八度空间的最终目的是让火吻能够经历考验后成为血蝎子的核心成员，而不是让她直接死在这里。

他认为，这剂药的副作用顶多是让人产生不适，应该不会影响到人的生命安全。他想自己把这剂药喝了就行。

只是他低估了歌琰的能耐，她大步流星地过来制止他，搞得他像是要独吞这剂“上古神药”似的。

蒲斯沅握着那支试管，眉头都快打结了。歌琰趁着他的动作僵在半空中，直接从他的手里将那根试管给抽走了。

她爽快地把药剂喝下去了一半，才把试管塞回他手里：“这一半是你的，干了它吧。”

蒲斯沅无语地看了一眼那支仅剩一半药剂的试管，再看了一眼歌琰，差点儿就被她给气笑了，这女人是真的在任何时候都不肯吃亏啊。

他没再说什么，仰头就将试管里的药剂一饮而尽。

歌琰只是想着有福同享有难同当，不能让他一个人冒风险把这玩意儿给全喝了。可当他面不改色地从她喝过的地方把剩下的药剂喝下去的时候，她又觉得好像哪里不太对劲。

等等，他们这个是不是叫作间接接吻啊？身为密室里的另一位恋爱新手，歌琰在脸红心跳的边缘，只能强迫自己不要多想。

等蒲斯沅把空空如也的试管放回到小盒子上后，密室的天花板上突然出现了一道红光。那道红光一路朝他们横扫而过，在经过他们的头顶之后继续向前，最终消失在了入口上方。

这应该就是欧赛斯刚刚提到过的检测程序了。

“检测成功。”一道机械的声音从大门那边传来。

而后，那道通向最后一间密室的大门也随之打开了。

“走了。”歌琰看了一眼墙上显示仅剩六小时的计时钟，大步朝第八间密室走去。

在这里，时间存在的意义好像只是为了告知他们生命尽头的倒计时。

虽然从他们进来的那一刻到现在，仅仅只过去了十八个小时，但是歌琰却觉得自己在这个八度空间里，仿佛待了几十年一般漫长。

好几次在死亡关头徘徊，她想，如果是她一个人来到这里，可能她早就已经在前几关的时候送命了。

虽然她一直自诩是全球顶尖特工之一，但她不得不承认，如果没有蒲斯沅，她一个人或许真的没有办法通过这里。

在这难熬又惊险的时间里，有粒在她生命中从未出现过的种子，从她的心里彻底破土而出了。那粒种子，和蒲斯沅有关。

进入第八间密室的那一刻，歌琰下意识地抬手挡了一下自己的眼睛。

太亮了，亮得刺眼。

她闭着眼睛适应了几秒这片扎眼的光芒之后，再缓缓睁开，才发现这间密室——不，这个空间的形态已经根本不像是一间密室了。现在在她面前的，是一片看不到头的迷宫！

最可怕的是，这间迷宫是由镜子组成的。她刚刚一进来感到刺眼，就是这些数不清的镜子折射而成了闪烁的光。

蒲斯沅在她的后面进入，看到面前的场景，也停了下来。

他观察了一圈这个偌大的空间，而后冷声说："难怪这里是最后一关。"

这里确实符合最后一关的难度，光是要从这个不知道有多大的迷宫里走出去就已经得煞费心神了，更别提是在这样全是镜子的环境里走。所有的镜子都一模一样，根本不知道哪里走过，哪里没有走过。

很快，他们就明白了比迷宫和镜子更能致命的是什么了。

蒲斯沅和歌琰一起走进这个迷宫不出五分钟，歌琰就感觉到了自己胸口发闷，眼前一片发黑。她以为这是因为她一宿没有合过眼，实在是累到了极限才会出现的正常反应。

起先她并没有重视，为了不让蒲斯沅担心，她边走边用尖锐的指甲去掐自己的手心，让自己保持清醒。

可是之后她发现这并不是那么简单，在他们走到第一条死路的时候，她忽然就站不住了。

蒲斯沅走在前面，观察了一下第一条死路后，从身上拿出了一个微型定位器放置在了尽头的镜子底下。他刚刚放完定位器转回身，就看到歌琰整个人面色苍白地跪在了地上。

他眉头一蹙，大步朝她走了过去，用双手扶住了她的肩膀："你现在是什么感觉？"

一听便知，他根本没有掩饰此时自己的焦急。

歌琰的目光完全没了焦点，她的眼神在他俊逸的脸庞上飘过，又涣散开："头晕眼花，站都站不住。"

她颤抖着举起了自己的左手，想要去触碰他的脸："你的脸，一会儿在离我很近的地方，一会儿又在离我很远的地方，感觉像在看 3D 电影……"

歌琰的额头有大滴大滴的汗在往下落，却在说话的时候故意带上了玩笑的口吻。她不想让他担心自己，其实她现在的状况比她自己描述的要更加糟糕。

她不仅觉得头重脚轻，眼前时不时地发黑，还渐渐地出现了幻觉。原先在她面前的，只是漫无边际的镜子和蒲斯沅模糊的脸庞。

到后来，她觉得自己在恍惚之中，好像还看到了歌芊芊，还有她的爸爸妈妈。

这三个根本就不可能出现在这里的血缘至亲，就这么突然出现在了近在咫尺的地方，沉默地看着她。他们的皮肤灰白，穿着白色的衣服，脸上也没有任何表情。

她一边觉得眼前的这一切全都是虚假的，一边又无法控制自己去触碰他们：“爸，妈，芊芊，你们怎么这样面无表情地看着我……”

歌琰张了张嘴，干涩的声音从喉咙里挤了出来。

在蒲斯沅的视角里，说完那句玩笑话后的歌琰，整个人一下子就变了。

她原本没有焦点的眼神突然聚焦在了虚空中的某一点，之后沉下了脸，拼了命地伸出自己的双手，想要去触碰些什么，她的嘴里还在喃喃自语着。

他发现了她的不对劲，一边叫着她的名字，一边想要抓住她的手。可她却突然变得力大无比。他原本就不敢太用力，怕弄疼她，此刻一个毫无防备，被她直接推倒在了地上。

蒲斯沅看到她从地上站了起来，像是能站稳了，大步朝他身后的那堵镜子墙走去。

以她那样走路的速度和力度，不出五秒，她的头就会狠狠地撞在那面镜子上，撞得头破血流！

蒲斯沅以最快的速度从地上翻了起来，他几乎是将那段路缩短成了两个箭步，堪堪赶在先她一步的时间点用自己的身体挡在了镜子前。

歌琰显然已经失去了意识和理智，即使她看到他出现在自己面前，脚步也丝毫没有停顿，就这么面无表情地冲着他撞了过来。

“咚”，重重的一声，蒲斯沅的背部因为她这一下撞击，狠狠地砸在了镜子上。那面镜子因为这一击，发出了“嗞啦”的碎裂声！

蒲斯沅闷哼了一声，他肩膀上原本就有伤，因为这一撞，本就没有愈合的伤口被撕裂得更加严重了。

他忍着肩膀的剧痛将歌琰整个人都牢牢地压制在了自己的怀里，以最快的速度离开了那面镜子。

两秒后，那面镜子在他们的身后变得粉碎。碎玻璃碴落地发出了巨大动静，终于将歌琰的理智唤回来了几分。

她大汗淋漓，仿佛又在水里走了一遭，脸色也白得近乎发青了。她剧烈地喘息着，看着一地的碎玻璃，又抬起头看向他，目光依旧有些飘忽。

蒲斯沅的额头因为忍耐剧痛已经全是冷汗，可他却依然镇定又温柔地握住了她在微微发颤的手。他就这么握着她的手，将她的手慢慢举起来，展开她的五指，轻轻地贴在了自己的脸颊旁。

"歌琰。"他低声开口道，"你看着我。"

她听到他的话后，过了好几秒，才慢慢地对上了他的眼睛。

"看着我。"他说得很慢，又将这句话重复了一遍，"你知道我是谁吗？"

她定定地看着他，脸上还是什么表情都没有，也没有吭声。

"我是蒲斯沅。"为了让她听清楚他所说的每一句话，他几乎是贴在她的脸颊边，一个字一个字地看着她的眼睛告诉她。

"我们在埃达克监狱里短暂地交过手，我让你在通风管道里有了一段此生难忘的记忆。后来，在黑帽大会上我们第一次见面，你不仅想在电梯里偷我的请柬，还当着我和全世界黑客的面盗用了我的名字。我还给你善后，最后在天元局发现你之前把你送走了。

"再后来，我们去了血蝎子的巢穴，那是我人生第一次穿女装，也是第一次被犯罪分子三番五次地调戏，你当时差点笑掉大牙。在那里，我们见过了真正的炼狱，最后将伊娃她们解救了出来。"

他从没有这么好的耐心，将和一个人从相遇相识到相知的全过程这样娓娓道来。

“现在，我们在一个叫作八度空间的地方，这里是欧赛斯设下的考验你的游戏。我们之前经历了七个不同的密室，好几次险些丧命，但是我们都挺过来了，来到了这最后一间密室。

“让你致幻的应该是刚刚喝下去的药剂，你现在看到的都是幻觉，你可能觉得自己看到了家人。但是相信我，你看到的绝对不是他们。”他的语气越来越温柔，就像是在呓语般对她说，“他们在看到你的时候，一定不会吝啬他们的笑容。

“因为你是他们最爱的人。”

他说了那么多，等他停下来后，她也很久都没有开口。蒲斯沅却没有半点儿要催促她的意思，他就这么等着她。

过了许久，歌琰的眼眶红了。

她小声地说道：“那到底什么才是真实的呢？”

蒲斯沅笑了，他将脸颊在她的手掌心里轻轻地蹭了一下，温柔地亲吻了一下她的手心。

“我。”他一字一句地告诉她，“只有喜欢着你的我，才是真实的。”

——To Be Continued

CHAPTER 7

黎明中的永恒

Kiss of fire

黎明中的永恒

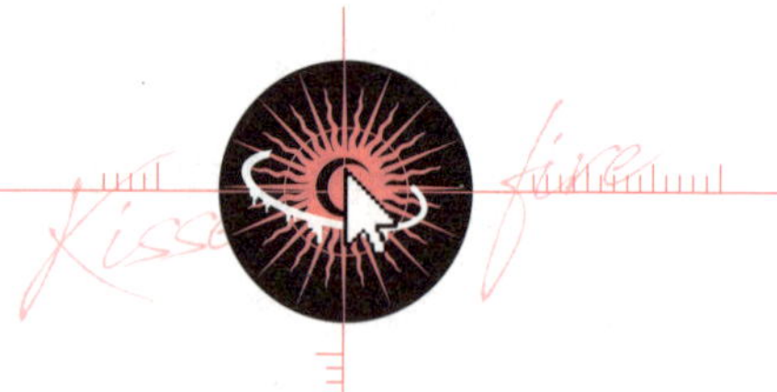

在幻境里看到父母还有妹妹的时候，歌琰的心理防线已经近乎要被击溃了。

虽然她的潜意识不断地在告诉她，面前的这一切都是假的。但是，能够见到死而复生和苦苦追寻的人，对于她来说，这实在是充满着太大的诱惑力了。

别人怎么会知道，她在多少个日日夜夜里无法入眠地思念着父母，只要她一闭上眼，眼前出现的就是父母面目全非地躺在她面前的模样。然后就是循环往复的噩梦，入睡之后她往往会满脸泪痕地惊醒过来，而后再次累极睡去。

又有多少人能够理解，失去双亲的同时还与姐妹失散，这么多年来怎么找也无法找到对方的踪迹，她是多么地绝望。

当这三个她最挚爱的人出现在她面前的时候，她明明知道这一切都是不真实的，她还是会忍不住想要离他们更近一点。哪怕只是能再拥抱他们一次，要她做什么她都愿意。

当幻境里的亲人面无表情地转过身快步离开时，她犹豫了一秒，还是追了上去。她想去问问他们，为什么他们看到她会不笑呢？

以前一家人一起的时候，他们总是会满脸笑容地看着她，陪伴着她。午后的阳光里，母亲总是会亲昵地揉揉她的脑袋，在她的额头上亲吻上一口，唤她一声“小火姑娘”。

她那个时候年纪小，还觉得这个名字很奇怪，噘着嘴问妈妈为什么老要这么称呼她。

母亲就会说：“因为你就是妈妈生命里最明媚的火种，妈妈看到你，就会勇敢。”

后来他们一家人在黎市旅行时突遇恐怖袭击，父母的第一反应就是把她和歌芊芊紧紧地护在了怀里。所以她和妹妹才能毫发无损，而父母却因乱枪扫射而死。

后来很多次，她回想起当时的情形，都会想为什么世界上会有那么伟大的人。为什么会存在那么无私、那么伟大、那么勇敢的父爱和母爱。这也是为什么，她后来会给自己起名为火吻。

因为她爱的人觉得她就像火，所以她愿意亲吻火焰，向火而生。

她也想问，他们难道一点都不想念她吗？

她想念父亲总是宠爱纵容地告诉她，让她努力往前奔跑，做自己想做的事情；她想念母亲在厨房里烘焙蛋糕的香味和温柔地叫她“小火姑娘”时尾调上扬的嗓音；她也想念妹妹像条小尾巴一样整天跟在她身后，软声叫她“姐姐”……

她好想家，她好想她的家人。

在看到他们越走越快，离自己越来越远的时候，她本能地感到恐惧。她毫不犹豫地往前狂奔，想要去追赶上他们。

也就是在那一瞬间，她在现实的空间里，即将义无反顾地撞上镜子墙。而蒲斯沅挡在了镜子面前，让她撞上自己，避免了她头破血流的下场。

那一撞，也让她从幻境里半脱离了出来。

她其实还是有些恍惚，幻境里的白色身影消失不见，她在现实中落入了面前这个男人沉静温柔的双眸里。

她听着他在自己的耳边不厌其烦地说着些什么，他的声音就像是有魔力一样，渐渐地，她觉得自己的灵魂也好像从脱离掌控的崩溃边缘被一点一点地拉了回来。

在她听到他说，她刚刚看到的都不是真实的，爱她的人永远不会吝啬对她的笑容时，她觉得自己已经快要回到现实了。

她想和面前这个让她感到信任的男人确认，到底什么才是真实。

在他垂眸亲吻她手心的那一刻，在他告诉她，他喜欢她的那一刻，她终于从幻境里出来了。

歌琰眼睫颤抖着，看着握着她手的蒲斯沅。他正专注地看着她，她和他对视着，刚刚陷入幻觉中迷离的眼眸也已经彻底恢复了清明。

寂静的镜子迷宫中，她轻敛了眼眸，从蒲斯沅轻握着自己的手掌里，慢慢地将自己的手给抽了出来。

歌琰的指尖轻轻地落在了他的眉心，慢慢滑过他的额头、眉间、挺直的鼻梁……最后，停留在了他好看的嘴唇上。

世人常说薄唇的男人也薄情，常人眼中的他，也确实冷厉果决。她最开始也觉得他不像个凡人，甚至以为他根本没有正常人的情感。但是，她现在才知道原来自己错了。

她看到了他这副冰冷的皮相下，骨子里最深沉的温柔。这份温柔是常人都无法拥有，也无法做到的，是他对这个世界最澄澈的善意和不求回报的守护。

现在，他将他心底深处最浓墨重彩的那一抹温柔给了她，那抹温柔的名字叫作喜欢。

他喜欢她，就像她喜欢他一样。这不是幻觉——他们真的对彼此产生了同样的情愫，这种情愫此前从未在他们的人生中出现过。

它无法抑制，疯狂蔓延；熊熊燃烧，炙热蓬勃。

当她的手触到他的唇间，感觉到他嘴唇的柔软时，她本能地一抖，才觉得自己做的动作有些过火了，想要将手抽回来。可她发现，她抽不走了。

他竟然抬手扣住了她的手。在她的注视下，他微微张开嘴伸出了舌头，轻轻地舔了一下她的手指。

他半垂着眼眸，神情专注又平静，仿佛是在做一件再正常不过的事。

歌琰整个人都变成了粉红色，饶是脸皮厚如她，都有些受不住这个阵仗了。

歌琰涨红着脸，用力地将自己的手从他的手掌里抽出来。

她喘了两口气，磕磕巴巴地抖着手指着他："蒲斯沅！我现在已经清醒了！你以为我还神志不清吗？你就这样占我的便宜！"

他看了她一眼，语气淡淡的："我哪里占你便宜了？"

她羞恼得连声音都变调了："你这还不是在占我的便宜？！"

他摇了下头，将她指着自己的手指抓进了手心里，扣到了手掌里握紧："你刚刚不是分不清现实和幻觉吗？我这是在帮你确认现实。"

歌琰都被这人的义正词严给惊到了："你在现实里还会这么干？"

就他刚刚这把操作，她连做梦都不敢这么做。

谁知，蒲斯沅低笑了一声。

他勾了下唇角："我在现实里会干的，可绝对不止这个。"

轰，歌琰的脑子直接就像烟花似的炸开了。

蒲斯沅总算是放过了她，转身牵着她的手离开了迷宫的第一条死路。

歌琰刚刚才脱离幻境，又受到了那么大的"刺激"，还有些没缓过神来。她就这么亦步亦趋地跟在他的身后好一会儿，才后知后觉地开口问道："我刚刚……是不是把你撞得很疼啊？还有你的肩伤，又开始出血了，我帮你重新包扎一下吧。”

“时间紧迫，等出去之后再处理就好。”他没回头，只是淡淡地回了一句，“撞我总比让你去撞镜子要好。”

歌琰心下一暖，对他说了一声“谢谢”。他没有回话，牵着她的手却不由自主地紧了紧。

两人走到了迷宫的另外一条岔路上，蒲斯沅边走边在观察迷宫，置放微型定位器，歌琰则问他要了一包粉末，洒了一些在他们经过的道路转角作为标识。

又走过了三个死胡同之后，歌琰在回过头去看蒲斯沅的时候突然眯了眯眼，一把拽住了他的胳膊。

“怎么了？”他神色不变，平静地侧目望向她。

“不是我怎么了。”歌琰的脸色少见地变得很紧绷，“是你怎么了？”

虽然他刚刚和她一起探索迷宫的这段时间，所有的言语和行为看上去都非常正常，可是她仔细一看却发现他的额头上竟然布满着细密的汗。

如果不是她的错觉的话，他的眼神已经渐渐地开始失去焦点了。

她问完这句话后，蒲斯沅的脚步便顿在了原地。歌琰紧紧地拽着他的手臂，眼睛一眨不眨地盯着他，一副要是他不给出真实的答案，她就和他死耗在这儿的模样。

半晌，蒲斯沅动了动唇，想要说句什么，然而歌琰却抢先一步，直接伸出一根食指抵在了他的唇间，没好气地说：“你要是敢说没事，我就当场打断你的腿。”

她凶巴巴的语气听在他的耳里，非但没有起到半点儿威吓和震慑的作用，反而还显得十分可爱。

蒲斯沅知道她是在担心他，只是叹了口气，动作有些缓慢地去触摸她的手。歌琰发现，这个这么简单的动作，他竟然做得有些吃力。

他将她的手捏在自己的手心里揉了揉，又低下头去亲了亲她的手背。

“没什么大事。”他放下她的手，顿了下，低声道，“只是暂时有些看不清，听不清罢了。”

歌琰的整颗心已经完全揪紧了，如果他嘴上说的只是轻微程度的看不清和听不清，那么现在的实际情况，一定比他说的要严重十倍都不止。

“你说明白，到底是多么严重的看不清和听不清？”她仔细地观察着他的神色，“这一剂药剂竟然还能产生不同的副作用吗？”

对她来说药剂通过幻觉驱使她做出一些违背理智并导致危险的事情。而落到他的身上，竟然变成了剥夺视力和听力。

不对，等一下。

她仔细地看着他的脸，从衣服口袋里摸出了自己随身携带的一支药膏，将它凑到了他的鼻间。这支药膏的气味很浓郁，只要一凑近，必然就能够闻到药膏的味道。

可蒲斯沅就这么眼神没有焦点地看着她，什么都没有说，仿佛根本没有闻到药膏的味道。

“蒲斯沅。”她收回了药膏，一字一句地问他，“你的嗅觉和味觉是不是也开始丧失了？”

他没有回话。

过了好一会儿，他才慢慢地开口道：“你刚刚有说什么吗？可以再重复一遍吗？”

歌琰咬了下牙，她突然朝他走近了一步。

如此近的距离，她就这么半合着眼眸，微微踮起脚尖，在他的脸颊上落下了一个轻轻的吻。

这个吻轻得如同羽毛。可是，她的唇瓣也是货真价实地落到了他的脸颊上。唇间的温度从他的皮肤上渐渐蔓延开来，像是湖面上绽开的水花。

这本该是个浪漫又暧昧的举动，可当她睁开眼睛的时候，蒲斯沅却仍一动不动地站在原地，连一星半点儿的反应也没有。

他像是根本看不到，也根本感觉不到她刚刚做了什么。

“蒲斯沅。”歌琰面色凝重地放大了声音对他说，“你知道我刚刚对你做了什么吗？”

他静静地伫立在那里，没有一丝一毫的反应。

她的猜测被验证了，他被那半支药剂剥夺了五感。他看不到她，听不到她说话，闻不到任何味道，甚至被她触碰也无法感知。

也就是说，这个在所有人眼里都无所不能的人，此刻正独自置身于完全的黑暗空间之中，他没有办法给予外界任何的回应，也没有办法接收任何来自外界的讯息，他变成了黑暗中的沧海一粟。

这比她刚刚遭遇的幻境要可怕上千万倍。

只是，即便身处在如此的绝境之中，他的脸上还是没有表现出任何的惊慌失措。

蒲斯沅在原地站了一会儿，开口道：“歌琰，你不用太担心我，接下去就按照你自己想做的来做就好。

“只是很抱歉，我现在变成了你的累赘。如果遇到任何紧急情况，你只管逃生就好。”

说完最后一句话，他还微微地勾了下嘴角。

歌琰咬着唇，眼眶已经红了。

他没有办法听到她的回应，甚至都不知道她身在何处，但他却依然如此平静地说出了这些。他非常相信她，是那种即便被剥夺了五感，即便被这个世界隔绝，依然毫无保留的信任。

“好。”歌琰将眼眶里的那股涩意逼退回去，即使知道他已经听不到了，还是自顾自地说着，“蒲斯沅，我绝对不会扔下你的。

“今天要离开这里，就必须是我们两个人一起离开。”

她大步走到了他的跟前，从他的身上找出了剩余的绷带和止血喷剂，以最快的速度帮他处理了一下愈加触目惊心的肩伤，之后轻轻地拉住了他的手，带着他往迷宫的下一个路口大步走去。

蒲斯沅虽然五感几乎都消失了，但停顿了几秒后，他就这么安安静静地被她牵着手，跟着她继续向前走去。

在没有任何知觉的前提下，歌琰不知道他究竟是怎么能够做到像现在这样的。他表现得极其安静和配合，没有焦虑地问过她一句话，也没有自顾自地崩溃乱走，他甚至像是还残留着一定的听觉一样，在她停下脚步观察四周的时候，也停下脚步在原地静立。

歌琰很担心他，但是也明白药效应该是有时效性的，越快带他离开这里，他就能越快得到救治，甚至像她脱离幻境那样自然恢复到正常状态。

他的肩伤也变得越来越严重了，所以她几乎一秒都不停歇地在寻找着迷宫的出口。

一路上留下了粉末和微型定位器，当她看到他们经过第一个路口留下的那个定位器标识的时候，她知道他们已经把整个迷宫都走遍了。

这么大的一个迷宫，她硬生生带着他在两个小时之内走完了。

微型定位器的所有讯号都集中收集在了他的手机里，她从他的衣服口袋里摸出了手机，用他的手指解了锁。

虽然在这种时候产生这样的想法不太好，但是歌琰看了一眼乖乖站在原地的蒲斯沅，心里想着他就这样任由她摆弄，这种感觉实在是有点儿好。

可能蒲斯沅这一辈子也就只有这么一次会这样“任人鱼肉”，想到这里，她忍不住对着他做了一个鬼脸。

谁知道，已经很长时间都没有说过话的蒲斯沅冷不丁地开口了。

他那让人透心凉的声音响起在她耳边时，歌琰还以为自己幻听了：“你现在笑得有多开心，等我五感恢复之后，你就会哭得有多惨。”

她一动不动地看着他，大张着的嘴巴连合都合不拢。她做梦都想不到，竟然会有人在五感全失的时候，还能够威胁人威胁得那么顺畅又理直气壮的！

最后她咬牙切齿地瞪了他一眼，选择无视他的威胁，低下头去继续摆弄他的手机。

现在他完全没有办法帮她，也不能给出任何建议，在这个镜子空间里，只有她的判断和决策才能够引导他们走向生路，而这里也是八度空间中最关键的密室。

歌琰整颗心都静了下来，她仔细地分析着上面显示的微型定位器坐标。

在进入八度空间之前，她一直都是独自去面对困境的，只是自从认识了他之后，她总会习惯性地想去倾听他的意见和决策，甚至想要依赖他，相对地她自己也就没有太过于主导整个流程了。他现在这样的情况，却让她恢复了平日的模样自己掌控整个局势。

她看了一会儿坐标，有了一个大胆的猜想。他们将迷宫中所有的路都走遍了，到处都是死路，有没有可能这个迷宫的出口并不在迷宫延展的外面，而是在迷宫的里面？

如果她没有看错的话，所有微型定位器放置的点，最终连线组合在一起，好像拼成了一个字。这个字从古至今让许多人为之着迷，它会点燃人类贪婪的欲望，让人类为之失去理智，失去自我。

没错，这个字就是宝，宝藏的宝。

她又盯着他的手机看了一会儿，决定按照自己的猜想行动。

这个宝字最重要的核心部分就是右下角的那一点，而那个点也代表了藏宝之地。也就是说，在宝字顿点处就是最终能够让他们逃脱这里的出口。

时间紧迫，现在距离密室的倒计时停止只剩下最后一个半小时的时间。歌琰拽了蒲斯沅好几下他才移动了步子，跟着她一起往那个宝字的顿点所在地走去。

到了顿点的位置，她让蒲斯沅站定在旁边，自己直接趴在了那块放置着微型定位器的地面上。她将耳朵贴在那块地面上，仔细地去听，还用手指轻轻地去敲击那块地面——里面绝对有东西。

她一跃而起，从身上掏出了枪，对着那块地面的四周就是“砰砰”几枪。魅影组织的枪支都经过了特殊的改造，火力比起普通的枪支要强上不少，这四枪下去，这块地皮就有些摇摇欲坠了。

歌琰一脚将那块地皮掀开，如她所料，下面出现了一个精密的大型装置。那个装置看上去像是一个升降机，只是打开升降机的门把上，放置着一个密码锁的装置，上面有整整八个英文字母，又是字谜。

歌琰闭了闭眼，叹息了一声。她盯着那八个英文字母看了一会儿，又回头看了一眼蒲斯沅。她想起他在之前的密室里对她说过的话，他希望她从现在开始可以相信自己，她不仅仅是幸运的，她也拥有在逆境中改变自己命运的能力。

而且即便是判断错了，也有他给她担着。

这么一想，她就觉得，好像什么问题都能迎刃而解了。无论她在心里做了什么决定，无论她最终怎么做，都有这样一个人愿意在她的身后，充当她最强大的靠山。

他像是给她凭空套上了一层坚硬的盔甲，而这件盔甲，是用他的信任和温柔做成的。

“蒲斯沅。”她低下头看着那串密码，也没指望他能听到，就这么自顾自地说着，“就算解错了，咱俩今天都交待在这儿了，你也别怪我。

“这全都是你惯出来的，因为你，我才会自信心膨胀到觉得自己足够幸运、无所不能。”

歌琰没有看到，在她说完这句话后，原本站在她身后不远处眼神毫无焦点的蒲斯沅，眉头似乎几不可见地挑了一下。

歌琰看着那八个英文字母的密码，脑子里在一瞬间闪过了很多可能的答案。

如果说密码是和这第八间密室有关，那么镜子的英文 Mirror 和迷宫的英文 Labyrinth 都不满足八位字母的条件。

她注视着那个密码锁，觉得自己或许可以尝试换一种思路。在她试图破解欧赛斯给的那串数字坐标的时候，也是因为思维定式，久久没有解出来那行简单的字谜。

如果说，这个最终密码和他们之前经历过的每一间密室里的关键线索都有关系呢？

那么，按照密室的顺序——

第一间的死亡之墙：墙壁 Wall；第二间的棋盘深渊：棋盘 Chess；第三间的火热温度：热 Hot；第四间的冰库降温：冷

Cold；第五间的瓷器选择：瓷器 china；第六间的水池惊魂：水 Water；第七间的化学药剂：化学 Chemistry；再加上最后这里的镜子迷宫：镜子 Mirror。

Wall，Chess，Hot，Cold，china，Water，Chemistry，Mirror。这八个英文单词的首字母组成了一个没有规律和意义的全新的英文数列 WCHCcWCM。

最后的破局密码，会是这个吗？

歌琰默读着脑中的那八个英文字母，弯下腰，轻轻地用手指触碰上了那个密码装置。

几乎是下一秒，整个镜子迷宫里回响起了一道机械的声音。

“你只有一次机会输入这个密码，输入正确，能离开这里；输入错误，密室中会开始释放致命毒气。”

她转过了头，回头的那一瞬间，她不由得愣了一下。之前一直站在镜子墙边的蒲斯沅，不知道何时竟然到了她的正后方。

他朝她伸出了手，歌琰怕他找不到自己，几乎是立刻将自己的手递了过去。两只手触碰到的那一瞬间，他的手微微一使力，直接将她拉进了他的怀里，他结结实实地拥抱住了她。

歌琰靠在他的胸膛前，听到了自己震耳欲聋的心跳声。因为紧紧地靠着他的缘故，她也能清楚地听到他此刻的心跳。

她伸出手，在他的胸膛前点了一下，嗓音有些发干：“你知不知道你现在的心跳好快。”

“有多快？”

她没料到他会这么回答：“反正就是很快。”

他低低地笑了一声：“那我们彼此彼此。”

如果说在之前所有的密室里，那些点点滴滴细小的暧昧算是铺垫的话，那么到了这一刻，他确确实实地抱住她的这一刻，那颗在她心中的种子已经彻底长成了参天大树。

那些已经深深埋入她脑海之中，最危险也是最深层次的贪欲，已经发酵成了对他炙热的渴望。

在她为了破解密码，回想起他们一起经历过的八间密室时，她发现，他对她说的每一句话，为她做的每一件事，都已经深深地烙印进了她的心底。

他在死亡之墙来临时挡在她的身前，他在棋盘深渊里故意骗她自己要掉下去，他在冰火密室里因为找不到她而焦急和朝她伸出的温暖的手，他在瓷器密室里鼓励她试错、为她负伤，他在水池密室里落在她额头的亲吻，他在化学密室里和她分享了那一剂药……

以及，他在她面临幻境时，将她从悬崖边硬生生地拉了回来。

歌琰抬起头盯着他的脸庞："蒲斯沅，你的五感全都恢复了吗？"

蒲斯沅淡淡地说："大部分，还差一些，基本可以当作恢复了。"

她敏锐地眯了眯眼："那你是从什么时候开始恢复的？"

这关系到她对他做过的那些事情，说过的那些话，他究竟有没有听到、看到和感觉到。

蒲斯沅的脸上闪过了一丝可以称得上是微妙的表情，如果言锡他们在，一定会惊讶于他们不苟言笑的老大脸上还能够出现这么丰富的表情。

所幸，这道送命题他不需要现在立即回答，整个迷宫开始响起了二十分钟的倒计时逃脱警报声。警报声震耳欲聋，贯穿了整个地下空间。

歌琰暂且先揭过了刚刚那一茬，从他的怀抱里挣脱了出来，回到了升降机装置前。在她要伸手去输入密码的时候，她再次回过头，仿佛要确认一般看向了身后的他。

蒲斯沅注视着她的目光如常般沉静，在看到了他的眼神之后，她突然就有把握去按下刚刚想出来的那个密码了。

即便只有一次机会，即便过去的那么多年她总是和幸运失之交臂。但是，今天他在她的身后，她觉得自己一定可以被幸运之神眷顾。

歌琰从来没有这么相信过自己，在按下确认按钮的下一秒，她看到面前的升降机装置的大门陡然朝外弹开了！

这意味着她成功了，他们可以离开这里了。

蒲斯沅看着她脸上兴奋的表情，弯了下嘴角。

门弹开之后，升降机便自动从原地升了起来，上面有一块小小的平地，可以容纳一个人站立，平地前则有一个操控升降机的把手装置。

距离密室释放毒气还剩下最后十分钟，歌琰一只脚刚要踩上去，又把脚给收了回来。

她转过身，示意蒲斯沅先上去，在警报声中大声地对他说："你先上去，我要去做一件事情。"

蒲斯沅也提高了说话的音量："你去做，我在这儿等你。"

歌琰看了一眼升降机装置，耸了耸肩："我觉得你如果不立刻站上去，这个装置可能会自己自动往上升，到时候我们谁都走不了了。"

蒲斯沅平静地"嗯"了一声，只是说道："去吧。"

歌琰知道他心里有分寸，于是也没再说什么，转身就往镜子迷宫的入口拔腿跑去。

蒲斯沅目送着她的身影消失在层层叠叠的镜子中，目光里含着一丝淡淡的笑意。他已经知道她要去干什么了，这确实是她会想要做的事，也只有她会这么做。

密室里的警报声依然没有停止，距离释放毒气还剩下最后五分钟，歌琰还没有回来。

蒲斯沅扫了一眼那个升降机装置，从腰后取出了绳索，将绳索的一头牢牢地扣在了升降机的把手装置上。

最后三分钟，歌琰的身影依然没有出现。蒲斯沅的眸色动了动，转过身在升降机的把手装置上操作了一会儿，升降机被启动了，开始缓缓往上升。

同一时间，整个地下空间的最顶端，有一块区域的板子开始慢慢移动起来，这个密闭空间外的世界渐渐显现出来，那是八度空间的出口。

随着出口完全打开，他的头顶出现了黎明的天空！

还有两分钟。

蒲斯沅定定地看着歌琰消失的方向，他看到在迷宫的入口处隐隐约约地传来了巨大的火光和烟雾。

他的一只手牢牢地抓着绳索，随着火光和烟雾的渐渐逼近，远远有一个熟悉的身影在朝他冲刺而来。

而她的身后是冲天的火光，那些火在她的身后越烧越烈，仿佛一条巨大的火龙卷着火舌汹涌而来！

升降机此时已经上升到了一个无法攀爬的高度，蒲斯沅手里的绳索渐渐被往上拽去，他冲着歌琰过来的方向抬起另一只手。

同一时刻，歌琰也冲到了他的近处。因为狂奔的缘故，她整个人都被汗浸湿了，再加之在与火赛跑，她的脸上还有些黑漆漆的印子，显得她多少有些狼狈。

但她整个人的身上，却呈现出了一种在常人身上罕见的气质，那是只有在生死线边缘打滚过无数次，才会拥有的战士的无畏和洒脱，还有一丝她独有的疯劲儿。

她在逃离密室的生死倒计时时，选择回到之前的第七间密室，拿起那里的火把，将这整个八度空间都点燃烧尽。她不想让欧赛斯在他们离开之后，再用这个所谓的游戏空间去戏弄其他人了。

在蒲斯沅的脚快要完全脱离地面的那一刻，歌琰终于来到了他的面前。她脚步不停，一只手抓住了他伸过来的手，整个人直接朝他扑了过去。

而蒲斯沅一只手紧紧地拽着绳索，另一只手牢牢地将她接了过来，扎扎实实地把她摁进了自己的怀里。

就在他们两个随着升降机离开地面的那一刻，那条火龙也已经迎面而来，将他们两个刚刚站着的地方吞噬了进去！

火光冲天，那条火龙宛如一辆脱轨的列车一般，将整个八度空间都完完整整地裹入了自己的腹中。

热烈的火焰呼啸而上，即使他们已经随着升降机升到了半空中，还是能感觉到下面蓬勃的热量。

歌琰在蒲斯沅的怀里，一言不发地看着下面的那片火海，似乎是对自己的所作所为很是满意。然后，她将视线转向了这个稳稳地搂着她的男人脸上。

蒲斯沅也一动不动地看着她。

偌大的空间里，他们俩就像一艘小小的帆船，在火海之上，离那片黎明的天空越驶越近。他的眸光在黎明天空的照射下，仿佛囊括了世间万色。

歌琰刚想要说句什么，就听到他开了口："想知道我是什么时候恢复五感的吗？"

她眸色一动，咬着唇，轻点了下头。

"让我想想。"他不慌不忙地说，"应该比你说我把你惯得自信心膨胀要更早一点。

"噢，我看到了你对我做鬼脸。

"你说今天绝对不会抛下我独自逃生，我也听到了。"

随着他一字一句地说着，歌琰的眼睛也越瞪越大。

升降机升得越来越快，他们也已经逐渐靠近了地下空间的出口处。黎明的光相继落在了他们两个的身上，将他们都完完整整地暴露在了日光之下，那是他们盼望已久的光明。

“有一件事，在你偷亲我的时候，”他顿了一下，“我就想对你做了。”

歌琰脸色都变了，她刚想开口大骂，他这个骗子是不是根本就没有五感尽失过，全程都是装模作样骗取她的担心时，就看到他的脸颊离自己愈来愈近。

直到最后，他们的脸颊之间再也没有一丝空隙。在他们彻底地离开地底空间，回到地面的那一刻，蒲斯沅微微偏过头，鼻尖抵着她的鼻尖，直直地朝她的唇角吻了过来。

他眼眸微合，吻得很温柔，也吻得很炙热。

歌琰感觉到他温热柔软的唇瓣吻住自己的那一刻，脑子里只有一个念头，原来他并不冰冷淡漠，原来他的吻是这么热烈又浓郁。

唇齿相依，难分难舍，那是他们对彼此的贪欲，也是他们对彼此的渴望。还有从他们在黎市第一次相见时，就已经埋下的花的种子。

今天，这朵花终究在命运的火光中傲然盛开。这朵花的名字，叫作爱情。

他在黎明中，心无旁骛地亲吻着他的爱情。

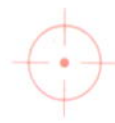

升降机在升到一定高度的时候，自动停了下来，而他们的唇瓣依然紧密地贴在一起。

歌琰感觉到了强烈的日光洒在自己眼皮上的时候，终于从这个让她快要喘不上气的吻里退开了。

她对着蒲斯沅挥了挥拳头：“蒲斯沅，你这个大骗子。”

蒲斯沅的眼眸半合，眼底有一丝淡淡的笑意流淌过，带着他一贯独有的冷调的性感。

只是，他此刻说出来的话却一点儿都不冷：“我的味觉还没有完全恢复，所以我在确认。”

歌琰还没有反应过来他究竟在确认些什么，他就再次吻了过来。这一次，他吻得更深，也更用力了一些。

歌琰刚刚才纵火加千米疾跑过，实在是挡不住这么接二连三的刺激。她觉得再这么亲下去自己就要窒息的时候，才好不容易从他的吻里挣脱开来。

她红着脸，没好气地瞪他，可她的眼睛里还残留着刚刚因为接吻时勾起的情愫，这么一瞪，非但起不到半点震慑的效果，还有点儿撒娇的意思：“我能信你就有鬼了。”

蒲斯沅轻轻地勾了下嘴角，目光在她泛着水光的嘴角点了点：“嗯，恢复了，是甜的。”

她连耳根都红了，他的意思是——他们的吻是甜的，她的嘴唇也是甜的。

歌琰是真的觉得自己见了鬼了，谁敢相信蒲斯沅能说出这种话？整个特工界性子最冷的人！被人称为根本不具有正常人类七情六欲的蒲斯沅！一个母胎单身的人，竟然能让初吻苏成这样？

他是怎么无师自通的？难道天才就是这样，在接触一个之前二十几年都从未踏进过的领域之后，可以用一天的时间就把这个技能点到满级吗？

就在歌琰在心里对着他提出灵魂质问的时候，她的目光不经意地朝旁边一瞥，当场就石化了。

在他们进来的这个工厂的正前方，此时停着十几辆车，全部都是魅影组织的车。在这些车前，站着一大片魅影组织的特工、后勤人员以及医护人员。

也就是说，刚刚她和蒲斯沅当着这帮人的面，旁若无人地接了一个吻。不对，不止一次，他们接了两次。

一向以厚脸皮著称的歌琰心态当场就崩了。她，一个天元局的通缉犯和魅影组织之光、特工界的金字塔亲在了一起。

如果是暗暗地也就算了，他们刚刚可是当着所有人的面示范了一遍亲在一起的意思——甚至可能连魅影组织的局长老卢克也通过言锡他们的摄像设备，看了个完整的现场直播。

她以后还要不要做人了？！

蒲斯沅感觉到了怀里的人浑身僵硬，朝她看着的方向看去，但他的脸上并没有出现半点儿惊慌失措，就和看到了一堆草木是一样的表情。

毕竟，带着歌琰从魅影组织离开的时候，他就将这里的坐标发给了言锡，也有心理准备言锡会带着人过来接应他们。

他不是想要在所有人面前秀恩爱，但真的被大家看到了，他也没有任何心理负担。说起来有点儿让人不敢置信，作为始作俑者，他却是全场最平静的一个人。

站在大部队最前面的人是孟方言、言锡、童佳和徐晟，在他们的身后，魅影组织的众人全都已经疯了。

他们原本设想的情节是——自家老大英勇无比地从地下空间里逃脱，身边带着一个奄奄一息的火吻，整个情景看上去很悲壮又充满着英雄豪情。

可事实却是——他们那位有着情感障碍、向来对女人敬而远之的高岭之花，竟然在逃离密室的紧要关头，怀里抱着一个女人，并在光天化日之下和对方旁若无人地接吻。

而且最可怕的是，这个女人的名字叫作火吻。

如果不是他们精神出问题了，这种事怎么可能会在现实中发生呢？！

整片土地静得连一片树叶掉落在地上的声音都听得见。

心态同样崩盘的歌琰和这些一动不动地注视着她的人们目瞪口呆地对视了一会儿，言锡手里拿着的通信器和水瓶，“砰”的一声砸在了地上。他旁边的童佳腿一软，跟着直接半跪在了地上。

徐晟算是最稳重的一个了，但他的身体也不由自主地打了个晃，最后是借着身后的车，才勉强稳住了自己的身形。

站在最前面的孟方言听到了他们的动静，回过头朝身后看了一眼，嗤之以鼻地笑道：“瞧你们这点儿出息。”

在歌琰还傻愣愣的时候，蒲斯沅已经一个箭步带着她跳到了平地上。他收回了扣在升降装置上的绳索，无比自然地拉过歌琰往言锡他们的方向大步走去。

言锡看着他们十指相扣，又侧过头看了一眼他身边半跪在地上的童佳，整个人也跟着软了下去。

等蒲斯沅走到他们的面前时，孟方言抬手拍了一下他的肩膀，勾着嘴角笑道：“不愧是你。”

在他们出发去亚特兰大的路上时，孟方言就通过电话寄予了蒲斯沅“希望你从亚特兰大回来的时候就不是母胎单身了”的厚望。

结果，蒲斯沅不仅完成了既定目标，还超额完成了。

蒲斯沅被孟方言夸奖，也丝毫没有谦虚的意思。相反，他和孟方言意味深长地说了一句：“我是不会重蹈你当初和静姐分开两年的覆辙的。”

刚脱离母胎单身就敢嘲讽他的恋爱经历，这小子是不是想上天？

被踩了尾巴的孟方言磨了磨牙，转头就对言锡他们说：“有谁现在想要动手揍你们老大的吗？有我在这儿给你们撑腰，尽管上。”

谁料和童佳一同半跪在地上的言锡看着孟方言，幽幽说道：“我身上现在没力气，打不动。”

童佳的声音轻飘飘的：“我打不过。”

徐晟干脆没说话，举了举双手。

孟方言气结，立刻道：“赶紧叫老卢克过来，他有力气。”

言锡面无表情地举起了掉在地上的通信器：“刚刚小蒲他们出来的时候，卢克就把通信器给挂断了，我让人去办公室找他了，不知道是不是心梗了。”

还没等孟方言再说句什么，始终在装隐形人的歌琰在众目睽睽之下从蒲斯沅的身后走了出来。

她的神色还是有点儿僵硬，但故作镇定地对孟方言他们说：“能麻烦医护人员先过来一趟吗？这位朋友受了点伤。”

在说“这位朋友”的时候，她指了指她身边的蒲斯沅。

童佳看到蒲斯沅肩膀上在往外冒血的狰狞伤口，从震惊中回过了神，她赶紧连滚带爬地去后面叫医护小组的人过来了。

蒲斯沅侧过头看了歌琰一眼，薄唇轻启：“朋友？”

她愣了一下，反问道：“那该叫什么？”

他看着她，旁若无人地纠正她：“你少叫了一个字。”

歌琰知道了他在打什么主意，她羞恼交加，哪能就这么顺利地如他的愿，张口就说道：“女朋友？”

“你别这么看着我。”她耸了耸肩，一脸坏笑，“当时你扮演女装大佬的时候艳压四方，能有你这样的女朋友，我可实在是脸上沾光啊！”

孟方言在旁边毫不掩饰地“扑哧”笑出了声。

蒲斯沅上前一步，将她和自己之间的距离拉得极近，几乎是贴着她的额头在说话：“你是要我在这里，再确认一次我的味觉究竟恢复了没有吗？”

歌琰一听到“味觉”这两个字，神经就紧绷起来，她大跨步往后退，面红耳赤地指着他说道：“我警告你，你离我远点儿。”

蒲斯沅耸了耸肩，平静地注视着她：“你叫我什么？”

歌琰死咬着牙，就是不肯叫他一声“男朋友”。开玩笑，她都已经当着整个魅影组织的面被迫秀过恩爱了，现在还要她继续这样当众说肉麻话，砍了她的头她都不愿意。

终究是道高一尺，魔高一丈。等童佳带着医护小组赶过来，要把蒲斯沅送上救护车的时候，蒲大佬却站在原地像耳朵聋了一样。

童佳看着他的伤口，急得不行：“老大，你赶紧上车，你这肩伤再不治绝对要留疤的！”

蒲斯沅的目光紧紧黏在歌琰的身上，充耳不闻。

童佳一掌拍上依旧虚弱的言锡的肩膀，压低声音问他：“老大在干吗呢？”

言锡扶着额头，幽幽地叹了一口气，转身就要上车：“调情……我实在不能再在这儿待下去了，我真的要吐了。”

童佳抓了抓脑袋，一脑门儿问号。

歌琰本来想和某人死磕，但他的肩伤看起来很严重，还是不忍心在这种时候和他继续耗下去了。

她没好气地低低咒骂了一句，拽过他的手臂就往救护车走：“你别磨蹭了……男朋友。”

因为害羞，最后三个字她说得又快又轻，几乎都变成了一串儿气音。但蒲斯沅还是完完整整地听在了耳朵里，他勾了下嘴角，顺从地被她拖着上了救护车。

等目送着他们俩上了车，留在原地的孟方言他们也准备返回魅影组织基地。在这股满满的恋爱的酸臭味中，言锡“嘭”的一声把车门摔得震天响。

童佳脸色僵硬地看向孟方言：“方言哥……我这一辈子第一次知道原来老大能听话成这样，歌琰姐可太牛了。”

孟方言因为受到蒲斯沅的刺激，忍不住摸出手机给祝静发消息求老婆的安抚，头也不抬地回童佳：“可以改口了，等会儿回去你要是不叫火吻嫂子，我怕你们老大要抽你。”

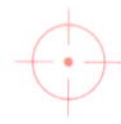

歌琰和蒲斯沅所在的这辆救护车的车厢里，除了他们两个人之外，就只有另外两位医护人员。

歌琰在一旁安静地看着医护人员娴熟地帮蒲斯沅处理着肩膀上的伤口，伤口因为浸过水又没有及时医治而有些恶化，理应很疼。

可某位受了伤的人却在医治的全程中都得面不改色，甚至连半声闷哼都没有，目光始终落在她身上。不知道的人，还以为受伤的人是她。

等处理完蒲斯沅的伤口，这两位医护人员从原地跳起来，瞬移般地坐到了车厢里离他们俩最远的那个角落，眼观鼻，鼻观心地低头看地板。

歌琰无语地看了一眼全程没有和他们进行过眼神交流的医护人员，又看向已经起身要坐到她身边来的蒲斯沅，递了个幽怨的眼神过去。蒲斯沅收到那个眼神，却当作没有看到一样。

歌琰没好气地瞪了他一眼，小声道：“你刚刚一直看着我做什么？看我就能让你的伤口变得没那么痛了吗？”

他取了一旁的湿巾纸，把她的脸上因为之前纵火留下的黑印子仔细擦去，慢条斯理地应了一声：“嗯。”

歌琰看着这张在自己眼前无限放大的俊脸，觉得自己现在比在八度空间里时都要头昏脑涨。他给她擦脸的动作实在是太温柔了，自从爸爸妈妈离开之后，已经很久都没有人这样对待过她了。

对于一直游走在生死线的她来说，这种温柔就像是罂粟，明知不能太过沉迷，可依然会让她沉溺到不可自拔。

歌琰百感交集，喉咙也有些发干。她有些不自在地把自己的发丝别到耳后，语气里带着一丝根本不具有什么威慑力的威胁：“你能不能悠着点儿。”

蒲斯沅将擦过的湿巾纸扔进了一旁的垃圾桶，眸色轻闪：“我悠着点儿什么？”

偏偏这人说话的时候，语调虽然还是冷冰冰的，可语气里总带着几分只有她才能听懂的暧昧，惹得她只要一听到他在自己耳边说话，就会不自觉地心跳加快。

歌琰深深吸了一口气，别过了微微发热的脸：“你行行好，让你的组员们多活几天。”

她是真的怕言锡他们被他这样接二连三地强行喂狗粮下去，迟早会受不了。

谁知蒲斯沅听完她的话后，连眼皮也没抬：“多锻炼锻炼，他们也就习惯了。”

歌琰的嘴角抽搐了一下，行，算你狠，谁让你是老大。

没等她再说什么，蒲斯沅低低地咳嗽了一声。

他似乎是有些犹豫究竟该怎么说这句话，轻抿了一下嘴唇，说话时居然罕见地有一丝不自然：“毕竟，我之前没遇到过喜欢的人。”

歌琰感觉自己的心脏都要从嗓子眼儿里跳出来了。

他的意思是——他之前对女性敬而远之，独身至今，并不是因为他不会爱，而是因为他一直都没有遇到能够点燃他对男女之情渴望的那个人。

“如果严谨一点，这句话可能需要更正一下。”他顿了顿，深深地看了她一眼，“我很早以前就已经遇到了会喜欢的那个人，但她当时离开了。而现在，她再次出现在我的面前，我终于可以切实地拥有她了。”

他伸出手，轻轻地落在她的耳垂边，抚了一下她的脸颊，专注地看着她的眉眼：“你迟到了那么多年，我现在想把你抓得紧一些，有什么不对吗？”

他身上从未有任何人见过的炙热，会从现在开始毫无保留地尽数交给她。这是他来之不易的爱情，他不介意让所有人知道他有多么在意和重视。

歌琰看着这张脸，就觉得自己说不出一个“不”字。

他是能让她从束缚里堂堂正正地走出来的人，也是告诉她她能拥有光明的未来的人；他是会在危险时义无反顾地将她护在身后的人，也是会拼尽全力将她从悬崖边上拉回来的人；他是会把她当成小女孩一样担心，会在炼狱前遮住她眼睛的人。

他告诉了她真正的爱和温柔是什么模样，他保护她、疼惜她，他知道她的坚强，也明白她的软肋。

这是她在这个世界上遇到的第一个也是唯一一个和她在灵魂上如此契合的人，她怎么能够不喜欢他？

歌琰叹息了一声，像是彻底屈服于这难以言说的命运。她抓住了他原本轻抚着她脸颊的手，攥进了手掌牢牢握住。

她朝他靠了过去，将下巴搁在了他没有受伤的那边肩膀上。

在安静的车厢里，她靠在他的耳边，一字一句地对他说：“那你抓紧了，永远都别让我逃走。”

蒲斯沅轻勾了下嘴角，侧过脸，在她的鬓角边落下了一个轻柔的吻，低语道：“好。”

等车子停稳在魅影组织的基地，歌琰和蒲斯沅两手紧握着从医护车上走了下来。

直到走进魅影组织总部的大门，看到像松鼠一样在门口兴奋地跳跃张望着的南绍，歌琰才意识到，原来需要保护幼小的心灵的人还有一个。可显然，等她意识到的时候已经迟了。

南绍的眼睛就像探照灯一样，在人群中一眼就看到了他的男神。在他朝着男神一路狂奔的那一刻，他看到了男神手里牵着一个人。

他英明神武高冷到平时连眼神都不多一个的男神，手里牵着个人！而这个人就是他的不靠谱搭档——歌琰。

南绍紧急刹车，他在距离歌琰和蒲斯沅三步远的地方堪堪停下了脚步，目光在蒲斯沅、歌琰，以及他们俩紧扣着的双手上来来回回转了五圈。

在歌琰觉得南绍的眼珠子都快要从眼眶里转出来的时候，就见他气若游丝地对蒲斯沅说：“男神，你是被她绑架了吗？如果她绑架了你，你就朝我眨眨眼，我来救你！”

蒲斯沅还没说话，歌琰先忍不住了，她没好气地翻了个白眼，冲南绍抬了抬下巴：“我就不能是被他劫持的？毕竟我长得那么如花似玉！”

“你别做梦了……”南绍于心不忍地抚了抚额，“我男神对谁动歪脑筋都不会对你动的，我就问一句，你这只凶神恶煞的母豹子，有什么地方值得他贪图的？”

谁料还没等歌琰出手揍人，在旁边观看他们俩表演的蒲斯沅倒先开口了。

他薄唇轻启，眸色平淡地说：“图她整个人。”

在南绍下巴都快要掉在地上的时候，歌琰压低嗓音在蒲斯沅耳边恼羞成怒地说：“你再给我重复一遍？”

蒲斯沅的眼里闪过了一丝淡淡的笑，他拉着她的手走到南绍的面前，不疾不徐地对南绍说：“以后不用再怕她会奴役你干活，有我在，她不敢随意使唤你。”

南绍一看到男神走近，就像小鸡啄米似的点头。

“如果你愿意的话，可以在魅影组织里做我们的技术支持，我会把你的身份都安排妥当。”

南绍激动得快要窒息了：“我愿意！”

蒲斯沅轻描淡写地对南绍说：“还有，别再叫我男神了。”

南绍的眼神在他们两个之间转了一圈，试探性地张了张嘴：“姐，姐夫？”

歌琰快把眼珠子都瞪出来了，身边的人还低低地“嗯”了一声。他腾出一只手轻轻地拍了下南绍的肩膀，似乎是对南绍的觉悟感到非常欣慰。

南绍沉浸在天上掉馅饼的激动中，早就把“自己不靠谱的姐姐和男神怎么去了密室回来以后就在一起了”这件事瞬间抛之脑后。

言锡站在他们身后不远处听完了全程，黑着脸对童佳说：“我不想干了，我现在从魅影组织辞职还来得及吗？”

童佳：“算我一个！”

蒲斯沅带着歌琰进了卢克的办公室。

卢克似乎在看到他们从八度空间出来的那一刻就受到了不小的惊吓，他抚着胸口靠在沙发上，一副出气多，进气少的模样。等见到他们俩牵着手走进办公室，老卢克的瞳孔再次“地震”了一下，干脆躺在沙发上不起来了。

蒲斯沅反手关上门，带着歌琰在对面的沙发上坐下来，自顾自地给歌琰和自己倒了两杯茶。

歌琰看到卢克一副生无可恋的样子，有点想笑，但还是忍住了。可怜的卢克和整个魅影组织的成员，都因为他们俩单独出了一个任务就在一起而彻底“疯”了。不知道为什么，身为肇事者之一，她竟然还觉得这场景看上去挺好玩的。

想到这里，她看了一眼身边这位镇定如山的男人。可能就是因为和他在一起，她才会变得像这样对人生无所畏惧，又饱含期待吧。

蒲斯沅握了一下她的手掌，而后放开，两手搁在腿上看着对面的卢克，沉声道：“你还想装死到什么时候？”

卢克低咳了一声，从沙发上装模作样地坐了起来：“我心脏不太好，经不起刺激，需要缓缓……现在稍微好点了。”

蒲斯沅一板一眼的：“我看过你的体检报告，你没有心脏问题。”

“你个没大没小的东西，别跟孟方言学坏！”

在旁边的歌琰“扑哧”一声笑出了声。

听到她的笑声，卢克也看了过去。局长望着这个年轻明媚的女孩子，沉默了几秒，才正色道：“火吻，你现在……”

没等卢克把话说完，歌琰便大喇喇地用大拇指指了指身边的蒲斯沅，对着卢克笑眯眯地说：“我现在嫁鸡随鸡，嫁狗随狗。”

歌琰的意思已经很明显了，她原本就答应了要和蒲斯沅合作抓捕欧赛斯，现在她既然跟蒲斯沅有了比战友更深层次的关系，无论蒲斯沅要做什么，她都一定会和他站在同一条战线上。这是她给出的承诺，也是她一定会做到的事。

只是没等老卢克发话，有人倒是先坐不住了。蒲斯沅侧过头看向她，神色淡冷地说：“谁是鸡，谁是狗？”

歌琰笑吟吟地看着他，咧着嘴说：“你。”

被指认成鸡和狗的人却没有半点被冒犯的不悦，相反，她刚刚那个“嫁”字一出来，他如冰霜般的脸色就变成了春风拂面的神情。

蒲斯沅沉默地认下了自己的新身份，将脸转了回去。

被迫当面吃了一口狗粮的卢克差点掀桌而起大骂，最后还是咬碎了牙吞进肚子里：“也不是不行，就是……”

毕竟特勤能力超强的火吻，对于魅影组织缉捕欧赛斯绝对是如虎添翼般的存在，再加上现在这两个人的特殊关系，他于情于理都说不出不让火吻加入他们这句话。

“天元局那边如果发话，我自然会去处理的。”眼见卢克松了口，蒲斯沅慢慢说道。

卢克斟酌道：“火吻现在还在天元局的重点通缉档案上，没有办法像南绍一样以巧力转到魅影组织这边来。接下来我会给她开特许权，让她能够以合适的身份和你一起行动。”

“谢谢。”蒲斯沅看了身边的歌琰一眼，“这只是权宜之计，等到合适的时机到来，我会让她拥有崭新清白的身份，不需要任何人来帮她作假。”

原本歌琰已经被卢克提出给她特许权的事情惊到了，毕竟卢克根本不了解她，就冲着蒲斯沅，卢克竟然愿意让她在魅影组织安家，这已经让她非常感动了。

她更没有想到的是，蒲斯沅竟然会说这特许权还不够好，日后会让她拥有一个不需要躲藏作假的清白身份。

如果她没有理解错的话，他难道是想将她的名字彻底从天元局的通缉名单上撤下来，为她平反昭雪吗？这是她曾经做梦都想要完成的事，只是后来被现实的残酷打击到几乎放弃了。

这几句话确实对她造成了一定的冲击力，歌琰转过脸，一眨不眨地盯着蒲斯沅，似乎要将他的脸盯出一个洞来。

在她盯着他的时候，蒲斯沅将八度空间里的情况给卢克简要汇报了一下，顺便告诉卢克，他不在的这段时间里，孟方言拿着他留下来的线索，带着言锡他们揪出了魅影组织中两个分别由天元局和欧赛斯派来的“耳朵”。

现在这两名特工已经受到了严格审讯并被关入牢狱等候最终判决，魅影组织的人事管理部门也经过了大换血，严格加强录取特工的流程监控，确保再也没有类似的情况发生。

卢克揉了揉太阳穴，沉声说：“只能说还好天元局和欧赛斯派来的人都埋在了表层，如果埋得更深一些，后果简直不敢想象。”

这两名特工都属于编外人员，不像言锡他们直接听令于蒲斯沅，第一时间能得到最机密的消息，如果是言锡他们这个等级的人叛变，那就是另一番局面了。

蒲斯沅微微颔首：“所以接下去的所有行动，我会将行动方针全部限制于核心小组之内，编外人员会在他们应该知道的时候才得知行动方向。”

和卢克交代完了这些，蒲斯沅便要领着歌琰离开办公室。在他们临走前，卢克出声叫住了歌琰。

老卢克的头发已然灰白了一半，只是岁月能在他的脸上留下痕迹，却无法带走他身上被锤炼多年的英气和果决。

卢克深深地看了歌琰一眼，沉声道：“谢谢你愿意和我们走同一条路。”

歌琰莞尔一笑：“这不是我愿意，而是我的使命。无论过去多久，无论我遭遇了什么，这都不会轻易改变。”

卢克轻轻点了点头。

她停顿了一秒，侧头看了一眼身边的蒲斯沅："现在还有他在。"

以前是她一个人，无论做了多少，无论多么辛苦疲倦，都无人知晓。可现在不一样了，现在她有他，或许曾经她也有过不想继续在这条路上走下去的念头，但现在，她再也不会有这样的想法了。

这个人点亮了她，未来的路哪怕浓雾再重，都会有光明伴随。

离开卢克的办公室，歌琰和蒲斯沅一前一后地走在走廊里。他的脚步忽然停顿了一下，转身朝她大步走回来。他一把拽住了她的手，长腿一迈，拐进了旁边一间无人的会议室里。

会议室的感应系统是智能的，他们一进来，灯就亮了，房间也自动上了锁。

歌琰被他摁在门背后，看着他近在咫尺的脸庞，勾了下唇："怎么，光天化日你就……"

他没有说话，只是低下头，轻轻地蹭了一下她挺翘的鼻尖。

不想每次都被他逗弄得脸红心跳，显得她很没出息的样子，这次歌琰忍住了浑身泛起的酸麻，哑着嗓子说："虽然这是你的地盘，但麻烦你有点儿职业操守，别尽在公共场合干缺德事。"

蒲斯沅低声道："刚才在卢克办公室的时候，是谁趁着我在汇报工作，一个劲儿地盯着我瞧的？"

"谁让你说……"

毕竟是他先说了一些想帮她洗清冤屈的话——那是她身上最痛的点，他这么妥帖抚慰，她怎么能不动容？

"嗯？"他的瞳色在灯光下显得很浅，"你在公众场合这么看你男朋友，不缺德？"

他说话间鼻息和唇间的热都一阵一阵地往她这儿传，她感觉整个人都被他的气息充盈着，逃都没有地方逃。

歌琰知道，他天生就是那种很危险的人。从前，他的危险是向着犯罪分子的，可现在，他内里和感情有关的危险统统都向着她。

她感觉自己就像是被他紧盯着的猎物，稍不小心就会被他拆解入腹。只是她也并不介意与他这么厮磨纠缠，因为她同样沉醉其中。

会议室的温度逐渐攀升起来，就在她感觉蒲斯沅的嘴唇离她愈来愈近的时候，她听到自己的手机响了起来。

蒲斯沅也听到了，他眼底闪过了一丝不耐，但还是稍稍退开了一些，给她腾了点空间去摸手机接电话。

歌琰低着滚烫的脸，从衣服口袋里摸出了手机，而后她的目光就凝住了。蒲斯沅感觉到了她的僵硬，他低头扫了一眼那串乱码，目光也瞬间冷了下来，来电人是欧赛斯。

蒲斯沅在墙壁的设备上按了几个按钮，对她抬了抬下巴："接。"

歌琰将手机放在桌上，按了接听和免提键。

"火吻，恭喜你通过八度空间的试炼。"

歌琰脸上的温度瞬间荡然无存，冷冷道："我把你的八度空间一把火烧了，不用谢。"

欧赛斯笑了几声："虽然你让我损失了一个巨大的游戏场所，但能让你在里面玩得够尽兴，这个空间也算是没有白造。"

歌琰目光冷厉，一言不发。

欧赛斯也没有要她回应的意思，继续自顾自地说着："既然你现在通过了试炼，按照我们之间的约定，你可以正式加入血蝎子的核心团队了。但是，在你来到血蝎子的根据地见到我之前，你需要再去帮我完成一项任务。"

歌琰冷笑了一声："一个游戏完了还有一个任务，没完没了了，你是在逗我吗？"

欧赛斯说："话可不能这么说，毕竟你最近和魅影组织走得很近，还作为嫌疑人和证人进了他们的基地，为了证明你和他们之间没有地下协议，不是他们派到我这儿来的间谍，你也得向我表表忠心，是不是？”

歌琰抬起头和蒲斯沅对视了一眼，他们在明，欧赛斯在暗，为了抓住他的狐狸尾巴，哪怕是刀山火海，他们也必须要前往。

她和蒲斯沅达成共识后，便对着手机说道：“既然你的疑心病那么重，我也不介意让你再多吃一粒定心丸。”

欧赛斯在那头鼓了鼓掌：“就喜欢你这样的爽快人。

“这个任务并不难，只是要你去 M 国找个人。”欧赛斯说，“他是我在 M 国最重要的核心成员，代号叫亡灵。”

“M 国那么大，我上哪儿去找亡灵？”歌琰皱着眉反问道，“坐标呢？”

可是她刚问完这句话，对面的人就已经把电话给切断了。

蒲斯沅看着被挂断的电话，冷声说道：“他是算准了时间的。”

语毕，他侧头看了一眼墙壁上的追踪界面，看到了一个大红色的失败。

“欧赛斯的疑心病很重，他到目前为止也并不相信你，所以他在能够被追踪到信号源的时效之前先挂了电话。只要通信时间够长，魅影组织的追踪系统可以追踪到任何信号。他了解魅影组织，以防你在魅影组织内部接的电话，他草草挂断了。”

蒲斯沅刚说完这些，歌琰的手机就亮了起来，欧赛斯发来了一条消息，消息里的文字是西班牙语。

作为特工，熟悉多种语言是必备技能。

歌琰看了几秒，便转头对蒲斯沅说：“我觉得这不像是一个地址，更像是一个餐厅或者酒吧的名字。”

他没说话，轻点了下头表示认同。

“亲爱的死神先生，”歌琰朝他轻轻地勾了勾手指，“现在这个时间段，恰好遇上亡灵节，有兴趣再陪我疯一次，跟我一起去一趟 M 国吗？”

蒲斯沅看着她眉梢明亮浅显的笑意，也忍不住弯了下嘴角。他微微向前一步，用自己纤长的手指勾住了她的指尖。

在她的注视中，他借着她指尖的力道，十指交叉扣住了她的手掌，将她整个人都拉到了自己的近处。

一室的寂静中，他低下头，轻轻地吻了一下她的耳垂，在她的耳边低语道：“Claro， mi amor。”

当然，我的爱人。

番外 战力测评

很久以后，当欧赛斯以及其所领导的组织被彻底覆灭之后的某一天。

言锡这人向来都是个喜欢搞事情的主儿，解决了这么一个威胁世界安全与和平的重大犯罪组织之后，他那搞事的脑袋瓜又开始疯狂转动了起来。

当蒲斯沅他们在魅影组织基地里处理欧赛斯组织的善后工作时，言锡突然在安静的环境里来了一句：“你们有没有想过，小蒲和火姐谁的战力更强一些？”

此话一出，整个房间里一片死一般的寂静。

童佳捏着手里的笔，像什么都没有听到一样，继续卖力地埋头记录。

徐晟原本正在听录音档案，一听言锡这话，他把录音的音量调得更大了，大到耳膜都快被震坏的音量，权当自己是个聋子。

歌芊芊就坐在徐晟的旁边，她和徐晟交换了一个眼神，转身就出去上洗手间了。

言锡还没有意识到诡异的气氛，继续盯着在墙边看任务表的蒲斯沅和歌琰说：“说真的，你们夫妻俩就一点儿都不好奇吗？”

蒲斯沅原本想把手边的一团纸扔进言锡的嘴巴里，但是却没想到他身边的歌琰笑了一声，将视线从任务表挪到了他的脸上。

只见这位的红发女子歪了歪头，看着他的眼睛问道："你好奇吗？"

蒲斯沅面无表情地站在原地，他脑中此刻正在天人交战，求生欲在迫使他摇头，但是心中的好奇心又想让他点头。

说不好奇那肯定是假的，在孟方言退役之前，他们俩进行过专业的战力测评，最后的测评结果是平手——两个人在四项测评中分值各有高低，但最后的平均分竟然一模一样。

所以，在他们这个领域，谁都不敢说战神和死神谁更强一些，只能说他们俩都很强。

但是死神和火吻这对夫妻究竟谁更强，还真的没人知道，也没人敢去随便揣测。

没等蒲斯沅开口，歌琰便拿出手机，果断拨了个电话给卢克。

"帮我和蒲斯沅安排一个战力测评。"她看着他，红唇微张，"就明天。"

蒲斯沅听罢无奈地轻叹了一口气，但眼神里又充满着纵容和宠溺。算了，他心想，只要老婆开心就好。

童佳放下了手里的笔，大着胆子转过脸露出了满脸期待的表情；徐晟摘下耳机，对刚从洗手间避难回来的歌芊芊比画着事情的进展；而言锡干脆从椅子上一跃而起，开心地拍了下桌子，大吼大叫着说明天要喊整个魅影组织的人都来围观。

歌琰收起手机，冲着蒲斯沅抬了抬下巴："你担心吗？"

"担心什么？"他靠在墙边，伸出手轻轻地握住了她的手。

她笑道："当然是担心明天在大家面前输给我咯。"

蒲斯沅眯了眯眼，低声说："这么自信？"

她耸了耸肩：“那当然，我可是大名鼎鼎的火吻，岂有吃败仗之理。”

他轻轻扣着她的手将她拉近怀里，而后在她的唇上落下一吻：“那我一定全力以赴，让自己输得也光荣。”

魅影组织的战力测评系统是整个特工界最专业的，无论是魅影组织还是其他安全机构，都会使用这套测评系统来评估特工的特勤能力。

第二天一早，战力测评场馆已经被基地里的同僚们围得水泄不通。

蒲斯沅和歌琰从车上下来的时候都愣了一下——平时出外勤干活都没见过这帮兔崽子那么积极热情。

卢克也来了，他也是想看好戏，捧着个茶杯坐在测评场馆的长椅上，笑眯眯地对着他们俩说：“去吧，就当你们是在真的战场上，都加油。”

“火姐加油！”言锡和歌芊芊在后面挥舞着双手。

“老大冲啊！”童佳和徐晟喊道。

蒲斯沅和歌琰在更衣室里换上了特定的制服，走到了第一关枪术场的门前。

在几百双眼睛的注视下，歌琰活动了一下筋骨，侧头看向蒲斯沅：“我不会放水的。”

蒲斯沅点了下头，俊逸的脸上带着淡淡的笑：“好。”

随着人工智能系统的一声“开始”，两个人都像离弦的箭一样冲了出去。

枪术场真实还原了所有最危险困难的枪战场面，他们俩需要一路穿越枪林弹雨，击倒所有的非真人智能敌人，最后综合他们击杀敌人的数量和通关时长决定分数。

歌琰一进去就从身后抽出了两把银色枪支，动作利落地在地上翻滚着击杀敌人。

等大半程过去，她看了一眼大屏幕上的比分，发现她竟然遥遥领先。

“蒲斯沅！”她在开枪的间隙冲着旁边大喊了一声，“我没叫你放水啊！”

原本将行动放慢了的蒲斯沅听到这话，勾了下嘴角，开始加快击杀速度。

第一场结束，就算蒲斯沅后半程恢复了平时的战力，但由于前半场放水太严重，歌琰的分数还是高于他的。

出了枪战场，歌琰臭着脸警告似的朝他挥了挥拳头：“你下一场再放水，今晚就别想进卧室睡觉了。”

蒲斯沅收起自己的枪，漂亮的眼眸微微一转：“知道了。”

第二场比赛是格斗场，他们俩的格斗术其实不分高下，但近身格斗蒲斯沅确实更胜一筹，他听了歌琰刚刚说的话，这一场全力以赴，最后的分数自然高于歌琰。

谁知出了格斗场，他原本以为会夸奖他不放水的歌琰脸色竟然变得更难看了。

只见她蹙着眉头，娇俏的脸庞上没有一丝笑意地看着他：“蒲斯沅，你很可以。”

蒲斯沅沉默了两秒：“宝贝……”

她理都没理他，直接转身走入了恶劣环境竞速场。

在长椅上观看战力比拼的言锡看到这里，拉了拉闻讯赶来的“退休神婆”战神孟方言的袖子：“我算看出来了，小蒲这不是在参加战力测评，他这是在水深火热之中翻滚……”

孟方言笑得前仰后合：“放水也不是，动真格也不是，他可真的是太难了。”

毕竟，谁敢去跟老婆讲道理呢？

第三场测评内容是由多个诸如冰、火、水、风等恶劣环境组成的竞速场，他们需要以最快的速度穿越这些恶劣场景，场景中的所有气候和外界干扰都是真实的。

歌琰心里憋着火，所以几乎是不要命地往前跑，由于她速度太快，在火焰的场景时差一点儿就被烫伤了。

一直紧紧跟在她身后注意着她的蒲斯沅终于忍不住了，他加快步伐上前跑到她身边，一边将她护在怀里，一边扣着她的手臂急声道：“你小心一点。”

她看着他焦急的神色，心一软：“我有分寸，没事的。”

蒲斯沅抱着她不松手：“宝贝，安全第一，比赛第二，你要是这么玩命和我比就为了赢过我，那我现在就可以向你认输。”

歌琰一怔，顿时有点儿不好意思地咬了咬唇：“我没……”

“有好胜心是好事，想赢过我也是好事，但是这些都只能建立在你安全的情况下。”他俊逸的脸庞上是严肃的表情，“我不希望看到你因为这个增加乐趣的战力测评而有一点点的受伤和不开心。”

两个人因为在这儿对话的工夫，耽搁了不止一分钟的进程。

蒲斯沅直接朝着摄像头比了一个暂停的手势，而后搂过歌琰朝安全出口走去：“走，咱们不比了。”

她张了张嘴：“都比到这儿了，那么多人看着，难道就这么半途而废吗？”

“那又如何？”他侧过头亲了亲她的脸颊，“从今以后大家都会知道死神的战力低于火吻，输给自己的太太是我的光荣。

“况且。”这时他顿了顿，意味深长地冲她眨了眨眼睛，“我的主场可不在这儿。”

歌琰和他在一起那么久了，自然立刻就明白了他话里的潜台词，红着脸羞恼地瞪了他一眼。

而此时所有在场外围观的魅影组织同僚们都看傻眼了，感情这两人是来调情的啊？

言锡抓了抓头发，看着这对夫妻相携着离开战力测评场馆，一脸蒙地看向孟方言：“说真的，我今天起了个大早期待的是一场特工界的精彩决斗，而不是一大碗狗粮……”

孟方言拍了拍他的肩膀，敷衍地安慰他：“习惯就好，你难道不知道咱们组织还有个称号叫妻奴聚集地吗？”

✦ Immortal Love Never End ✦

后记
爱不朽

看完这本的故事后，我想大家现在已经非常了解死神蒲斯沅和火吻歌琰了。

他们每一步的靠近，都充满火光四射的碰撞和致命的吸引力。

热烈且浪漫。

如你们所见，火吻是一位身手了得的前特工，和特工界金字塔顶端的蒲斯沅不相上下。至于死神，他是一位有着超高智商和超强特勤能力的天才。

强强联手，所向披靡。

歌琰逐渐了解到，看上去好似没有凡人七情六欲的蒲斯沅原来内心深处充满了温柔。而蒲斯沅也看到了，这个“臭名昭著”的“火吻”是多么坚强、果决、勇敢以及善良。

当他们一同经历了种种后，羁绊与牵挂也悄然来临。

当蒲斯沅带着歌琰从地下巢穴回到魅影组织的总部，并独自一人和她一起前往最终敌人设置的游戏场所，闯过那一个个生死一线的密室时，他们终于在黎明的光亮中确认了彼此的心意。

我真的永远为宿命的设置而着迷不已。

蒲斯沅和歌琰，他们命中注定就该在一起。

他们同样失去了挚爱的亲人，却同样选择继续热爱这个世界，而不是埋怨命运的不公。他们在孤独中成长起来，经历了种种磨难和挫折，变成了足够强大的人，而后与彼此相遇相爱。

从此以后，他们再也不会孤独。

他们有了彼此——世界上独一无二的灵魂伴侣。

我可能真的是个女爷们，爱惨了写双强，也爱惨了相爱相杀的戏码。所以写《火吻》这本书，我特别畅快，我不需要设计女主角柔柔弱弱等待解救的戏份，也不需要设计男女主角过度的情感纠葛，因为这两位本就不是普通人，他们的爱情建立在拯救这片净土之上。

没有大爱，就没有私情。

《火吻：长相守》剧情的激烈程度比这本有过之而无不及。一些埋藏起来的伏笔，也将在那里慢慢揭晓。蒲斯沅和歌琰将深入小BOSS 的老巢，在这个过程中，他们又会发生怎样的故事呢？他们能找到最后的 BOSS 巢穴吗？

我十分期待你们看到《火吻：长相守》的故事，其中也会有书版的独家番外和后记。

愿这个浪漫甜蜜的英雄梦，在今晚能陪伴你们嘴角上扬地入眠。

那么，《火吻：长相守》，我们不见不散。

2020 年 11 月 22 日晚于上海

图书在版编目（CIP）数据

火吻 / 桑玠 著
—武汉：长江出版社，2022.3
ISBN 978-7-5492-8153-4
Ⅰ. ①火… Ⅱ. ①桑… Ⅲ. ①言情小说－中国－当代
Ⅳ. ①I247.5
中国版本图书馆CIP数据核字(2022)第016237号

火吻 / 桑玠 著

出　　版	长江出版社 （武汉市解放大道1863号　邮政编码：430010）		
选题策划	漫娱图书　熊　璐		
市场发行	长江出版社发行部		
网　　址	http://www.cjpress.com.cn		
责任编辑	江南		
特约编辑	李苗苗		
总 策 划	幸运鹅工作室	开本	889mm×1230mm　1/32
装帧设计	刘江南　徐　蓉	印张	8.5
印　　刷	武汉鸿印社科技有限公司	字数	248千字
版　　次	2022年3月第1版	书号	ISBN 978-7-5492-8153-4
印　　次	2022年5月第2次印刷	定价	42.80元

电话：027-82926557(总编室)　027-82926806（市场营销部）